VINCENT GAUFRETEAU

ROMAN

Les crocs du Loup

GRA(V/F)land

origine incontrôlable

Dépot légal juin 2018

ISBN : 978-2-9550587-8-7

www.tibeon.fr

Chimeterre 4

Les crocs du Loup

LE BOIS BICÊTRES

LES BASIL

DORM-LE-B

FINETER

LA VOUIVRE

FORT-SUR-LA-VOUIVRE

CASTEL-CERF

CASTEL-CROC

CASTIONE

CLANET

DOMÎLSE

FORGEPUY

LABERGE

MER MÉRIDIENNE

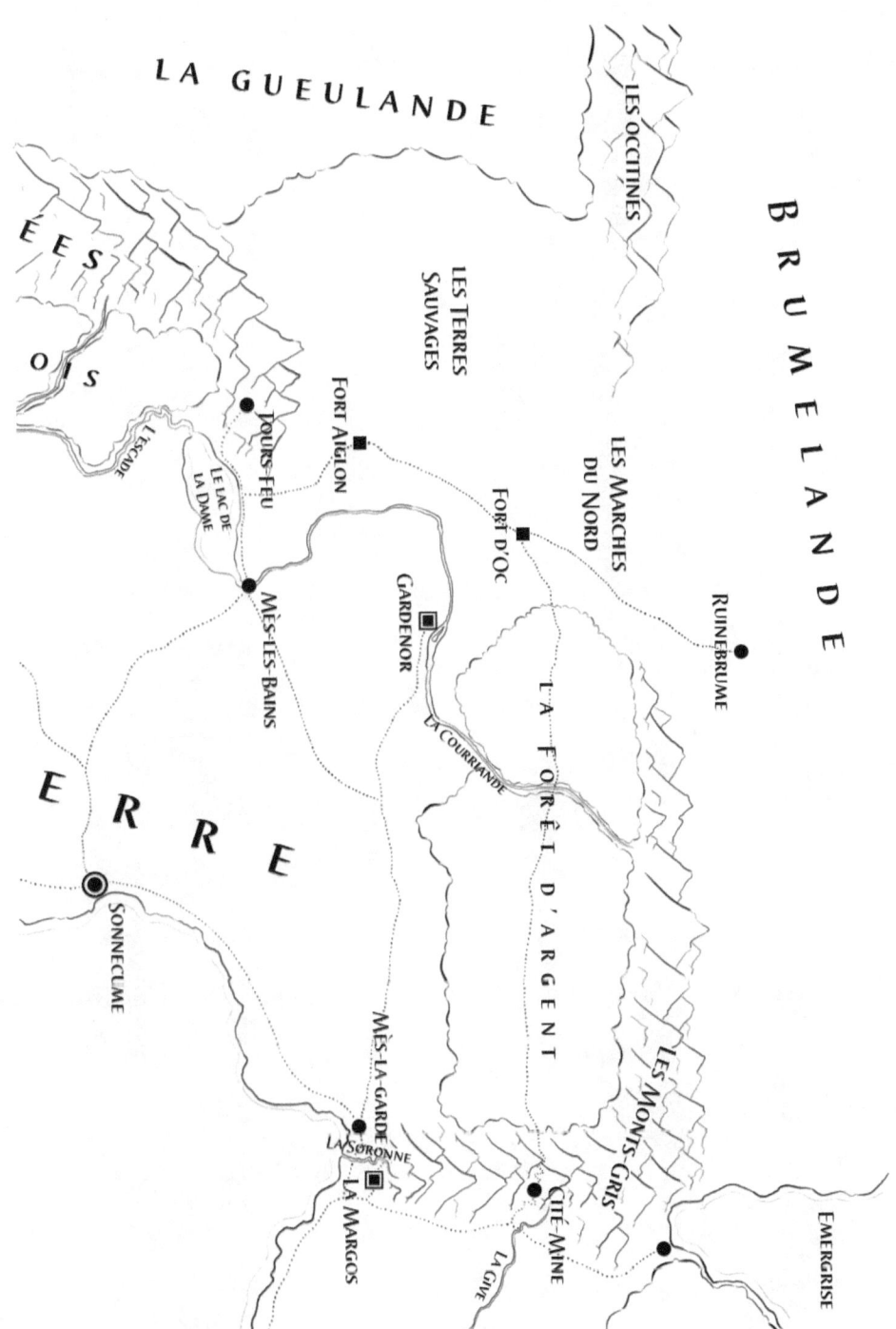

LA GUEULANDE

LES OCCITINES

BRUMELANDE

ÉES
OIS

LES TERRES
SAUVAGES

FORT AIGLON

L'ESCADE

TOURS-FEU

LE LAC DE
LA DAME

FORT D'OC

LES MARCHES
DU NORD

RUINEBRUME

GARDENOR

MÈS-LES-BAINS

LA COURRIANDE

LA FORÊT D'ARGENT

ERRE

SONNECLME

MÈS-LA-GARDE

LA SORONNE

LA MARGOS

LES MONTS-GRIS

CITÉ-MINE

LA GIVE

EMERGRISE

01

Cela commença par un bourdonnement lointain. Un frémissement sur le sol que les sentinelles remarquèrent à peine. Qui réveilla quelques guerriers au sommeil léger.

Cela enfla. Le bourdonnement se fit grondement. Des visages se tournèrent vers le nord-ouest. Là d'où provenait le bruit. La nuit résistait encore, mais le matin s'allumait avec sa parcimonie inéluctable. Rayon par rayon, on distinguait les coteaux de vignes à l'ouest et les murs gris que l'on assiégeait, les feux de gardes sur l'enceinte et la brume de mer. On sortit des tentes, embué par le sommeil.

Le grondement enfla encore, cavalcade indistincte. Les premiers cimiers apparurent. On comprit alors. La torpeur devint affolement et les cors d'alarme sonnèrent. On se massa en grappes désordonnées pour faire front, le masque enfilé à la hâte et l'arme à la main.

Le grondement devint tonnerre. Bientôt, le fracas le remplaça. Les cavaliers percutèrent les barbares. Ils transpercèrent les lignes éparses, s'engouffrèrent au milieu des toiles. Des lames se brisèrent sur des masques, des hampes s'empalèrent sur des bustes, les hennissements se mêlèrent aux cris. La cohue habituelle des batailles réveilla l'aube.

La charge passa et ensemença le matin de cadavres. Sur les murs des trompettes saluèrent cette chevauchée furieuse. L'espoir gagnait les assiégés. Mais la marée vociférante des masques se levait à son tour. Elle frémissait de colère. Les capitaines et les chefs de guerre rassemblaient sa férocité. Les cavaliers refluèrent pour ne pas se briser sur elle. La poussière retomba sur les tentes renversées et les piquets arrachés. Les barbares virent une nouvelle ligne qui approchait. Alors on gronda, on montra les crocs et on se prépara à mordre et à être mordu.

Broyeuse regarda les cavaliers d'Aegorn qui se retiraient après avoir semé la pagaille dans une partie du campement Gueule. Ils laissaient derrière eux un chaos de bois, de toile et de corps. Autour d'elle, elle sentait le frisson qui gagnait son contingent. Ses hommes prenaient position sur le sommet d'un coteau. Des fantassins principalement, derrière lesquels s'abritait une chétive compagnie d'archers. Beaucoup d'entre eux n'avaient jamais combattu de Gueules. Beaucoup n'avaient tout simplement jamais combattu. Leurs mains se serraient et se resserraient sur les hampes ou les poignées, moites et agitées.

En contrebas, les guerriers masqués se réorganisaient déjà. Ils se tenaient entre eux et la cité de Sonnecume. Un mile, peut-être, les séparait de la capitale. Un mile, mais des milliers de masques.

Broyeuse n'avait jamais mené de guerre. Elle avait été chasseuse, guerrière, gladiatrice, mercenaire, aventurière. Jamais capitaine. Ses consignes étaient simples. Marcher de front et repousser les Gueules. Les combattre et donner de la force aux soldats. Ça, elle savait faire. Haranguer, réveiller la rage, exciter la colère. Les foules des arènes dracks se souvenaient encore de sa verve. Sur le sable de l'Empire, aux yeux avides des foules, l'art de se mettre en scène était aussi important que la qualité des coups portés à l'adversaire.

Elle chassa la mèche blanche qui soulignait sa cicatrice et tira son épée pour toiser les fantassins. Il y avait de tout, des vétérans, des soldats de métiers, des jeunes recrues – bleusailles ! – des paysans ou des artisans transformés par la guerre. Certains tremblaient, d'autres s'agrippaient à leur arme, quelques-uns s'encourageaient, ils grognaient, se donnaient de la tape sur l'épaule ou le torse. Elle leur montra son expression la plus féroce, accentuée par son visage couturé. Elle s'adressa à eux avec une voix ferme et convaincue.

— Soldats ! Beaucoup d'entre vous contemplent Sonnecume pour la première fois. Peut-être ne représente-t-elle pour vous qu'une lointaine capitale, gouvernée par une Régence distante.

Nous ne sommes pas ici pour sauver la cité, encore moins sa Régence. Pourtant, nous allons nous battre sous ses murs ! Pour protéger nos terres, nos amis et nos familles. Pour venger nos morts. Nous allons nous battre pour repousser les Gueules, les chasser de notre pays. Et cela ne peut se faire que si nous sommes unis ! Voilà pourquoi nous nous battons ! Nous sommes les soldats du Loup Blanc. Nous rassembler est son désir le plus cher ! Cela commence ici, aujourd'hui. En libérant la cité ! Non seulement d'un siège barbare, mais aussi d'une Régence incapable ! Montrons aux Gueules comment se battent les Claniens. Montrons aux gens de la cité que tous ne les ont pas abandonnés. En avant ! Et que les crocs nous gardent !

D'un mouvement convenu à l'avance, elle fit signe aux archers de lancer une volée de flèches. Les traits s'éparpillèrent en une nuée peu dense. Dans le même temps, les fantassins dévalèrent le coteau, lances en avant. Plus bas, dans les ruines abandonnées par la charge de la cavalerie, les guerriers Gueules levèrent leurs boucliers pour parer les flèches et se préparèrent à recevoir les hommes de Broyeuse.

Juste avant le choc, les barbares bondirent à la rencontre des Claniens. Leur foulée atténua l'impact de la charge et une mêlée chaotique s'ensuivit. Broyeuse possédait l'avantage du nombre. Ses lignes comptaient plus de deux mille hommes, quand l'attaque de la cavalerie n'avait laissé que quelques centaines de guerriers masqués. Mais ceux-là se battaient avec férocité, sans montrer de signes de faiblesses. Ils poussaient des hurlements terribles pour pallier leur infériorité numérique et ne se laissaient pas déborder.

Des grappes de Gueules accouraient en nombre pour les soutenir et au sud, la plus grande partie du campement des assiégeants demeurait intact. On s'y organisait déjà pour mener une contre-attaque. Des compagnies entières s'y assemblaient et s'approchaient avec une discipline qui donnait tort à l'appellation de sauvage dont on gratifiait les habitants de la Gueulande.

Dans la mêlée, Broyeuse faisait parler son expérience. Sa lame frappait les masques et les armures avec précision. Elle avait déjà combattu des Gueules autrefois, mais c'était dans les arènes dracks et les objectifs étaient bien différents. Il fallait donner du spectacle aux yeux affamés qui s'entassaient dans les tribunes. Ne pas tuer trop vite, faire couler le sang, lentement, comme autant d'émotions. Ces Gueules-là étaient des bêtes sauvages, enlevés encore adolescents à leur Mère Forêt, puis élevés en cage pour tuer et être tués. C'étaient des combattants, pas des guerriers.

Ici, tout était différent. Il fallait tuer vite, sans panache. Les Masques ne luttaient pas seuls, ils formaient un groupe soudé par le sang et les orgies. Soudé par leurs origines et le sentiment d'appartenir à une horde. Ils foulaient une terre que jamais d'autres Gueules n'avaient foulée avant eux. Ils accomplissaient quelque chose. Quelque chose de grand qui résonnerait longtemps autour des feux, à la veillée. Ils étaient les fiers guerriers de l'Aurochs Rouge.

Broyeuse n'avait jamais espéré une victoire rapide, mais elle pressentait que ses forces allaient s'enliser plus vite que prévu. Déjà, ils n'avançaient presque plus. Une ligne imaginaire se dressait, sur laquelle les cadavres s'empilaient.

La guerrière ferraillait avec un Gueule trapu qui maniait un étrange pavois d'écorce durcie. Elle donna un violent coup d'estoc pour le déséquilibrer, mais sa lame resta coincée dans le bouclier. Comme elle cherchait à l'en déloger, son adversaire prit l'avantage sur elle et manqua de lui infliger une nouvelle balafre avec sa hache. Elle jugea préférable d'abandonner son épée dans cette fichue écorce pour se battre au poing. Sa main gauche agrippa le bras armé du Gueule, tandis que sa paluche droite, solidifiée par la magie de la Pierre, martela le masque à l'aspect caprin.

Gêné par son pavois, le Gueule tenta de s'en servir pour bousculer Broyeuse. Mais celle-ci, bien campée sur ses jambes, profita de son mouvement pour le faire tomber au sol. Prestement, elle extirpa une dague et la lui planta dans la nuque. Enfin, sans attendre, elle fracassa le grand bouclier d'un coup de pied pour enfin récupérer son arme.

Après cela, elle reflua au milieu de ses lignes pour reprendre son souffle et juger la situation. Celle-ci se figeait et le rapport de force risquait de s'inverser. La véritable bataille allait commencer.

Le port de Sonnecume donnait sur l'est. Il comptait une vaste rade protégée au nord par une avancée de terre. De là, s'étendait la cité proprement dite. Elle ne comptait qu'une seule enceinte, qui englobait l'ensemble de ses quartiers, à l'exception de quelques constructions récentes et des fermes alentours. Ce mur disposait de trois portes principales, ainsi qu'une poignée de poternes, positionnées sur son pourtour de quelques kilomètres.

L'armée Gueule encerclait la ville, sur une bande de deux cents mètres, tout au plus. Elle formait un vaste arc de cercle qui rejoignait la côte de part et d'autre de Sonnecume. Pressés par le temps, les éclaireurs d'Ymaric n'avaient pas pu établir le nombre exact de guerriers, ni leur armement. Tout juste les estimaient-ils entre cinq et six mille. Ils avaient également noté la présence de nombreux molosses, ainsi que celle, plus surprenante, d'aurochs.

Aegorn pensait que ces derniers servaient à manipuler des armes de siège, comme des béliers, et à transporter de lourdes charges. Lui et Phéol avaient tenté de mettre en place une stratégie aussi efficace que possible, compte tenu des moyens et des informations dont ils disposaient.

La cavalerie représentait le principal atout de l'armée d'Ymaric. Elle comptait mille cinq cents cavaliers environ, dont une grande part issue des rangs de la garde du Nord, les seuls hommes habitués à combattre les Gueules. Les deux stratèges avaient donc décidé d'en faire leur fer de lance. La première charge menée par Aegorn visait à déstabiliser la partie nord-ouest du campement Gueule. À Broyeuse, revenait la tâche de lancer le corps principal de fantassins dans cette brèche pour créer un point de fixation. Phéol dirigerait un deuxième contingent. Il le positionnerait sur son flanc droit, de façon à la protéger d'un éventuel contournement. Enfin, Ymaric descendrait du nord en suivant la côte avec un troisième corps de fantassins. Il devait rejoindre Broyeuse en repoussant les Gueules encore présents dans l'espace qui se trouvait entre la mer, le mur et les lignes de la guerrière.

Ainsi, ils espéraient libérer la porte de la cité qui se situait le plus au nord. Cette manœuvre inciterait peut-être les troupes qui tenaient la ville à les rejoindre et les soutenir. Pendant ce temps, la cavalerie d'Aegorn devait servir d'aiguillon sur le flanc et dans le dos de la horde barbare pour l'empêcher de s'organiser correctement et si possible, la prendre à revers.

Phéol accourrait pour positionner son contingent. Il suivait les tracés d'un domaine viticole que les Gueules avaient copieusement saccagé. Contrairement à Broyeuse, le maître d'armes de la Maison Louve possédait une sérieuse expérience militaire. Dans son ancienne vie de mercenaire, il avait mené plusieurs guerres et participé à de nombreuses batailles. Notamment, il avait dirigé la défense de la Cité de Perle avec succès.

C'était pourquoi on lui avait confié la position la plus difficile. Sa troupe risquait de devoir en découdre plus violemment encore que celle de Broyeuse. Heureusement, pour le suppléer et le soutenir dans ce commandement ardu, il bénéficiait de la présence d'un autre officier expérimenté, Scône de Nielvallon.

Ce chef de Maison mineure était un indéfectible soutien des Lacustrel, la Grande Maison qui avait probablement le plus souffert de l'invasion Gueule. Dès le début de l'invasion, Scône avait participé à la défense de Mès-les-bains. Cette cité était à la fois le centre du fief des Lacustrel et le principal point de passage entre les Terres Sauvages et la Claneterre. Hélas, la horde de l'Aurochs Rouge s'était emparée de cette grande ville du Nord.

Après cela, il avait accompagné les Lacustrel dans leurs actions de guérilla contre les barbares. Quand l'ancien chef de la Maison Lacustrel était tombé à son tour, Scône avait pris le commandement des manœuvres pour le compte de sa fille, Astelline Lacustrel.

Phéol était ravi de disposer d'un tel capitaine à ses côtés, mais pour l'heure, ce qui lui importait était de trouver une position idéalement placée pour couvrir le flanc droit de Broyeuse. Il souhaitait un emplacement facilement à défendre, mais dans ce paysage de coteaux sablonneux, ce dernier point ressemblait à un vœu chimérique. Surtout, les événements immédiats contrariaient déjà ce plan pourtant simple.

Les guerriers masqués les avaient repérés et une troupe compacte se dirigeait vers eux au pas de charge. Phéol se résolut à planter ses lignes à l'endroit même où ils se tenaient. Avec Scône, ils organisèrent un barrage de lances pour contrer le choc à venir.

— Serrez les rangs, la hampe plantée au sol à un pied derrière vous, la pointe inclinée à hauteur du buste ! Si vous visez trop haut ou trop bas, ces guerriers dévieront vos lances et transperceront vos défenses ! Appuyez-les sur vos boucliers ! Scöne ! Faites lever nos bannières.

Le noble clanien s'exécuta et un étendard aux couleurs de la Maison Louve claqua bientôt au vent, accompagné de trois autres plus petits, dont ceux des Lacustrel et de Nielvallon, la Maison de Scöne.

— Soldats ! reprit le maître d'armes de la Louve. Désormais, ce lopin de terre friable est sous la protection du Loup Blanc. Nous sommes ici pour accomplir sa volonté. Nous avons ordre de tenir le temps que le reste de l'armée s'empare de la partie nord du champ. Alors, nous ne lâcherons pas un centimètre de terrain à ces bouffeurs de mandragore ! Nous les refoulerons vague après vague. Et ce soir, je veux que chacun d'entre vous me ramène au moins trois masques qu'il aura brisés ! Pour les crocs !

Les fantassins reprirent en cœur cette dernière invective. L'aube résonna de leur voix et du fracas de leurs armes.

Alors que la compagnie laissait exploser sa ferveur guerrière, Scöne s'approcha de Phéol pour lui parler en aparté.

— Trois masques ? s'étonna-t-il. Pourquoi pas dix pendant que vous y étiez ? En vérité, nous serons déjà chanceux si ceux d'entre nous qui survivront en ramènent deux.

— Je suis bien de votre avis, mais trois m'a semblé un bon chiffre pour les motiver.

Le noble clanien leva un sourcil peu convaincu, avant de désigner la troupe de Gueules qui ne se trouvait plus qu'à quelques dizaines de mètres.

— Alors, essayons de repousser l'impossible. Je vais me positionner au flanc ouest. Ils essaieront sûrement de nous déborder par là.

Phéol acquiesça et se permit une accolade avant de laisser partir le Clanien. Il se tourna alors vers la poignée d'archers dont il disposait, guère plus d'une centaine.

— Une volée sur la première ligne ennemie, puis tir à volonté sur leurs arrières !

Les tirailleurs s'exécutèrent. Les flèches passèrent au-dessus des fantassins pour plonger sur les guerriers Gueules. Ceux-là ne parurent pas même s'apercevoir de cette pluie piquante et achevèrent leur course sur une dernière accélération. La meute s'engouffra entre les lances des Claniens. Quelques-uns s'arrêtèrent, transpercés dans leur élan, mais la plupart passèrent et un combat féroce s'engagea.

Les fantassins tentaient de conserver leur organisation en lignes intercalées, mais la furia Gueule mettait en pièce toute velléité d'ordonnancement. À la place, un chaos sauvage jeta les barbares au milieu des fantassins, les soldats au milieu des guerriers. On s'entre-déchirait les tripes ou les membres à grands coups de lames, on broyait les rotules, concassait les crânes en s'envoyant des gourdins ou des massues au visage.

Dans les restes délabrés du coteau de vignes, on répandait sur le sol un vin nouveau, carmin et épais. Des laboureurs d'un genre véhément s'enlaçaient dans des étreintes houleuses où l'un finissait toujours par s'affaisser. On comptait plus de blessés que de morts, mais ceux-là voyaient leur vie s'écouler de leurs entrailles pour aller nourrir celle de la terre.

Au fracas des armes, aux cris de guerre et aux grognements, s'ajoutèrent les râles et les gémissements, les crissements des corps que l'on traînait vers l'arrière et les toux grasses provoqués par l'excès de sang dans les bronches. À ce jeu, les Gueules possédaient l'avantage du masque, qui cachait les grimaces de douleurs et les prémisses de la mort. Sous ces faciès de lycaons, panthères ou d'iguanes, difficile de lire une autre expression que celle de la rage. Alors, on levait les boucliers, on pointait les lances et on faisait tourner les épées jusqu'à rencontrer une chair ennemie et la meurtrir. Plus probablement, on mourait d'avoir essayé.

D'abord en retrait à l'arrière de ses lignes, Phéol se battait maintenant pour montrer l'exemple. Sa lame de vieux mercenaire se faufilait entre les défenses des Gueules et son expérience lui permettait de faire la différence. Après qu'il eut prestement étrillé deux premiers Gueules présomptueux, les masques commencèrent à se méfier de sa barbe grise. Son troisième adversaire se montra plus circonspect. Habillé d'une tenue en cuir épais, renforcé de boucles métalliques, il avança en présentant une rondache légère.

À l'instar du Somblune, il maniait une épée et les deux hommes se tâtèrent un peu la lame pour se jauger. Après quelques passes sans réelles convictions, le guerrier au faciès de félin se décida à bondir sur Phéol. Ce dernier esquiva cette charge et visa le ventre de son ennemi. Il rencontra le bois de la rondache et sa lame ripa sans provoquer le moindre dommage. Son adversaire tenta un coup d'estoc qu'il dévia sans trop de difficulté. Il enroula alors son épée autour de celle du Gueule et l'envoya dans les airs. Décontenancé, le guerrier chercha aussitôt à battre en retraite. Il couvrit sa fuite en se servant de sa rondache comme d'une massue. Phéol dut se pencher pour éviter un coup qui visait plus à le désorienter qu'à le sonner. Il eut encore le temps de se fendre avant que son adversaire ne se trouve hors de portée. La pointe de sa lame perça le cuir et s'enfonça dans la chair barbare. Toutefois, le maître d'armes ne sut pas dans quelle mesure son coup avait porté et le masque de félin disparut derrière ceux de ses congénères.

Phéol parvint à écharper un bras supplémentaire avant de refluer à son tour, autant pour reprendre son souffle que pour vérifier ses craintes. Son contingent subissait une pression énorme de la part des Gueules et commençait à fléchir. D'ailleurs, Scône ne tarda pas à le rejoindre, avec une estafilade nouvelle sur l'avant-bras et un visage inquiet.

— Vous qui avez déjà combattu ces bouffeurs de mandragore, pensez-vous qu'une retraite soit appropriée ? lui demanda Phéol.

Le noble secoua la tête avec dépit.

— Ils nous presseraient davantage encore ! Si vous souhaitez nous donner du répit, une manœuvre de diversion aurait plus de chance de succès.

Le maître d'armes balaya le champ de bataille du regard. D'aussi loin qu'il pouvait voir, tous ses hommes étaient englués dans une mêlée inextricable. Quant au contingent de Broyeuse, il semblait lui aussi fortement accaparé.

— Je ne vois pas quelle diversion nous pourrions mener.

Scöne évaluait lui aussi la situation. Il n'avait jamais vu autant de Gueules, sauf quand Mès-les-bains avait été prise. Mais alors, les Claniens étaient bien moins nombreux.

— Dans ce cas, montrons-nous audacieux.

— Que voulez-vous dire ?

— Notre position est intenable et une retraite inenvisageable sans lourdes pertes. Il ne nous reste plus qu'à attaquer.

L'espace d'un instant, Phéol le dévisagea, vaguement ahuri. Mais rapidement, la proposition de Scöne fit sens dans son esprit. En tentant une percée dans les rangs Gueules, ils arriveraient peut-être à les déstabiliser et à se créer ainsi un temps de répit. Le Somblune ordonna aux archers d'accentuer leur tir sur le centre de la ligne de combat. Puis, avec Scöne, ils réunirent assez de fantassins pour former une petite escouade.

Phéol ne s'attarda pas en épanchements inutiles, il prit la tête de cette troupe et lança la charge d'un simple beuglement. La mêlée devenait de plus en plus confuse. Leur mouvement ajouta encore plus de chaos, mais cette fois-ci, c'étaient les Claniens qui initiaient le mouvement. Aux côtés du maître d'armes, Scöne ne limitait pas ses efforts pour bousculer la meute adverse, fendre des masques et si possible leur propriétaire avec.

Cela fit à peine frémir les Gueules. Après un mouvement de surprise, ils se jetèrent au milieu du combat avec une rage exacerbée. Dangereusement avancés en pointe, Phéol et Scöne se retrouvèrent à lutter pour leur survie. Les deux hommes s'épaulaient comme des compagnons d'armes de toujours. En comparaison du Somblune, Scöne manquait de technicité, mais il y palliait avec une vigueur redoublée. Rapidement, Phéol reçut une estafilade sans gravité au front, mais qui fit couler du sang en abondance sur son visage. Le chef de la Maison Nievallon accusa un méchant coup à la cuisse. Celui-ci l'handicapait dans ses mouvements et il devait parfois se soutenir sur l'épaule du Somblune ou sur celle d'un fantassin.

Au plus fort du combat, alors que tous deux envisageaient déjà une fin précoce, un grondement précédé du son clair des trompettes se fit entendre. Il y eut un nuage de poussière accompagné d'un fracas nouveau. Puis, les cavaliers d'Aegorn se retrouvèrent à fendre les rangs Gueules, à les bousculer et à les jeter au sol. Les

Masques résistèrent un peu, mais leur élan et leurs lignes étaient brisés. Ils reculèrent alors, sous les cris de joie des fantassins exténués et blessés.

Phéol chercha Aegorn du regard, mais au lieu du seigneur de la Maison Gardenor, il tomba sur son capitaine, Bystar. Malgré sa patte folle héritée d'une terrible bataille avec les Gueules, l'officier de la garde du Nord dirigeait sa monture avec aisance. Il hurlait ses ordres pour se faire entendre et Phéol le héla pour le remercier de son intervention.

— Il n'y a pas de quoi. Nous allons tenter de les disperser et de les retenir un peu, le temps que vous réorganisiez votre position.

Le Somblune hocha la tête gravement. Bystar talonnait déjà son cheval pour faire la chasse aux fuyards Gueules. Mais Phéol le héla à nouveau.

— Comment va la bataille ?

— Elle va. Tenez bon, Ymaric arrive !

02

Le Loup Blanc progressait rapidement. Lui et sa troupe avaient abordé le champ de bataille par le nord. Ils avaient suivi la côte pour pénétrer dans le camp Gueule à son extrémité septentrionale pendant que Broyeuse créait un point de fixation plus au sud-ouest. Là, ils avaient rencontré une forte résistance, malgré le balayage préalablement réalisé par les cavaliers d'Aegorn. Mais coupés de tous renforts, les guerriers masqués qui leur tenaient tête avaient fini par plier. Ils reculaient maintenant vers le sud, vers le reste de la horde, et Ymaric hâtait le pas pour rejoindre Broyeuse et le corps principal de son armée, afin de faire front commun.

Le jeune homme ne s'était pas encore battu. Il se contentait de commander depuis l'arrière. Il chevauchait avec une petite compagnie chargée de sa protection. Phéol, soutenu par Aegorn et Pastriön, s'était montré intransigeant sur ce point. Il n'était pas question que le dernier rejeton de la Maison Louve mette sa vie en danger sans nécessité. Cela faisait grogner Ymaric qui sentait son sang bouillir. Il pestait contre son maître d'armes et les deux seigneurs claniens. Mais dans le fond, il reconnaissait que son vieux mentor avait raison. Il devait se montrer raisonnable et guider ses gens, ceux qui lui faisaient confiance. Autre chose rasérénait les velléités d'Ymaric. Astelline chevauchait avec sa compagnie.

La jeune chef de la Maison Lacustrel se montrait tout aussi têtue que le Loup Blanc. Bonne cavalière, elle n'était pas guerrière pour autant. Elle flottait dans son armure qui avait appartenu à son défunt père. Elle ne savait guère se servir de l'épée qui lui battait la jambe, ni d'aucune arme d'ailleurs. Second enfant de la Maison Lacustrel, elle représentait pour sa famille plus un moyen de renforcer par le mariage des relations avec une autre Maison, qu'une future dirigeante. La Guerre l'avait arrachée à ce destin, et ce n'était sans doute pas pour lui déplaire. Mais elle lui avait aussi arraché la plupart de ses parents et l'avait propulsée à la tête d'une Maison en ruine sans y être préparée.

Toutefois, elle ne manquait ni de courage, ni de tempérament. C'était pourquoi elle avait refusé de rester avec l'arrière-garde en compagnie de Pastriön.

Plus que bien d'autres, elle souhaitait chasser les Gueules de la Claneterre. Ça n'était pas uniquement par vengeance, c'était aussi par espoir. La horde agissait comme une grande nettoyeuse. Et malgré le tragique de la situation, ce profilait l'occasion de faire table rase des carcans anciens et souvent patriarcaux, pour redessiner une Claneterre plus juste. Cette espérance la poussait à se battre et dans ses veines rugissait une adrénaline revendicatrice. Cependant, elle n'était pas folle. Et même si son cœur souhaitait se tenir au milieu de la mêlée, sa raison lui dictait de ne pas mourir inutilement, ou plus exactement, de façon ridicule. Chevaucher avec les cavaliers du seigneur de la Louve, au plus près de la bataille, mais non en son sein, lui apparaissait comme un compromis acceptable.

Ymaric jetait parfois un coup d'œil vers sa silhouette brinquebalante dans son armure trop grande, mais son regard se projetait plus souvent encore vers les murs de Sonnecume. Son étendard flottait sur toutes les compagnies et il se demandait comment les gens de la cité accueillaient cette nouvelle. Des trompes avaient salué leur venue et il pouvait voir des silhouettes qui s'agitaient sur l'enceinte. La jeune femme remarqua ce regard inquiet.

— Vous vous demandez comment la Régence va réagir ?

— Je me moque de la Régence, répondit le jeune seigneur. Fréost Costière va se cloîtrer dans ses murs, comme il l'a toujours fait. Ce sont les habitants de Sonnecume qui me préoccupent.

— Dans quel sens ? Vous préoccupez-vous de leur situation, ou de leur réaction ?

Ymaric ne put s'empêcher de sourire devant cette remarque.

— Les deux, je crois.

Un brouhaha coupa court à leur conversation. La troupe arrivait presque au niveau du contingent de Broyeuse. Celui-ci combattait pied à pied contre les Gueules. C'était un embrouillamini de bras, de têtes, de jambes, d'épées, de haches, de lances et d'autres appendices tous plus guerriers les uns que les autres. Les Claniens gémissaient sous les coups de boutoir des Masques. Voilà un moment qu'ils n'avançaient plus et se contentaient de tenir leurs lignes.

Ymaric aperçut sa tante. La guerrière évoluait comme un poisson dans un bassin, peu de Gueules osaient la défier et sa lame servait surtout à redonner du courage à des soldats déjà éprouvés.

Le Loup Blanc remit ses lignes en ordre de bataille, puis sur un ordre clair, il fit sonner la charge. Ses hommes, encore excités de leurs premiers succès, s'élancèrent avec enthousiasme et impétuosité. Les guerriers masqués se réorganisèrent en hâte pour faire front à cette nouvelle menace. Les corps se percutèrent sans ménagement. Certains valdinguèrent, désarticulés. D'autres servirent de boucliers ou de tampons aux deux masses qui se précipitaient l'une contre l'autre. On crut que les Gueules allaient fléchir, mais les guerriers de la Gueulande firent preuve de ressources et en appelèrent à la sauvagerie de leur Mère Forêt pour stopper la charge clanienne.

Ymaric se dirigea vers le centre de la ligne de combat et chercha Broyeuse dans la mêlée. Il désespérait de la trouver, quand celle-ci se présenta de son propre chef. Du sang maculait son plastron et de la sueur collait ses cheveux sur son front, mais elle ne portait aucune blessure visible.

— Alors ? Tu voulais une guerre ? Je crois que tu es servi !

Le Loup Blanc soupira.

— Comment cela se passe ici ?

Broyeuse planta son épée dans le sol et s'en servit d'accoudoir. Elle tourna son visage vers la plaine côtière et les coteaux où se déroulait la bataille.

— Pour le moment, on encaisse. Ces Gueules sont des guerriers nés et des survivants. Ils ne lâcheront pas facilement. La troupe de

Phéol a été pas mal secouée, mais il tient toujours sa position. Notamment grâce à Aegorn qui harcèle les arrières Gueules autant qu'il le peut. On risque de ferrailler un bon moment. Ça va se jouer à l'usure !

Elle s'arrêta un moment, comme pour reprendre son souffle et désigna la cité avec un petit mouvement de menton.

— Honnêtement, sans le soutien de la milice et des forces de la cité, ce sera dur, très dur.

Ymaric acquiesça. Il avait parfaitement conscience de ce fait. Mais il doutait que Fréost Costière leur vienne en aide. L'homme n'était pas un imbécile. Il devinait parfaitement les intentions du Loup Blanc ; reprendre le trône de la Régence. Quel intérêt aurait-il à soutenir quelqu'un qui voulait le destituer ? Le plus probable, c'était qu'il n'organiserait une sortie de la milice que lorsque les deux armées qui se battaient au pied de sa cité seraient exsangues. Ainsi, il s'accaparerait le rôle du sauveur. Il chasserait la horde Gueule et surtout, il priverait Ymaric de ses principales forces, diminuant le risque d'un coup de force.

Astelline, qui chevauchait à quelques pas du jeune roi, n'avait rien manqué de cette courte conversation. Elle secoua la tête, incrédule. Dans son esprit, la lutte contre les Gueules passait avant toute autre considération. Elle ne voyait pas comment il pouvait en être autrement dans le crâne des autres.

— Les habitants de Sonnecume ne laisseront jamais cela passer ! dit-elle. Ils ne sont pas stupides, ils voient bien qui se bat pour eux en ce moment !

Broyeuse haussa les épaules, fatalistes.

— Les hommes se laissent souvent happer par la facilité. Tant que les portes de la cité sont closes, ce qui passe ici n'est qu'un spectacle. Et le Régent aura sans aucun doute donné des ordres pour que rien ne soit tenté.

Ymaric abonda dans le sens de la guerrière. D'un doigt rageur, il montra la porte nord de Sonnecume qui se trouvait désormais derrière leurs lignes et donc hors de portée des Gueules.

— Toujours close ! Il ne daigne même pas nous envoyer un messager. Pourtant, au-delà de nos divergences, notre priorité devrait être de combattre ensemble contre les Gueules !

— Dans ce cas, pourquoi ne pas envoyer notre propre messager ? demanda Astelline.

Le jeune homme se passa une main soucieuse sur le visage.

— Peut-être le laissera-t-il entrer, mais je doute qu'il l'écoute. Ça ne servira à rien.

— J'irai.

Le Loup Blanc considéra Astelline, un peu surpris. Pour sa part, Broyeuse se laissa aller à un sourire amusé.

— J'aime bien cette idée. Tu as du cran, gamine. En tant que chef d'une Grande Maison, le Régent ne pourra pas t'ignorer.

Ymaric pesta intérieurement. Il se montrait bien plus circonspect quant à l'idée d'Astelline et rechignait à l'envoyer négocier auprès de la Régence.

— Je me méfie de Fréost Costière, c'est un homme aux abois qui semble prêt à tout pour conserver son pouvoir. La milice est à sa botte et il a engagé de nombreux mercenaires. Il considère Sonnecume comme son fief et…

La jeune femme balaya ses protestations avec désinvolture.

— J'ai déjà mâté des hommes plus rudes. Du reste, je me sentirai plus utile. Je ne suis ni une stratège, ni une combattante. Vous me l'avez assez répété. Alors que ça, c'est dans mes cordes, je crois.

Ymaric jeta un coup d'œil en direction de sa tante, mais de toute évidence, Broyeuse avait déjà pris son parti. Entre ces deux fortes têtes, il ne voyait guère quels arguments opposer.

— Très bien. Prenez quatre de mes hommes pour vous escorter. Et surtout, soyez prudente.

Astelline laissa échapper un hoquet amusé et haussa les sourcils.

— Je risque moins dans la cité que vous ici. C'est à vous d'être prudent. Je compte sur vous pour le protéger, ajouta-t-elle à l'attention de Broyeuse.

— T'inquiète pas pour ça gamine et file donc ! Chaque minute compte.

Elle ne se fit pas prier et tourna la bride avec un petit hochement de tête entendu. Le temps de héler les quatre cavaliers les plus proches et elle partait au petit trop en direction des portes de la cité. Ymaric la suivit quelques secondes du regard, mais Broyeuse le rappela bien vite à ses obligations.

— Allez, le louveteau, nous avons une bataille à gagner !

La guerrière n'avait que trop raison. Maintenant que leurs deux contingents étaient réunis et leurs arrières assurés, il était temps de lancer la seconde phase du plan concocté par Phéol et Aegorn. Les deux derniers membres de la Maison Louve s'attelèrent aussitôt à cette tâche. Ils réorganisèrent les archers et commencèrent à former une compagnie avec leurs meilleurs éléments.

L'arrivée des hommes d'Ymaric avait permis aux Claniens de repousser les gueules de quelques dizaines de mètres. Une cohue inextricable mélangeait les combattants. Dans ce fouillis et la poussière provoquée par la mêlée, les masques Gueules facilitaient la perception entre les deux camps. Sans cela, il aurait été difficile de distinguer alliés et ennemis. Mais avec de tels accoutrements, on pouvait se jeter copieusement les uns sur les autres, sans hésiter.

Dans un cri terrible, on vit soudainement débouler un guerrier immense au milieu de cette curée. Le gaillard arborait un masque de batracien surprenant, peut-être un triton. Il maniait un long bâton ferré, dont chaque extrémité s'achevait par une boule de métal hérissée de pointe qui transformait l'arme en un redoutable outil de mort. Avec de grands tourniquets, il dégageait l'espace devant lui et créait une trouée dans l'infanterie clanienne. Ceux qui essayaient de s'interposer finissaient avec une épaule fracturée ou la tête brisée. Toute une troupe le suivait, des guerriers qui s'engouffraient à sa suite et menaçaient de déstabiliser la position clanienne.

Broyeuse se précipita. Elle se dressa devant le triton en esquivant son double gourdin. Le Gueule avait dû reconnaître en elle une adversaire coriace, car il temporisa avant de relever le défi qu'elle lui proposait.

La guerrière sourit en constatant que son unique technique de combat consistait à ce tournoiement incessant. Un mouvement redoutable, certes, mais limité. Combien en avait-elle croisé de semblables dans les arènes dracks ? Champions qui s'imposaient par leur violence et leur prestance. En d'autres temps, elle aurait joué avec lui, pour amuser la foule. À la place, elle agrippa le manche du bâton ferré alors que le Gueule tentait à nouveau de lui fracasser le crâne. Surpris, il tenta de dégager son arme, mais la main de Broyeuse avait pris une teinte grise et semblait comme soudée au bâton. Elle s'avança sans lui laisser le temps de comprendre ce qu'il se passait et plongea son épée dans son ventre. Le triton lâcha un grognement de douleur. Il essaya de se saisir de la Guerrière pour lui comprimer la gorge dans son agonie, mais Broyeuse fourragea avec une telle violence dans ses entrailles qu'il ne put résister et que ses pieds se dérobèrent. Du sang dégoulina de sous son masque et il hoqueta. La troupe qui le suivait marqua un temps d'arrêt. Ils jaugèrent la guerrière avec circonspection. Celle-ci tenait toujours le bâton ferré d'une main. Elle soupesa l'arme.

Un peu lourde, mais elle fera bien l'affaire.

Elle rengaina son épée sans prendre la peine de l'essuyer, puis elle chargea les Gueules avec sa récente acquisition. Elle se joignit de nouveau à la mêlée. Partout, la lutte se faisait âpre. On ne comptait plus les initiatives de part et d'autre pour faire pencher la balance, mais la plus grande cohésion affichée par les Claniens semblait leur donner un léger avantage.

Sur leur coteau, Phéol et Scöne avaient réussi à stabiliser la situation. Leurs lignes étaient désormais solidement positionnées et les Gueules qui tentaient de les en déloger avaient appris à se méfier des charges de cavalerie qui les prenaient à revers.

Scöne passa un chiffon bruni par l'usage sur sa lame encrassée de sang. Il profitait d'un rare moment de pause, alors que les Gueules venaient d'abandonner l'assaut mené contre leur position. Un repli soudain qui, s'il satisfaisait momentanément le seigneur de Nielvallon, l'inquiétait également. Il claudiqua jusqu'à Phéol, occupé à donner des ordres pour réorganiser la défense.

— J'ai vu bien des choses de la part de ces barbares depuis ma première bataille contre eux, à Mès-les-bains, et le moins que je puisse dire, c'est qu'ils m'ont surpris à plusieurs reprises.

— Que voulez-vous dire ? demanda Phéol.

— Cette accalmie ne me dit rien qui vaille. Les Gueules ont sûrement pris la mesure de nos forces à l'heure qu'il est. Les connaissant, ils vont nécessairement tenter quelque chose.

Le Somblune répondit par une moue contrite. Ils avaient déjà perdu un tiers des leurs, blessés ou morts. Il tourna son visage vers le sud. La plaine côtière se couvrait d'un nuage de poussière, à cause des combats et des mouvements de troupes, si bien qu'il devenait difficile d'y distinguer clairement quoi que ce soit. Au loin, il aperçut malgré tout les cavaliers d'Aegorn qui se repliait vers l'ouest, sûrement après avoir lancé une nouvelle charge sur les arrières Gueules.

— Nous n'avons pas encore vu leurs molosses, annonça-t-il. Nos éclaireurs ont pourtant signalé la présence de plusieurs centaines de ces bêtes.

— Et ils ne les utilisent pas que pour chasser, abonda Scône. Ces chiens de guerre sont pires que leurs maîtres, ils ont déchiqueté plusieurs de mes compagnons.

— Évitons de trop penser à ça. Les forces d'Ymaric et Broyeuse progressent. Tout ce que nous avons à faire, c'est de tenir encore un peu.

Scône opina. Il décrocha la gourde qui lui pendait au côté, mais constata amèrement qu'elle ne contenait plus que quelques gouttes.

— Je dois en avoir encore un peu dans la mienne, indiqua Phéol.

— Ça ira merci, répondit le Clanien. Je comptais allez voir dans quel état se trouvent nos blessés, je tâcherai de dégotter une gourde encore pleine.

Phéol lui passa une tape sur l'épaule.

— Comme vous voulez. Mais ces bougres en ont sûrement encore plus besoin que vous.

Le seigneur de Nielvallon traversa la compagnie d'archers qui se tenait derrière les fantassins et gagna l'autre versant du coteau sur lequel ils stationnaient. Là, il trouva une infirmerie improvisée qui tenait plus du dortoir pour agonisants que d'un lieu de soin. On y avait traîné ceux qui respiraient encore, mais qui ne pouvaient plus se battre. Certains seraient heureux s'ils ne finissaient pas estropiés. D'autres, encore plus chanceux s'ils réussissaient à survivre. La troupe ne disposait d'aucun véritable moyen médical, tout juste quelques hommes avec de vagues connaissances en médecine les accompagnaient-ils. Débordés, ils se contentaient de stopper les hémorragies. Quand ils le pouvaient !

Ce spectacle désola Scöne. Il s'accroupit près d'un blessé que la souffrance convulsait. L'homme, bien que délirant à moitié, parut le reconnaître.

— À boire.

Avec sa gourde vide, Scöne se sentit tout à fait inutile. Il balaya rapidement les alentours, mais ne vit rien qui puisse l'aider.

— À boire.

— Quelqu'un ici ! Cet homme a besoin d'eau !

Un infirmier au visage de déterré se tourna dans sa direction.

— Comme la plupart ici. Mais celui-ci est déjà mort, mieux vaut garder l'eau pour ceux qui ont une chance de s'en sortir.

Ce pragmatisme cynique frappa le noble clanien. Pourtant, il ne pouvait s'y résoudre totalement. Il prêta un peu plus d'attention au visage du mourant. Un homme jeune, moins de vingt ans. Du sang coagulé lui collait la tignasse, tandis que la sueur et la crasse recouvraient le reste. Ses yeux étaient de ce gris sombre que l'on rencontrait souvent aux abords du Lac de la Dame. Ce garçon aurait très bien pu venir de Nielvallon. Peut-être était-ce le cas.

—Alors, donnez-m'en, à moi. Ma gourde est vide. Les combats et la poussière m'ont assoiffé.

L'infirmier se leva et piocha une gourde dans un petit tas qu'un repli du terrain avait caché à la vue du seigneur de Nielvallon. À voir leur état, nul doute qu'elles avaient été récupérées sur des cadavres. L'homme la lui tendit mollement.

— Merci.

Scöne la déboucha et prit quelques gorgées. Puis, il se pencha de nouveau sur le blessé et lui redressa la tête.

— Que faites-vous ?

— J'essaie de garder mon humanité.

Le liquide s'immisça entre les lèvres tremblantes et provoqua une légère quinte de toux. Scöne reposa doucement la tête du jeune homme qui ne disait pas un mot, mais ne le quittait pas des yeux.

— La Dame va bientôt venir, petit. Elle prendra soin de toi. Plus de douleur ni de peine. N'aie pas peur. Car aujourd'hui, tu as gagné ta place à la table des Façonneurs.

Il essayait de sourire en disant cela. L'autre ne répondait toujours pas. Scöne n'entendait plus qu'un filet de respiration. Puis il se rendit compte que ce regard qui le dévisageait était devenu trop fixe. Il ne cillait plus. Le seigneur de Nielvallon ferma les yeux pour repousser les sentiments que cette mort et la fatigue provoquaient en lui. Il les rouvrit pour mieux clore ceux du défunt.

Sans même saluer l'infirmier, il repartit d'où il venait. Arrivé au sommet du coteau, il entendit le bruit sourd d'une cavalcade qui le ramena à la réalité de la bataille.

On dirait qu'Aegorn remet ça.

Des cris effarés se firent entendre depuis les lignes de fantassins. Au milieu de ce brouhaha, la voix forte de Phéol se fit entendre.

— Tenez vos positions ! Préparez-vous à soutenir la charge !

Surpris par le ton employé par le maître d'armes, Scöne porta son regard sur la plaine côtière.

Par les sept Façonneurs ! Que la Dame nous garde !

Il dévala alors le coteau sans plus tenir compte de l'estafilade de sa jambe et tira sa lame.

03

Des aurochs. Des aurochs montés. Cinq cents peut-être. Le bruit provoqué par leur chevauchée s'amplifiait rapidement. Ils ne possédaient pas la vitesse des équidés, mais ils compensaient par leur puissance. Agrippés sur leur dos, armés de haches pour la plupart, des guerriers masqués attisaient leur rage. Certains sonnaient du cor, les autres criaient, hurlaient. Un spectacle saisissant et inconnu jusque-là. Ils fonçaient sur la position clanienne.

Scöne dévala le coteau pour rejoindre Phéol. Le Somblune haranguait les hommes et distribuait ses ordres.

— Serrez les rangs ! Plantez la hampe de vos lances au sol et bloquez-les avec le pied. Visez les poitrails. Il faut stopper cette charge à tout prix !

La raison se passait de commentaire. Ils seraient piétinés, balayés. La pente du coteau ralentirait à peine la charge bovine. Quant à tourner le dos, c'était s'offrir encore plus facilement aux cornes et aux haches. Ils n'avaient pas le choix.

— La voilà, votre maudite surprise ! cria Phéol à l'attention de Scöne quand celui-ci l'eut rejoint.

Le Clanien aurait bien rétorqué un mot à sa façon, mais le temps manquait déjà. Les mufles piquaient sur les fantassins. Ceux-là tremblaient de tous leurs membres et la fermeté fit défaut à leurs bras pour soutenir le choc. À l'impact, des poitrails aux poils collés par la sueur et la poussière s'empalèrent sur les pointes des lances. Mais la masse des animaux et leur élan projetèrent leurs corps dans les lignes claniennes. Des guerriers masqués, propulsés dans les airs par cet arrêt brutal, retombaient au milieu des soldats toutes lames dehors. Les fendoirs s'abattaient et semaient la confusion. Juste derrière, les premières bêtes cornues bousculaient les hommes éprouvés et les transperçaient de leurs appendices. À peine ralenties, elles piétinaient en tous sens, désorientées et affolées. Leurs cavaliers brinquebalants s'agitaient comme des pantins mortels et farouches.

Dans la cohue, Phéol et Scöne se trouvèrent séparés et toute la défense fut mise à mal. Ceux qui, jetés au sol par la charge, étaient en mesure de se relever demeuraient étourdis et abasourdis. Ceux qui étaient demeurés debout essayaient de se réunir en petits groupes pour mieux faire front, reculer aussi ! Enfin, les autres, ceux qui respiraient encore, rampaient lamentablement ou gémissaient.

Phéol avait été chanceux. Bien campé sur ses deux jambes, il ralliait à lui tous les fantassins qu'il pouvait. Il n'espérait plus tenir sa position, mais il voulait tenter de rejoindre Ymaric et Broyeuse. Il cherchait également à sauver le plus d'hommes possible, mais le chaos régnait partout sur le coteau et c'était à qui survivrait le mieux. La cavalerie Gueule s'évertuait à encercler les groupes de soldats qui se formaient, à les diviser pour les massacrer les uns après les autres.

Le Somblune avait réussi à regrouper une centaine de fantassins, tout au plus. Serrés les uns contre les autres, ils présentaient un mur de boucliers à leurs ennemis. Phéol avisa un autre groupe de taille moindre à moins de cent mètres d'eux. Aussitôt, il lança une manœuvre pour tenter de les rejoindre.

— Remontez le coteau sans desserrer les rangs ! Tenez bon ! Les cavaliers d'Aegorn vont venir !

C'était leur seul véritable espoir.

Plus bas, Scöne relevait la tête, hébété. Le flanc d'un aurochs l'avait fait valdinguer. Il l'ignorait, mais sa chute lui avait probablement sauvé la vie. La hache du cavalier avait frôlé son cuir chevelu et laissé une entaille à peine perceptible.

Il reprenait ses esprits. Autour de lui, il ne voyait que des corps, avec ou sans vie, des pattes et des sabots. Il tâtonna pour retrouver son épée, mais celle-ci avait dû voler plus loin encore. Alors, il rampa jusqu'au corps du fantassin le plus proche et s'empara de son glaive. Il ne chercha pas à se relever tout de suite, il voulait d'abord prendre la mesure de la situation. Il aperçut les groupes de fantassins qui s'organisaient et entendit la voix de Phéol qui surmontait le vacarme. Tout le reste n'était qu'aurochs et guerriers masqués.

Il se décida d'un coup et bondit en direction du groupe le plus proche. Sa jambe blessée ralentissait sa foulée et le choc n'avait sûrement rien arrangé. Il courait, au milieu des monteurs d'aurochs et des cadavres. Il courait pour sa vie.

Un premier Gueule le chargea. Il esquiva la pointe d'une corne sans trop savoir comment et para la hache qui menaçait son crâne. La bête passa et il lui assena un violent coup d'estoc dans une patte arrière. Il dut toucher quelque chose, un tendon peut-être, car l'animal s'effondra et sa chute projeta son cavalier au sol.

Scöne ne s'attarda pas et reprit sa course. Il se retrouva aussitôt devant un nouvel équipage. L'auroch arrivait de front, mais au pas. Aussi, le Clanien n'hésita pas et il lui abattit sa lame sur les naseaux. Le coup fit plus de peur que de mal, mais le mouvement de frayeur de l'animal suffit à désarçonner son cavalier. Scöne se jeta sur lui alors qu'il se relevait. Le Gueule intercala sa hache entre lui et l'épée du Clanien. Profitant de sa position avantageuse, le seigneur de Nielvallon lui décocha un coup de pied dans les côtes. Puis il abattit son épée à plusieurs reprises sur le guerrier à terre, comme un bûcheron, jusqu'à ce que le barbare cède sous la violence des coups. Le manche de la hache se brisa, puis juste après le bois du masque, ainsi que, en toute probabilité, une partie du visage de son propriétaire.

Une voix interpella le noble clanien.

— Scöne ! Par ici !

Le seigneur de Nielvallon reconnut le timbre caractéristique de Phéol. Il vit alors qu'il ne se trouvait plus qu'à une vingtaine de mètres du Somblune et de sa petite compagnie. Le souffle lui manquait, mais l'espoir revenait.

— Allez, tu y es presque ! Encore un petit effort !

Facile à dire, l'ami.

Après une profonde inspiration, il s'élança de nouveau. Sa course était erratique, il se concentrait sur son objectif en essayant de faire abstraction du danger. Il ne vit pas la masse sombre qui fonçait sur lui. Au moment du choc, il sentit clairement ses os se briser et une corne lui labourer le flanc. Le craquement était sinistre, mais bizarrement, il n'éprouvait aucune douleur. Il vit comme dans un rêve son corps désarticulé rouler sur le sol.

Facile... à... dire... l'ami.

Impuissant, Phéol regarda avec horreur le corps du seigneur de Nielvallon être projeté une nouvelle fois dans les airs par la bête cornue qui l'avait terrassé. Scöne n'était plus qu'un pantin, une marionnette à laquelle on avait coupé les fils qui l'animaient. Le Somblune serra la mâchoire. Il commençait tout juste à apprécier cet homme.

— Que la Fée lune te guide jusqu'au Grand Vase de la Chimère.

Une prière, c'était tout ce qu'il pouvait se permettre. La mêlée bousculait sa compagnie, il lui fallait garder pied pour soutenir la cohésion de sa petite troupe.

— Par Bregard ! Mais que fait Aegorn, où sont ses cavaliers ?

*****

Les chevaux se hissèrent au sommet d'une petite côte. La technique de harcèlement adoptée par Aegorn montrait ses limites, mais pour le moment, le seigneur de Gardenor hésitait à lancer ses hommes dans une nouvelle charge frontale. La poussière soulevée par la bataille rendait le terrain chaotique et à plus d'une reprise, ils avaient été surpris par des barricades de bois ou des tranchées remplies de piques. Les chevaux s'y brisaient les jambes et leurs cavaliers finissaient désarçonnés. De plus, ces séries de mouvements rapides, entre approche au trot et fuite au galop, essoufflaient les montures.

Plusieurs fois, aussi, ils avaient essuyé des tirs de frondes et de javelots. Aegorn regrettait de ne pas disposer d'archers montés, seule une fraction de ses cavaliers savait manier un arc. Ils auraient pu garder leurs distances et manœuvrer à la façon de certains nomades des steppes du Nord, par cercles concentriques.

Le seigneur de Gardenor se pencha pour flatter l'encolure de son cheval. La poussière et des particules de sable s'y collaient à cause de la sueur. Ici, le terrain s'avérait très différent de celui auquel il était habitué. Les Terres Sauvages pouvaient se résumer à une vaste plaine marécageuse, qui comportait peu de relief. Là, les coteaux alternaient avec la plaine côtière, où le sable se soulevait aisément pour former des nuages plus ou moins denses, ce qui avait la fâcheuse tendance de gêner la visibilité.

Du coin de l'œil, il aperçut Bystar qui remontait la pente pour le rejoindre. Le capitaine époussetait sa tunique pour tenter de lui redonner sa couleur d'origine. Les deux hommes échangèrent un rapide regard, avant de reporter leur attention sur le champ de bataille.

Les forces conjointes du Loup Blanc et de Broyeuse essayaient de progresser vers le sud, tandis que Phéol consolidait sa position.

— Cela se présente mieux qu'on aurait pu le croire, commenta Bystar.

Aegorn hocha doucement la tête. S'il observait la même bataille que son capitaine, il n'y voyait pas la même chose. Son regard se perdait un peu plus loin, au-delà de la guerre. Quand il voyait des hommes tombés, c'était à d'autres disparus qu'il pensait. Sa femme et son fils, dont il n'avait plus aucune nouvelle depuis le début de l'invasion. Il les croyait morts et s'il guerroyait aujourd'hui, c'était d'abord pour obtenir une rédemption vis-à-vis de lui-même.

Il était l'Aigle du Nord, le protecteur des Marches. C'était son rôle de protéger la Claneterre des barbares Gueules. Ses pères avant lui n'avaient jamais failli à cette tâche. Mais il s'était montré faible, incapable d'anticiper les plans de l'ennemi ou de convaincre les autres Grandes Maisons de l'immense danger qui les menaçait. Ce qu'il contemplait, ce n'était pas une bataille, c'était le résultat de son échec. Ceux qui mouraient aujourd'hui étaient comme sa femme et son fils, il n'avait pas su les protéger. Il serra le poing sur sa bride et se força à se focaliser sur l'instant présent.

— Les Gueules n'ont pas encore sorti tous leurs atouts. Nous allons rester en retrait, le temps de récupérer un peu et de voir comment cela tourne. J'aimerais pouvoir lancer une attaque massive sur leurs arrières, mais ces bouffeurs de mandragore savent comment utiliser le terrain.

— Oui, ils renversent des chariots et plantent des piques. Ils utilisent les toiles de tente pour masquer des pièges sommaires. C'est archaïque, mais efficace ! Notre cavalerie ne peut pas donner sa pleine puissance dans un tel capharnaüm. Sans compter cette foutue poussière !

— J'ai perdu plus d'hommes à cause d'une mauvaise chute ce matin, que par le combat lui-même, confirma le seigneur de la Maison Gardenor. Les Gueules visent d'abord les chevaux, ils savent qu'une fois à terre, les chances s'égalisent, voire penchent de leur côté.

Bystar opina. Il avait lui-même été à deux doigts de tomber à terre. Les guerriers masqués préféraient s'attaquer aux jarrets des montures, plutôt qu'aux cuisses de leurs cavaliers.

— Ils connaissent bien nos techniques de cavalerie, dit-il, après tout, cela fait des siècles que nous les poursuivons dans les Terres sauvages.

— J'espérais que la masse les déstabiliserait.

La remarque d'Aegorn fut couverte par la sonnerie de plusieurs cors, tandis qu'un bruit de cavalcade remontait vers eux. Le seigneur de la Maison Gardenor et son capitaine se dressèrent sur leurs étriers pour mieux voir.

— Par les Sept !

Les guerriers masqués avaient utilisé les nuages de poussière pour cacher leurs préparatifs. Aegorn se souvenait bien que les éclaireurs avaient signalé la présence d'aurochs, mais jamais il n'aurait pensé que les Gueules pouvaient s'en servir de monture et encore moins qu'ils en disposaient d'un si grand nombre. À ses côtés, Bystar se montrait tout aussi affligé, et à peine moins surpris. Mais lui avait déjà vu de tels équipages en une occasion.

— Vite ! Ils vont balayer Phéol et ses hommes !

Sans même attendre d'ordre de la part d'Aegorn, le capitaine s'élança en criant pour arracher les cavaliers à leur stupeur. Une bonne partie de la troupe s'empressa de le suivre, talonnant les montures pour ne pas arriver trop tard.

Aegorn se ressaisit à son tour et imita son officier. Sa voix couvrit le vacarme ambiant et il rassembla les cavaliers qui ne s'étaient pas encore mis au galop dans le but de couvrir les arrières de Bystar.

Celui-ci arrivait déjà en bas de la côte. Il avait ralenti sa course pour permettre à la charge de s'organiser. La troupe se faisait plus compacte comme ils abordaient la pleine côtière. Mais sur sa droite, Bystar aperçut des silhouettes qui venaient à leur rencontre. Avant qu'il ne comprenne de quoi il s'agissait, les premiers chevaux furent fauchés et des voix s'écrièrent.

— Molosses !

Bystar vit alors les premiers chiens qui se jetaient sur les pattes des chevaux pour les mordre et les jeter à bas. Des dizaines, plus probablement des centaines, couraient dans leur direction, excités par leurs maîtres qui les suivaient de près.

L'officier pesta, persuadé que la concomitance entre la charge des aurochs montés et le lâcher des molosses ne devait rien au hasard. L'attaque de ces derniers avait coupé l'élan de la cavalerie et celle-ci se retrouvait en mauvaise posture. Les terribles dogues se mettaient à deux ou trois sur un cheval. Ils bondissaient sur les croupes, grognaient, aboyaient, mordaient les jarrets ou saisissaient les jugulaires. Les cavaliers faisaient de leur mieux pour repousser ses assauts, mais les montures effrayées se débattaient et devenaient un danger aussi bien pour les Claniens que pour les molosses qui les agressaient.

Dans cette cohue, difficile de savoir quel ordre donner, ni comment réagir. Bystar ne trouva rien de mieux que tenter une retraite, mais déjà, il ne contrôlait plus rien. Les dogues étaient partout. Il se retrouva bien vite à devoir défendre sa propre monture, tout en essayant d'en conserver la maîtrise.

Il balayait autour de lui avec son épée, tandis que son cheval ruait et se cabrait. Tant bien que mal, il cherchait à le diriger vers un coteau pour l'éloigner des crocs et des babines qui le menaçaient.

Des hennissements apeurés se mêlaient aux cris et aux aboiements. Des guerriers Gueules firent leur apparition et ajoutèrent à la confusion et au désarroi des Claniens. On commença à ferrailler en tout sens, sans distinction, avec le seul but de survivre et de quitter ce bourbier.

Un molosse mordit l'encolure du cheval de Bystar. Le capitaine donna un coup de taille dans la bête qui lâcha prise et roula au sol. Mais sa monture, affolée, se cabra en même temps et le désarçonna. Bystar retomba lourdement sur le dos et le choc lui fit lâcher son arme.

Le cheval, totalement épouvanté, blessé et sans plus personne pour lui tenir les rênes, tenta de se frayer un passage en partant au galop. Bystar, à demi sonné, se sentit emporté par une secousse. Son pied boiteux était resté coincé dans l'étrier et sa monture le traînait au sol dans sa fuite. L'officier grimaça de douleur alors que son corps raclait le sol et se cognait aux obstacles qui affleuraient. Il tenta de se détacher, mais entre les chaos et les faiblesses de sa jambe, il fut incapable d'atteindre l'entrave qui le retenait.

Sur un bond de l'équidé, il sentit un craquement vif dans sa cheville et son pied se libéra soudainement. Le capitaine, meurtri et hébété, resta à même le sol. Des larmes coulaient abondamment sur ses joues et tous ses membres, son buste l'élançaient. Une douleur sourde palpitait depuis sa cheville brisée et il lui semblait avoir plusieurs côtes cassées, car sa respiration était courte et insupportable.

Qu'Orphel me garde ! Finir comme ça, sur une mauvaise chute de cheval.

— Capitaine !

Un cavalier venait de stopper sa monture à son niveau. Bystar parvint à se redresser en grognant.

— Vous pouvez vous lever ?

L'officier effectua un mouvement de déni avec la tête.

— Filez donc auprès d'Aegorn tant que vous le pouvez ! Il faut se rassembler et combattre ces foutus molosses à pied, en protégeant les chevaux.

Le soldat refusa d'abandonner Bystar. Prestement, il descendit pour aider le capitaine à se relever.

— Je vais vous mettre en croupe. Vous avez survécu à Fort Aiglon, vous survivrez à Sonnecume !

Dans le regard du soldat, Bystar lut de la reconnaissance et du respect. Il n'y prenait pas garde, mais le capitaine savait que depuis la bataille de Fort Aiglon, que lui-même qualifiait plutôt de massacre, beaucoup le considéraient comme un héros. Il avait chevauché aux côtés du Loup Blanc et réussi à franchir une marée de Gueules. Pour cela, on l'admirait, alors qu'il s'était contenté de fuir avec ceux qui le pouvaient.

Bystar pensait que l'autre ferait mieux de le laisser là, mais que pouvait-il protester ? Les forces lui manquaient et la tête lui tournait. Il dut serrer les dents pour ne pas crier quand le cavalier le saisit sous les aisselles. Bientôt, il se retrouva appuyé contre la monture de son bienfaiteur. Le cheval frémissait des épaules à la queue et jetait des regards inquiets en trépignant. Un aboiement tout proche dissipa le peu de maîtrise que le destrier conservait sur lui-même. Sans prévenir ni tenir compte des appels de son maître, il partit au galop vers les coteaux, à l'opposé de la bataille. Bystar dégringola derechef et sa figure vint se coller contre le sol sablonneux. Mais avant de tomber, il eut le temps d'apercevoir un masque qui se jetait contre le cavalier qui avait essayé de le secourir. Rapidement, un combat acharné s'engagea entre les deux hommes.

Bystar vit alors un dogue qui approchait dans le dos du cavalier. L'animal grondait et montrait déjà ses crocs. Sans réfléchir à ce qu'il faisait, le capitaine extirpa la seule arme qui lui restait, une dague, et grogna à son tour pour attirer l'attention du molosse. Celui-ci non plus ne prit pas le temps de réfléchir, il fondit sur Bystar.

Le capitaine essaya de l'intercepter avec sa dague, sans succès. Le dogue planta ses crocs dans son épaule et un flot de sang jaillit. La bête s'excita davantage et secoua violemment sa proie. À force de tentative, Bystar réussit à planter son arme dans le flanc du chien. Le dogue grogna et abandonna l'épaule du malheureux pour plonger sur sa gorge. Le cavalier interposa sa main gauche entre la gueule et sa jugulaire. Cette fois, il ne put se retenir de hurler quand son poignet craqua sous la pression de la puissante mâchoire.

Avec rage, il planta sa dague dans le ventre du molosse et fourragea à l'aveugle dans les entrailles. Des griffes lui labourèrent le visage et manquèrent de lui arracher un œil. Il sentait la bave du clébard lui dégouliner sur le menton et un mélange poisseux se formait sur son buste avec le sang. Sa lame racla quelque chose et le molosse glapit. L'animal lâcha un bras totalement désarticulé et essaya à nouveau d'atteindre la gorge de son ennemi. Mais Bystar poussa de toutes ses forces sur son bras valide, avec sa lame toujours plantée dans le corps de la bête. Un craquement fit frémir le thorax ainsi martyrisé puis, dans un râle rauque, le molosse cessa de s'agiter. Au bout de son effort, Bystar manqua de s'évanouir quand le dogue sans vie vint s'écraser sur lui. Il ne chercha même pas à repousser le corps sur le côté. Il s'évertua juste à reprendre son souffle.

Une ombre passa sur cet étrange couple. Quelqu'un dégagea le corps du dogue sans ménagement. Bystar écarquilla les yeux. L'espace d'un instant, il espéra qu'il s'agissait du cavalier. Un masque sanglant se présenta à la place.

Le Gueule ne tergiversa pas. Il leva sa hache, écarta d'un coup de pied la dague qui le menaçait misérablement et trancha cette gorge que Bystar avait défendue avec tant d'abnégation.

04

Deux tourelles défensives enchâssaient les portes nord de la ville. En bois épais renforcé par des barres de fer, elles mesuraient approximativement trois mètres de large pour quatre mètres cinquante de haut. Elles étaient surmontées d'un tympan orné de sculptures patinées par les intempéries. Les motifs maritimes encadraient un cartouche où figurait l'arbre clanique, l'emblème du pays, dont le ramage symbolisait l'alliance des Maisons. Il était flanqué à sa gauche par une galère et à sa droite par un loup. La première représentait la fonction portuaire de Sonnecume, tandis que le second symbolisait le pouvoir de la Régence. À ce sens premier, un autre venait s'ajouter. Car la galère pouvait également représenter les Temples, à travers la puissante flotte du Temple-Eau, tandis que la seconde se passait d'explication. Elle était un témoignage du temps où la Maison Louve régnait ici. De tels vestiges se croisaient un peu partout dans la cité. Il y avait une belle ironie à voir en si bonne place l'emblème du Loup Blanc. D'ailleurs, d'autres ornements rappelaient le passé complexe de Sonnecume.

Sur le montant de la porte, une frise reprenant les cinq symboles des différentes magies élémentaires rappelait que la cité avait jadis été fondée par les Templiers. Ceux-là ne l'avaient jamais vraiment cédée et leur présence demeurait importante. À l'instar du premier Loup Blanc et de sa descendance, ils avaient façonné la ville. Ce double héritage était visible partout et formait une marque indélébile que les Costières n'avaient pas réussi à effacer, ni même à atténuer. La Régence n'avait jamais osé toucher à ces symboles, de crainte qu'un geste aussi équivoque indispose les habitants de la ville. Si les Loups Blancs avaient régné ici en conquérants puis en maîtres respectés et admirés, les Costière siégeaient sur le trône un peu comme des invités.

Dehors, l'armée du Loup Blanc affrontait la horde Gueule. À l'intérieur, tous savaient que le jeune seigneur ne venait pas seulement délivrer la cité du siège, mais aussi défier l'actuel occupant du trône de la Régence. Derrière les murs, la confusion régnait. Les habitants saluaient l'arrivée du Loup et de son armée. Elle grondait, aussi. Elle ne comprenait pas pourquoi le Régent interdisait à la milice d'intervenir. Cette dernière était divisée. Sous la pression populaire et par envie, une partie voulait se porter en renfort à l'extérieur. Une autre hésitait à contrevenir aux ordres. Enfin, une troisième, la plus petite, soutenait ouvertement le Régent Fréost Costière.

Cette dernière était composée d'officiers, pour la plupart. Des fidèles et des proches de la famille Costière. Ils détenaient des postes clés et freinaient les velléités. Ce verrou permettait au Régent de conserver les rênes de la cité. Et celui-ci n'avait donné qu'un seul mot d'ordre. Les portes devaient rester closes.

Fréost Costière n'était ni un fou, ni un tyran imbu de pouvoir, mais un dirigeant qui se savait en faillite. En conservant le contrôle de la ville, il espérait garder une marge de manœuvre dans une situation complexe. Si le Loup Blanc perdait, il pourrait alors prétendre, devant les habitants de la ville, qu'il avait fait le bon choix pour leur sécurité. Si au contraire, le seigneur de la Maison Louve parvenait à vaincre les Gueules, les portes fermées de la ville le mettraient en fâcheuse posture et l'obligeraient à négocier.

Le Régent savait qu'une autre armée marchait sur Sonnecume, encore plus nombreuse. Le roi autoproclamé du Sud, Ménisial Méride, accourait avec dix mille hommes. Or, Fréost se doutait bien que si ce roitelet bougeait, c'était parce que le Loup Blanc représentait un danger pour sa position tout juste acquise. Aider à lever le siège de Sonnecume était accessoire.

Trois dirigeants pour un même pays, c'était définitivement trop. Soit l'un d'eux s'imposait, soit il faudrait redessiner les cartes. Dans cette deuxième optique, tant qu'il demeurait en sécurité derrière les murs de sa cité, Fréost pouvait tirer son épingle du jeu. Coincé entre la puissante Maison du Sud et une Maison Louve en pleine renaissance, le Régent pensait que sa seule porte de sortie consistait à trouver un accord avec l'un ou l'autre des deux camps, voire, avec les deux !

En attendant, ses calculs et ses tergiversations agaçaient la ville dont il était sensé être le protecteur. La fronde y grondait sourdement, car beaucoup ne comprenaient pas pourquoi les intérêts d'un homme ou d'une famille, fusse une Grande Maison, devaient passer avant ceux de la Claneterre.

En approchant de l'enceinte, Astelline se rendit compte que les remparts étaient devenus le poste d'observation d'une faune singulière. Celle-ci assistait à la bataille comme à un spectacle. Des curieux y bousculaient les soldats, citadins ou réfugiés, hommes, femmes et même des enfants. Les officiers avaient beau leur hurler de rentrer chez eux, c'était peine perdue. Et les miliciens n'essayaient même plus de les refouler. Dans cette foule, on décelait également de la confusion. Et les bras qui se tendaient vers la plaine ne cherchaient pas à désigner un mouvement, signaler un acte de bravoure ou prévenir d'un danger, ils interrogeaient. Pourquoi la milice ne se battait-elle pas en bas ?

La même scène se répétait partout sur les remparts de la ville. Une foule citoyenne partagée entre crainte et espoir, des soldats interloqués et des officiers aux mines renfrognées. Ceux de la porte nord ne regardaient pas précisément la bataille. Leur attention se dirigeait vers le petit groupe de cinq cavaliers que menait Astelline dans un galop modéré. Le capitaine chargé de cette portion des défenses fit bander les arcs.

— Qui va là ?

La jeune femme stoppa sa monture et se dressa sur ses étriers pour être mieux vue.

— Je suis Astelline Lacustrel. Je demande à entrer en ville.

— Ceci est une ville assiégée. Nul n'entre ou ne sort. Ordre de la Régence.

— C'est justement le Régent que je viens voir.

Le capitaine se pencha dans une trouée entre les créneaux.

— Nul n'entre ou ne sort, répéta-t-il. Si tu as un message délivre-le, il sera transmis.

La jeune femme se tassa sur sa selle. Un instant, on aurait pu la croire abattue, mais c'était pour mieux relever la tête et faire entendre sa voix. Son arrivée créait déjà une petite agitation sur les remparts et de nombreuses têtes se hissaient au-dessus des créneaux pour l'apercevoir. Certains, des adolescents surtout, n'hésitaient pas à se jucher sur les défenses.

— Je répète, je suis Astelline, aînée et Seigneur de la Maison Lacustrel. Les miens ont donné leur vie et leur sang pour défendre ce pays et cette cité. Et toi, qui es-tu donc, pour m'interdire l'entrée dans Sonnecume ?

Un murmure d'indignation s'éleva timidement du mur. Mais celui-ci n'était pas dirigé contre la jeune femme. Il y eut quelques secondes d'hésitation avant que l'officier ne donne une réponse.

— Je ne fais que suivre les ordres du Régent. Quel message dois-je lui apporter ?

Le murmure s'amplifia. La masse des curieux ne cessait d'enfler, si bien que ce coin de muraille paraissait dégorger de bras, de têtes et de jambes. Astelline baissa la tête, mais du haut des remparts, une voix fusa. C'était un cri parmi d'autres, mais il lui apporta un sourire inattendu. Elle poussa sur ses étriers et constata le brouhaha, presque une cohue, qui agitait la foule. Elle haussa alors sa voix claire autant qu'elle le put pour faire entendre sa réponse au plus grand nombre.

— Ainsi, voilà les ordres du Régent ? Fermer les portes à ceux qui viennent secourir la ville et se terrer derrière les murs. Tu veux un message ? Je vais te donner un message ! Va donc demander à ton Régent s'il n'a pas honte ! Quel dirigeant se comporterait comme lui, à part un couard ou un tyran ?

Elle haussa davantage la voix et toisa la foule qui l'écoutait depuis les remparts.

— Et vous tous ! N'y a-t-il parmi vous que des lâches ? Je ne le crois pas ! J'en vois qui grondent. Cessez donc de retenir vos crocs ! Croyez-moi, l'histoire se souviendra de vous, mais c'est à vous qu'il appartient de choisir de quelle manière. Comme des lapins, apeurés dans leur terrier, ou comme des loups qui auront rejoint la meute pour combattre la horde ! Moi, je sais déjà que j'aurai ma place à la table des Façonneurs, mais vous ? L'un d'entre vous osera-t-il ouvrir ces portes ? Celui qui n'est pas prêt à défier un Régent en fin de règne n'est certainement pas capable d'affronter un Gueule !

Ses paroles semblèrent porter. Un tumulte important régnait désormais sur les remparts. Elle crut entendre l'officier tenter de ramener le calme, mais d'autres cris, plus forts, plus nombreux, couvrirent sa voix. Après quelques minutes, la poterne de la porte s'ouvrit en grand. Un sergent au visage hirsute s'y encadra et lui fit signe d'entrer.

Astelline et sa petite délégation descendirent de leurs montures et passèrent sous l'ombre du porche. La jeune femme était pleine d'appréhension. Elle ne savait pas à quoi s'attendre une fois à l'intérieur. Mais tourner bride maintenant équivalait à renier ses propres mots. Cela reviendrait à montrer ses faiblesses et ses doutes. Elle venait ici quérir de l'aide, pas chercher un refuge. Elle essaya d'afficher un visage rempli d'une confiance qu'elle ne possédait pas.

En plus de la poterne, elle dut également passer une grille. Dans le vaste passage voûté qui perçait l'enceinte, il faisait très sombre. La faute à une foule qui l'attendait, massée devant l'entrée. Des soldats côtoyaient des citadins, des enfants de dix ou onze ans se frayaient un passage entre les jambes des adultes, on se bousculait même un peu. Le brouhaha avait laissé la place à un murmure attentif. Astelline discerna quelques bouts de phrases que l'on s'échangeait ici ou là.

— *C'est une Louve ?*

— *Non, une Lacustrel !*

— *En tout cas, elle chevauche avec lui.*

Le sergent qui venait de lui ouvrir se tenait face à elle et visiblement, il attendait qu'elle prenne la parole. La jeune femme avisa alors un homme ligoté que l'on avait traîné jusqu'ici.

— Qui est-ce ? demanda-t-elle.

— L'officier en charge de cette porte. Il ne vous aurait jamais ouvert. Et maintenant ? Le Régent saura très vite ce qui vient de se passer.

Astelline marqua un léger mouvement de surprise.

— Quelle est la situation, exactement, à Sonnecume ?

Le sergent passa une main sur sa nuque en évitant de regarder directement la chef de la Maison Lacustrel dans les yeux.

— Exactement ? Ben… C'est que c'est compliqué…

— Vous voulez que je vous dise quoi faire ? Alors je dois savoir ce qu'il se passe.

Le soldat inclina le menton.

— Beaucoup ne comprennent pas pourquoi nous, la milice, nous n'intervenons pas pour aider à chasser les Gueules. C'est pourtant pas les hommes qui manquent, avec les mercenaires engagés par la Régence et les troupes templières venues renforcer la ville. Alors y'a des rumeurs. Certains disent que c'est le Régent qui a fait tuer le Loup Blanc… Je veux dire le vieux… Enfin, vous voyez ce que je veux dire ?

Astelline hocha la tête et l'encouragea à continuer.

— Les mêmes disent que c'est à cause de ça que le Régent ferme les portes et reste dans son palais. Moi, j'sais pas si c'est vrai. Mais il y a beaucoup de mécontents. On devrait tous se battre contre les Gueules, non ?

— S'il y a autant de mécontents, pourquoi ne pas envoyer une délégation auprès de Fréost Costière ?

Son interlocuteur haussa les épaules.

— Les Templiers l'ont fait. Mais le Régent ne les a pas écoutés. Et nous, les soldats, nos officiers sont pour la plupart redevables à la famille Costière, d'une façon ou d'une autre. Ils ne veulent pas entendre nos avis. Quant aux notables et aux bourgeois, la plupart ont fui la ville depuis longtemps. Alors une délégation, vous pensez bien.

Astelline se frotta pensivement le menton. Voilà une situation à laquelle elle ne s'attendait pas. Elle se sentait légèrement désemparée, mais elle essayait de ne pas le montrer.

— Et parmi, la milice, combien sont prêts à défier les ordres des Costière ?

— Assez. Mais beaucoup ont peur. Vous savez. On est que des soldats. On est habitué à suivre les ordres.

La jeune femme lui adressa un sourire. Encore trop timide. Mais déjà un premier signe de confiance en soi.

— Pas toujours, apparemment ! Et c'est une bonne chose.

Maintenant, elle commençait à avoir une idée assez claire de ce qu'elle devait faire, même si elle ne savait pas vraiment comment s'y prendre. Au culot, au bagout, en effrontée ? Il fallait bien essayer. Elle posa une main sur l'épaule du sergent et l'invita à faire face à la foule des soldats et des citadins avec elle.

— Vous tous ! Ne nommez plus Fréost Costière « Régent ». Il n'en a plus le titre ni la dignité ! En tant que dame de la Grande Maison Lacustrel, je possède autant d'autorité que lui. Faites savoir ceci à qui veut l'entendre. Et ajoutez cela. Je réunis une troupe de volontaires pour aller combattre les Gueules dehors. Tous les miliciens, les soldats, les mercenaires qui souhaitent nous rejoindre seront plus que bienvenus. Allez ! Criez-le haut et fort, pour la Claneterre et pour le Loup !

La petite foule amassée hurla un ersatz de cri de guerre en réponse à son petit discours improvisé. La jeune femme vit des adolescents détaler et lancer des appels dans les rues. La nouvelle se répercuta sur les remparts et dans les ruelles à une vitesse foudroyante, sans que l'on puisse présager du résultat. Astelline n'avait pas lâché l'épaule du sergent et désormais, elle lui parlait en aparté.

— Avant toute chose, nous devons nous assurer que les miliciens fidèles aux Costières ne viennent pas tout mettre à plat !

— Les miliciens ne sont pas le problème, la plupart ne supportent déjà plus la Ré… Heu… Pardon.

La jeune femme balaya ce petit écart d'un geste de la main.

— Dans ce cas, quel est le problème ?

— Les soldats de la famille Costière et les mercenaires. Mais par la Dame, je doute que le seigneur Fréost envoie ses propres hommes. Il préférera les garder avec lui, au Palais. Il enverra probablement les mercenaires… Et le général Berstën.

— Le général Berstën ?

— Le commandant de la milice. Il est issu d'une vieille famille de militaires.

Astelline acquiesça. Apparemment, le soldat n'envisageait même pas la possibilité que Fréost Costière se déplace en personne pour régler le problème. Ceci la soulagea très vaguement. En faisant appel à des subalternes, il lui laissait plus de marge de manœuvre. Du moins, l'espérait-elle.

— En premier lieu, nous devons assurer notre position. Combien d'hommes sont déjà avec nous ?

— Ceux qui tiennent la porte, environ cinquante. Et ceux sur les murs autour, ce qui double nos effectifs. Mais d'autres viendront.

— C'est à espérer, sinon, cette aventure tournera court. Ces tourelles peuvent-elles se transformer en place forte ?

— Sans doute, mais je ne suis pas sûr que ce sera utile. Je veux dire, avec la foule qu'il y a déjà dehors.

De fait, le brouhaha s'amplifiait à l'extérieur. Le sergent organisa une petite colonne de dix soldats pour permettre à Astelline de passer le porche et d'arriver dans la rue qui donnait accès aux portes de la ville. Il y avait là des curieux, des gens qui s'approchaient, attirés par l'espoir, d'autres, plus circonspects. De nombreux soldats affluaient déjà. La plupart portaient les couleurs de la milice, mais certains étaient des aventuriers, coincés ici à cause du siège, ou des combattants orphelins de leur Maison et de leur seigneur.

Des regards tombèrent sur elle. Ils n'avaient pas besoin de la connaître pour comprendre qui elle était. Son armure trop grande, frappée des armoiries des Lacustrel, suffisait à la rendre remarquable. Le sergent lui indiqua un petit promontoire pour prendre de la hauteur. Des questions et des interpellations fusaient, sans qu'il soit possible de répondre à toutes.

— *Êtes-vous venu nous libérer ?*

— *Tous à la bataille !*

— *Allez-vous tuer le Régent ?*

— *Le Loup Blanc vient-il se venger ?*

— *À bas les Costières !*

— *Sus aux Gueules ! Sus aux bouffeurs de mandragore !*

Cette masse étourdissait Astelline. Depuis qu'elle avait pris la tête de sa Maison, elle s'était pourtant habituée à diriger et donner des ordres. Mais devant cette foule compacte, aux attentes multiples, qui grondait et qui mugissait, elle craignait d'être submergée. Colère, espoir, rage, peur ! Tout cela se mêlait dans un agglomérat humain qui cherchait à la fois un défouloir et une échappatoire.

Une trompe sonna soudain sur sa droite qui la fit tressaillir. Le son lui écorcha également les tympans. Un soldat faisait taire la foule. Elle se trouvait alors sur le palier d'un escalier extérieur dont la rambarde faisait comme un balcon. Tous se tournaient vers elle. Elle serra les poings sur le garde-corps. Ils attendaient qu'elle parle, mais la jeune femme ne savait quoi leur dire. Les grands discours, ce n'était pas pour elle, encore moins devant une foule aussi considérable. Qu'aurait dit son père ? Où une femme comme Broyeuse ? Voilà une guerrière qui aurait su trouver les mots, haranguer. Astelline, elle, balbutiait dans son for intérieur. Tout ce qu'elle parvenait à faire, c'était regarder cette foule. Toutes ces paires d'yeux qui se tournaient vers elle avec avidité. Et cette pensée était la seule qui occupait son esprit.

— Je vous regarde, dit-elle.

Cette phrase avait été prononcée sans force et on se demandait si elle ne s'adressait pas à elle-même. Guère plus qu'un murmure, entendu seulement par les premiers rangs.

— Je vous regarde, répéta-t-elle, plus fort. Et je vois vos craintes. Je vois vos interrogations. Je vois vos doutes. Et qui n'en aurait pas en de pareils instants ? Mais je vois aussi votre force, votre espoir, votre énergie. Je vois une ville prête à se dresser. Et c'est bien. Mais contre quoi vous dressez-vous ? Claniens contre Claniens ? Vous me demandez si je vais tuer le Régent ? Mais pourquoi tuerais-je le Régent ? Fréost Costière a failli à sa tâche. C'est un fait. Et il devra répondre de ses actes, mais ce n'est ni le moment, ni le lieu pour cela ! Maintenant, c'est le lieu et le moment de retrouver notre unité. Maintenant, c'est le moment où le Loup Blanc et ses hommes combattent les barbares, là, dehors, juste derrière ces murs, sans se poser de questions, sans tergiverser. Ils se battent pour libérer votre ville, ils se battent pour sauver la Claneterre. Maintenant, c'est le moment où vous choisissez de vous dresser, tous ensemble, contre les Gueules ! Le moment où vous prenez les armes, pour ceux qui savent se battre. Où vous préparez les bandages et les onguents, pour ceux qui savent soigner. Où vous brandissez les arcs, pour ceux qui ont l'œil sûr. Où vous prêtez votre force, pour transporter les blessés. Votre vitesse, pour transporter les messages. Votre amour, pour tous ceux qui périront. Maintenant. Et pas demain. Ni même dans une heure. Mais maintenant. Alors, dites-moi, êtes-vous prêt à vous dresser ?

Le dernier mot se résuma à un souffle, car sa gorge se nouait à la pensée de ceux qui luttaient dans la plaine côtière. Mais il était superflu. Ceux qui le précédaient avaient déjà touché leurs cibles. De nouveau, les voix s'élevaient. Mais c'était pour s'encourager, faire connaître son envie d'en découdre, reconnaître son égarement.

Le sergent, toujours pragmatique, se pencha sur l'épaule d'Astelline.

— Et maintenant ? Quels sont vos ordres.

La jeune femme se demanda si cette phrase comportait une part d'ironie, mais le regard de l'homme l'assurait de sa confiance.

— Nous devons nous organiser pour la sortie. Il y a-t-il une place à proximité de cette porte ? Pour servir de base arrière.

L'officier opina et désigna la rue principale.

— À cent mètres, la place des Trois Fûts. Elle est assez grande, c'est là que ce tient le marché des vignerons. Et puis, il y a juste là, de l'autre côté du mur.

Il montrait un point derrière la pierre, mais Astelline voyait très bien ce qu'il voulait dire.

— La place d'abord, elle permettra de mieux centraliser l'organisation. Et nous pourrons y installer une infirmerie. Mais tu peux ouvrir les portes et poster quelques hommes. Que le message soit clair, Sonnecume est de nouveau ouverte. Ensuite, fait passer le mot. Que les officiers qui se rallient à nous viennent me voir. Nous devons improviser une armée en moins d'une heure !

Le soldat lui adressa un sourire.

— Ce sera fait, ma Dame.

Il s'apprêtait à partir quand elle l'interpella à nouveau.

— À propos, je ne vous ai pas demandé votre nom ?

Il haussa les épaules, comme si ça n'avait aucune importance.

— On me le demande rarement.

Il descendit quelques marches, puis se tourna à nouveau vers Astelline.

— Ambestar, ma Dame. C'est moi qui ai escorté les corps du Loup Blanc et de son fils à Castel-croc.

Il disait cela comme s'il se soulageait d'un poids. Il s'engageait déjà à nouveau dans l'escalier.

— Ambestar ?

— Oui. Je sais. Comme le héros Templier. Mes parents devaient croire que j'avais un Don.

Astelline faillit éclater de rire en entendant le soldat grommeler son explication.

— Non, je voulais juste vous dire merci.

L'autre marqua un temps d'arrêt. Il la regarda un peu surpris, puis il secoua la tête en signe de déni.

— Merci à vous, plutôt. Sans vous, nous serions encore occupés à nous lustrer la maille sur le chemin de ronde.

Cette fois, il s'engouffra dans la foule pour de bon. Astelline resta un moment interloquée, à se demander quelle expression il s'agissait là, que de se lustrer la maille. Mais bien vite, l'agitation chassa cette peccadille de son esprit. Elle quitta son promontoire, escortée par ses quatre cavaliers et une demi-douzaine de miliciens. La foule lui lançait des vivats et s'écartait sur son passage. Elle essayait de sourire, le cœur stressé alors qu'elle marchait vers la place.

05

Un véritable chamboulement s'emparait de la place des Trois Fûts. Les étales des viticulteurs et des marchands étaient vidés et réorganisés. On les poussait dans le but de délimiter un carré sur la place pour y accueillir l'infirmerie souhaitée par Astelline. Une foule se bousculait et noircissait l'espace. Des soldats, qui se regroupaient en bataillons et en escouades. Des curieux, en nombre, qui donnaient parfois un coup de main. Et tous ceux qui voulaient se rendre utiles. L'herboriste de la rue des Rames, avec ses bras chargés de bocaux, les carabins de la venelle de Sourcépine, la rebouteuse du quartier des Tanneurs, les gamins de la ville basse, même les souteneuses du port ! Toute une faune qui souhaitait prendre son destin en main et participer au réveil de Sonnecume.

Au centre, des tréteaux et quelques planches tenaient le rôle de table, bureau improvisé où Astelline recevait les bonnes volontés et tentait de donner ses directives. La profusion et l'effervescence rendaient la chose difficile, sans oublier l'urgence. Il y avait moins d'une demi-heure qu'elle était entrée dans la ville et pourtant, elle trouvait que les préparatifs n'allaient pas assez vite. Elle observait autour d'elle un désordre et un tumulte d'où elle voyait mal comment allait émerger une armée.

Le sergent Ambestar s'était naturellement positionné comme son aide de camp. Son soutien se révélait précieux. Natif de la cité, il connaissait aussi bien les notables, les officiers que les petites gens. Il conseillait la jeune femme et lui présentait ceux sur qui elle pouvait compter. Un semblant d'organisation commençait à prendre forme.

Astelline se massa le front pour en chasser un début de migraine. Tout cela l'épuisait. Quand elle releva la tête, elle découvrit un homme dont la tenue dénotait fortement dans le chaos brun. Sa mise générale le situait en haut de l'échelle sociale, tandis que son plastron aux motifs marins et ses épaulettes aux faux airs d'écrevisses bleues et d'ailerons le plaçaient d'emblée parmi les militaires. L'ensemble connotait une forme d'apparat et un instant, la jeune femme crut que Fréost Costière lui-même se tenait devant elle. Après tout, elle ne l'avait jamais vu. Mais le respect que lui montraient les gens autour et la demi-douzaine de coquillards qui se tenaient derrière lui, la mirent rapidement sur la bonne piste. En outre, l'homme portait une armure de chitine caractéristique des officiers de la Galérienne. Une cape blanche à ourlets bleus lui recouvrait les épaules. Elle faisait ressortir les broches d'argent qui indiquaient son rang, très élevé, dans la flotte templière.

La jeune femme soupira. Cette arrivée avait toutes les apparences d'une délégation. Elle se demandait bien ce qu'allaient lui demander les Templiers et s'ils cherchaient à négocier leur soutien. L'officier se dirigea droit vers elle, comme s'il était déjà informé de son identité.

— Bonjour, je suis Ogmôn, le Narvarque du Temple-Eau.

Elle le dévisagea, interloquée.

— Navarque ? demanda-t-elle.

— Commandant en chef de la Galérienne, si vous préférez.

Voilà qui surprenait davantage ! Elle observa avec un peu plus d'attention cet homme qui prétendait diriger une des plus puissantes flottes du monde Chiméen, après celle de l'Empire Drack.

— Que me vaut l'honneur d'une telle visite ?

— Je viens vous apporter mon soutien, ainsi que celui de mes mille cinq cents coquillards.

Comme elle devait toujours le regarder avec un air interdit, il compléta sa déclaration.

— Vous avez mis un joyeux bordel ici, il était plus que temps ! Si vous n'étiez pas venue, j'aurais peut-être fini par démettre moi-même Fréost Costière. La seule chose qui me retenait, c'était l'embarras politique dans lequel cela nous aurait plongés. Alors dites-moi, quel est votre plan d'action ?

Astelline souffla un peu en entendant cela. Elle rassembla rapidement ses esprits et retrouva son aplomb pour lui exposer ce qu'elle avait entrepris.

— Je n'ai pas vraiment de plan, je réunis autant d'hommes que possible, puis nous sortirons par la porte nord, comme celle-ci est dégagée.

Ogmôn opina doucement, mais il affichait également une moue pensive. Sans faire de commentaire, il dégagea son épée de son fourreau et s'en servit pour tracer un arc de cercle dans la poussière du sol, sur lequel il ajouta trois petits carrés, répartis de façon régulière.

— Voici l'enceinte de la ville et ses trois portes, précisa-t-il. Là le nord, et ici le sud. Vous êtes montée sur le mur récemment ? Pour voir la bataille.

Astelline indiqua que non. Elle avait eu bien trop à faire, d'autres choses à penser. Ogmôn traça alors un nouveau trait, perpendiculaire à l'arc de cercle et positionné entre deux des portes.

— Voici le front principal. Ici, les forces s'équilibrent et la bataille est rude.

Il balaya ensuite tout l'espace qui se trouvait devant les deux portes au sud de la ligne de front.

— Le plan du Loup Blanc, si je ne me trompe pas, consistait à utiliser sa cavalerie pour harceler les arrières Gueules, mais ses cavaliers sont maintenant éparpillés et pris à partie par des chiens de guerre et des monteurs d'aurochs.

Ambestar, qui assistait aussi à la conversation, déglutit.

— Des monteurs d'aurochs ?

Ogmôn lui adressa un regard appuyé et confirma d'un simple hochement de tête. Puis, il retourna à son ouvrage et traça une croix à l'extrémité de la ligne perpendiculaire de son dessin, celle qui se trouvait à l'opposé du mur.

— Le Loup Blanc avait également positionné un contingent ici, pour protéger son flanc droit. Mais ces foutus monteurs l'ont balayé. La situation est devenue très compliquée. Si vous sortez par la porte nord, vous serez effectivement protégés des combats, mais tactiquement, vous serez limités à deux options, renforcer le front principal, ou tenter un contournement. Dans les deux cas, vous ne changerez pas le sens général de la bataille. La victoire s'arrachera au nombre et à l'habileté des combattants.

Astelline scrutait le dessin du Templier. Il ressemblait plus à une représentation abstraite qu'un véritable plan, mais derrière ces graffitis, elle pouvait mettre des noms et des visages. Sur la dernière croix qu'il avait tracée, c'était celui de Scöne qui s'imposait. Il se trouvait dans ce fameux contingent balayé par les aurochs. Elle ravala ses craintes et se concentra sur ses propres difficultés.

— J'imagine que vous avez une idée derrière la tête, si vous prenez le temps de m'expliquer tout cela.

Ogmôn acquiesça et pointa le bout de sa lame vers la porte la plus méridionale.

— C'est ici qu'il faut faire votre sortie.

— Sur l'arrière-garde Gueule ?

Le Navarque confirma.

— Le gros des forces barbares se concentre sur la ligne de front. Ils ne s'attendent certainement pas à être pris à revers. Vous devez tout de suite envoyer tous les cavaliers que vous avez. Cela devrait suffire pour dégager l'espace devant la porte et permettre à vos hommes de sortir en rangs. Ainsi, vous prendrez les Gueules en étau. Et si la cavalerie du Loup Blanc parvient à se réorganiser, vous disposerez d'un soutien de poids.

La jeune femme caressa son menton. Indéniablement, la stratégie proposée par le Navarque était beaucoup plus audacieuse et offrait une meilleure chance de réussite que son idée initiale.

— Si je comprends bien, nous envoyons les cavaliers pour dégager l'espace devant cette porte tout en créant une diversion. Le temps pour que le gros de nos forces sorte. C'est bien ça ? Vos coquillards se joignent à nous ?

— Non.

Ogmôn pointa le carré qui correspondait la porte du milieu dans son dessin.

— Nous allons sortir ici. Mes hommes sont déjà prêts.

Le sergent laissa s'échapper un hoquet de surprise.

— La porte centrale ? Mais celle-ci se trouve à deux pas de la ligne de front.

Le Templier lui adressa un sourire amusé.

— Exactement. C'est le moyen le plus rapide de soulager les troupes du Loup Blanc.

— Ne devrions-nous pas plutôt concentrer nos forces ? questionna Astelline.

— Entre l'armée du Loup Blanc, les soldats que vous rassemblez et mon contingent, nous avons l'avantage du nombre. En créant plusieurs zones de front, nous allons obliger les Gueules à répartir leurs efforts. Cet éparpillement les affaiblira plus que nous.

Ambestar continuait de se montrer circonspect. Il fixait le dessin d'Ogmôn avec un doute évident.

— N'empêche, vous aurez du mal à sortir et organiser une position ferme en vous pointant ici !

— J'en fais mon affaire, nous…

Le Navarque fut coupé dans sa phrase par un important brouhaha. Il y avait des cris et on entendit même le bruit du métal qui s'entrechoquait.

Ils tournèrent la tête dans la direction de ce raffut. Une troupe semblait vouloir avancer dans la place, mais une ligne de milicien se tenait en travers.

— Qu'est-ce que cela ? demanda Astelline.

— Des ennuis, répondit Ambestar.

Ogmôn se montra moins laconique que le sergent.

— On dirait que Berstën se décide enfin à venir vous voir. Le général de la milice est accompagné par d'autres officiers et des mercenaires. C'est une affaire que vous allez devoir régler.

La jeune femme accusa le coup, mais elle s'était préparée à une visite de ce genre.

— Faites-le venir, seulement lui. Ou plutôt, s'il y a également des capitaines mercenaires avec lui, qu'ils viennent aussi.

Cette demande surprit le sergent, mais il n'en demanda pas plus. Le temps qu'il aille chercher le général, Ogmôn se pencha sur l'oreille d'Astelline.

— Ce Berstën n'est pas facile à manier. Il est du genre à se montrer à cheval sur les principes. Sa famille n'est pas particulièrement liée à celle des Costières, ses aïeux étaient déjà officiers dans la milice bien avant la chute du Dernier Loup Régent. Cependant, contrevenir aux ordres du Régent serait vécu par lui comme une trahison. J'ignore ce que vous avez en tête, mais quelle que soit votre idée, le convaincre sera difficile.

La jeune femme prit note de ses informations.

— Il est donc respectueux de l'autorité en général ?

— On peut dire quelque chose comme ça, oui.

Finalement, Ambestar amena devant Astelline un grand homme d'une cinquantaine d'années, le chef grisonnant, mais encore bien pourvu. Il portait un uniforme brun de milicien, mais serti de décorations et d'épaulettes qui en rehaussait l'allure. La cuirasse de cuir qui lui ceignait le buste, présentait un entrelacs de feuilles en argent qui dessinait la silhouette de l'arbre clanien.

Le visage carré, rongé par les embruns, Berstën appartenait à une de ces familles qui, d'aussi loin que remontaient les souvenirs, avaient toujours servi la Régence. Des bourgeois de Sonnecume, qui tiraient une grande fierté d'avoir donné à la milice certains de ses plus grands officiers et dont Berstën n'était qu'un maillon dans une longue chaîne.

Derrière lui venaient deux hommes et une femme, vêtus pour la guerre. Des détails dans leurs tenues dénotaient leurs origines étrangères. Ici, un motif typique de la Salandre, là, un collier comme on en trouvait sur les marchés de Bren-Sable. Et là, encore, une lame courbe du sud, peut-être drack.

Cette petite compagnie se présenta devant Astelline avec une méfiance évidente. Le général ne put retenir un rictus, quand il aperçut la silhouette d'Ogmôn qui se tenait en retrait. Sa colère monta encore d'un cran et c'est sur un ton particulièrement vindicatif qu'il s'adressa à la jeune femme.

— Qu'est-ce que cela ? De quel droit vous autorisez-vous à mobiliser mes hommes ? Vous allez cesser cela immédiatement !

Astelline essuya sa tirade sans broncher. Elle repensa aux quelques mots soufflés par le Navarque à son propos. Elle l'espérait plus traditionaliste que réellement acquis à la famille Costière. La jeune femme décida de le bousculer sur cet angle.

— Et vous ? De quel droit vous adressez-vous ainsi au seigneur d'une Grande Maison ?

Berstën détourna subrepticement la tête. Cette information avait dû lui parvenir aux oreilles. Il rétorqua sur un ton sensiblement plus affable.

— Aucune Grande Maison ne prévaut sur la Régence. Si vous souhaitez mobiliser mes hommes, c'est au palais qu'il faut vous adresser.

La jeune femme secoua la tête et sourit malgré elle.

— Vous savez très bien quelle réponse j'y aurai trouvée. Mais puisque nous parlons d'autorité, laissez-moi vous poser une question. D'où la Régence tient-elle la sienne ?

Le général se pinça les lèvres avant de répondre. En tacticien averti, il flairait le piège que lui tendait son interlocutrice.

— Des Grandes Maisons, concéda-t-il.

— Oui. Exactement. Et combien de Grandes Maisons soutiennent-elles encore Fréost Costière ?

L'autre se racla la gorge. Il regarda autour et vit qu'une foule importante suivait leur conversation. Il lui fallut de longues secondes avant de trouver une réponse qu'il lâcha sur un ton presque penaud.

— Je ne sais pas.

Le rire clair d'Astelline acheva de le mettre mal à l'aise.

— Vous ne savez pas ? Je vais vous le dire, moi. Aucune. Fréost Costière ne représente plus que lui-même. En revanche…

Elle laissa volontaire sa phrase en suspens et tendit son bras en direction des murs de la ville et de ce qui se trouvait au-delà.

— …là-bas, sous la bannière du Loup Blanc, vous en trouverez plusieurs. Les Gardenor, les D'Elan, les Lacustrel et d'autres encore ! Voilà d'où je tiens mon autorité.

La foule autour extériorisa son assentiment par une vague d'approbation. Berstën avait croisé les bras et sa mine s'assombrissait. Astelline, elle, rayonnait d'un ascendant naturel et décomplexé.

— Et maintenant que la question de l'autorité est réglée, général, je vais vous donner les trois possibilités qui s'offrent à vous. Vous pouvez, soit rejoindre cette Régence qui n'en a plus que le nom et vous terrer avec elle dans le palais, soit nous rejoindre et vous battre contre les Gueules aux côtés de vos hommes !

Si cette estocade verbale avait touché l'homme, celui-ci n'en montra rien. Il conserva son visage renfrogné et son allure austère.

— Et la troisième ?

Astelline s'approcha de lui pour mieux fixer son regard.

— Vous opposer à nous, mais je prie les Façonneurs pour que vous n'osiez pas cette folie.

Ils se toisèrent un moment et la foule se taisait, suspendue à la réponse du général. Mais Astelline voyait dans ses yeux que sa volonté s'effritait. Et lui aussi le savait. Alors, il articula lentement chacun de ses mots.

— Jamais, je n'apporterai la guerre dans ma propre ville.

La jeune femme réduisit encore un peu l'écart qui les séparait.

— Il vous faut encore choisir, Fréost Costière, ou vos hommes ?

La réponse de Berstën fut encore plus longue à venir que la précédente, et prononcer avec encore plus de difficulté.

— Quel général abandonnerait ses hommes ?

Un murmure de soulagement parcourut la foule. Astelline également laissa se dissiper la tension qui l'habitait. Elle posa sa main sur l'épaule de Berstën, dans un geste d'une candeur qui déboussola l'officier.

— Vous faites le bon choix, général, la Claneterre a besoin d'hommes tel que vous.

Elle se tourna alors vers les trois mercenaires qui s'apprêtaient déjà à battre en retraite. Elle les héla sans ménagement.

— Quant à vous, si vous avez bien suivi le sens de mes paroles, vous aurez compris que Fréost Costière n'occupera bientôt plus le trône de la Régence. Alors, si vous voulez toucher l'argent de vos contrats, je vous conseille vivement de faire ce pour quoi on vous paie. Vous battre contre les barbares.

Les trois capitaines se consultèrent du regard, mais il s'agissait plus d'approuver entre eux une décision déjà prise. Celui à la lame courbe s'adressa finalement à la jeune femme avec un accent marqué.

— Tant qu'on est payé. Que devons-nous faire ?

— Rassemblez vos hommes le plus rapidement possible. Nous préparons une sortie par la porte sud.

De nouveau les trois mercenaires se dévisagèrent. Berstën aussi semblait un peu surpris. Le Navarque Ogmôn coupa court à toute velléité de questionnement en intervenant pour la première fois dans la conversation.

— Vous avez vos ordres, alors dépêchez-vous !

Il s'adressait principalement aux mercenaires et son aboiement martial les fit se mettre au garde-à-vous, ou tout comme. Le Navarque inclina alors la tête pour marquer son respect à Berstën.

— Je suis heureux de voir que cette ville retrouve enfin la raison.

— Dois-je comprendre que les Templiers soutiennent la Maison Louve ?

La question du général n'était pas dépourvue d'un double sens, insidieux. Les Templiers avaient été chassés du conseil clanique en même temps que le Dernier Loup Régent. Que la Maison Louve reprenne le pouvoir sur la Claneterre était une chose que la population accepterait, voire appelait de ses vœux. Par contre, un éventuel retour des Templiers au Conseil clanique était impensable. Par cette question, Berstën essayait de jeter un trouble politique. Ogmôn préféra en sourire.

— Les Templiers ne soutiennent aucune Maison en particulier. Mais le Temple-Eau possède de nombreux intérêts ici, vous le savez bien. Nous sommes des pragmatiques, nous soutenons d'abord qui peut gagner cette guerre.

C'était un petit mensonge, au mieux, une déformation. Mais quel besoin y avait-il de nourrir des rumeurs ? Le Narvarque laissa le général mariner dans sa rancœur et préféra saluer la nouvelle femme forte de la cité.

— Ma Dame, je dois retrouver mes hommes. Maintenant que Berstën vous a rejoint, même si c'est de mauvaise grâce, vous devez sérieusement vous hâter et foncer sans plus réfléchir. Le temps presse.

— Je sais.

Et tout en disant cela, elle se tourna vers les murs. Au-delà, on entendait la clameur de la bataille.

06

C'était une cohue monstrueuse. Un entrelacs de chair et de métal, de bois et de sang, grouillant et poisseux. Un choc des hommes et des cultures guerrières, où toutes velléités se voyaient fracassées par une violence rare. Des colonnes se brisaient sur des corps vociférants, des phalanges s'enfonçaient dans des grappes bestiales, des mailles coagulées affrontaient des pléiades de masques dans une agitation effrénée, presque cannibale.

Cette profusion et cette frénésie meurtrière faisaient penser à des mouches carnassières qui s'entre-dévoraient. Ce remous furieux mugissait comme une bête à l'agonie, un fauve habité d'une dualité destructrice, dont la gueule, béante, dégorgeait des flots rouges et épais. Où chaque particule, soldat, guerrier, barbare, ressemblait, vue des murs de la ville, à un point noir, glauque ou rutilant.

Avalés par cette nuée, les hommes disparaissaient sous les oripeaux de la rage. Or, dans tout ce carnage, il apparaissait que ceux qui ressemblaient le plus à des bêtes prenaient le dessus. La cohorte des Masques piétinait peu à peu la coalition des armures et des blasons. Ils allaient, bondissant, sur le champ de bataille, vaste plaine côtière transformée tout à la fois en arène, charnier, cirque et abattoir.

Les dogues hurlaient, les aurochs brayaient, les cors bourdonnaient et les Gueules grondaient. Toute cette masse sourde peinait à couvrir le fracas provoqué par dix mille armes de toute nature. Des lames de toutes formes, des lances de toutes longueurs, des arcs de tous tirants, des gourdins, masses, massues pour massacrer et tuer.

Sur les coteaux, et dans les vignobles qui surplombaient la plaine, la cavalerie clanienne gambadait. Ou plutôt elle fuyait, comme des biches sous la menace de crocs et de cornes. Un peu partout, des épaves tentaient de rejoindre le nord du champ. Compagnies disloquées par la furia adverse, elles cherchaient à passer derrière l'armée principale, pour bénéficier de sa protection. Une protection toute relative, car une véritable déferlante de masques se projetait contre elle.

Pourtant, les soldats tenaient, exhortés par leurs commandants, eux-mêmes poussés par l'idée qu'ici, sous les murs de Sonnecume, se jouait l'avenir du pays. Aussi, car ce n'était pas n'importe quel seigneur qui menait cette armée.

Un autre chef de guerre aurait vu dans tous ces signes l'inéluctabilité de la défaite. Un autre chef de guerre aurait déjà ordonné la retraite. Car un autre chef de guerre préférerait panser ses plaies pour mieux revenir. Pas le Loup Blanc. Il s'accrochait à un espoir.

La nouvelle courait dans les rangs, elle rebondissait de casque en casque et, entre deux ahanements, on soufflait d'une bouche à une autre.

— *Tenez bon ! Ceux de la cité arrivent !*

Alors, au milieu de la mêlée, les officiers et les hérauts criaient à la foule des soldats, ceux-là mêmes qui ployaient sous la fureur Gueule. Et ils criaient.

— *Tenez bon ! Les renforts arrivent !*

Mais, les fantassins dans leur cœur se demandaient toute autre chose. Où était passée la cavalerie d'Aegorn, elle qui devait harceler l'ennemi ? Éparpillée par les molosses. Où était passée la troupe de l'est, chargée de protéger le flanc ? Balayée par les aurochs. Les renforts arrivaient, vraiment ? Mais quels renforts pourraient venir à bout de ce bestiaire de Nyx ?

Et comme pour mieux donner corps à leurs doutes, on entendit un roulement de tambours. Puis, on vit des têtes étranges qui oscillaient au-dessus de la marée adverse. Les lignes Gueules se fendaient pour les laisser passer, alors que le son des tambours enflait. Ses têtes culminaient à près de trois mètres, agglutinées en un troupeau de créatures improbables venues du plus profond de la Gueulande, un troupeau qui chargeait dans la bataille. Or, les fantassins dont la gorge se nouait à cette pensée, frôlaient la vérité.

De loin, ils ressemblaient à des sylves noirâtres, des formes tordues et claudicantes, effroyables. De près, il s'agissait de guerriers Gueules à la mine épouvantable, des démons hérissés de griffes et de bois acérés. Ils appartenaient à une tribu qui vivait loin au nord-ouest de la Grande forêt, quelque part aux pieds des montagnes Occitines, dans une région que l'on devinait sur les cartes, mais que nul Chiméen ne rêvait d'explorer, une région reculée, même pour les Gueules. Ils ne portaient pas les masques usuels des autres clans, imitations de faciès animaux, mais comme des troncs qui formaient des cous énormes, au sommet desquels jaillissaient des visages grimaçants, à mi-chemin entre des têtes de serpents et des visages humains. Les corps des guerriers eux-mêmes disparaissaient sous des entrelacs de branchages durcis au feu, des morceaux d'écorces noircis et d'os taillés. Le tout leur donnait l'allure de monstres terrifiants, hérissés de mille appendices. Ils se battaient avec des armes étranges, à mi-chemin entre le gourdin et la lance, entre le fléau et la massue, achevées par des crânes d'on ne savait quelles bêtes, plongés dans on ne sait quelle substance, rouge et opiacée.

Pas plus d'une centaine de ces représentants d'un autre âge avaient rejoint la horde de l'Aurochs Rouge et ils se trouvaient tous là. Gardés en réserve, le chef qui dirigeait cette fraction de la horde avait décidé de les lancer dans la bataille pour asseoir sa victoire et enfoncer les lignes claniennes.

Quand enfin les masques des guerriers Gueules s'effacèrent pour laisser passer cette meute épouvantable, les fantassins tremblaient déjà. Ces géants improbables s'enfoncèrent en plein centre des lignes, autant aidés par la peur que par leur bestialité. Les épées des rares fantassins qui osaient les défier ne parvenaient pas à franchir le barrage des branches et des os qui formaient, en plus d'un costume terrifiant, une protection surprenante contre les coups ennemis.

Déjà, un début de déroute s'annonçait et la contagion menaçait toute l'armée du Loup Blanc. Les Gueules exultaient et le son des tambours redoubla. Mais, alors que le triomphe de la horde semblait inéluctable, une poignée de lanciers se présenta, pique en avant, pour stopper les guerriers aux allures de monstre. À leur tête allait Broyeuse. Elle avait troqué son épée pour un marteau de guerre énorme et la voilà qui se dressait, presque seule devant tous ces géants. Il y avait quelque chose de magnifique et de sauvage dans cette guerrière. Sa mèche argentée battait son front comme un fouet. Son arme semblait démesurée entre ses mains et les deux faces de son visage, la patricienne et la défigurée, poussaient un même cri, terrible.

La combattante chargea le géant le plus proche et son marteau brisa les branches, fracassa les os, s'enfonça dans les écorces jusqu'à atteindre le corps derrière le costume hideux. Un cri de douleur effroyable s'échappa hors du masque. Broyeuse assena un second coup terrible qui faucha le démon et le renversa au sol.

La meute poussa alors un mugissement affreux. Et la forme des artifices dont ils se vêtaient était conçue de telle sorte, que leurs cris s'amplifiaient et se déformaient pour atteindre un volume et une tonalité caverneuse remarquables.

Broyeuse ne broncha pas, elle était devenue une statue qui encaissait cette bronca formidable sans sourciller. Trois sylves distordus se jetèrent sur elle. Leurs armes tourbillonnèrent et les boules hérissées de métal se projetèrent sur la combattante. Celle-ci n'effectua même pas un geste pour parer ou esquiver. La guerrière avait pris un teint gris et les armes des Gueules, au lieu de lui exploser les chairs, se brisèrent à son contact. Cloués par la surprise, les géants se regardèrent, sans comprendre ce qui leur arrivait. Alors, seulement, Broyeuse bougea. Elle libéra son corps de l'emprise de la magie du métal et son marteau s'activa à nouveau. Dans un ample mouvement de balancier, du bas vers le haut, il heurta le faux sylve le plus proche. Sous la violence du choc, le masque s'émietta et révéla un visage concassé par l'arme de Broyeuse.

Cette dernière ne laissa pas le temps aux autres de se reprendre. Deux fois, son marteau s'abattit. Deux fois, il brisa les défenses adverses. La stupeur se trouvait maintenant dans le camp Gueule. Les piquiers qui accompagnaient la guerrière, le cœur raffermi et le courage retrouvé, s'avancèrent. Avec leurs longues lances, ils maintenaient à distance les géants. Derrière eux, des archers se présentèrent. Leurs flèches trouvaient plus facilement la faille, entre les entrelacs de bois et d'os, que les épées des fantassins. Enfin, un sergent qui portait les couleurs de la Maison d'Élan accourut aux côtés de Broyeuse. Armé d'une masse d'armes, il martela les géants et s'évertua à les repousser. D'autres l'imitèrent et bientôt une cohue nouvelle naquit, plus effroyable et sanglante encore que celles qui la précédaient.

Alors, depuis les murs de la ville, on entendit un vaste concert de trompettes. Le son de métal vrombit sur la plaine et tous levèrent la tête vers le haut des murailles. Là, une cohue d'archers se pressait en son centre. Une nuée de traits s'envola et les Gueules qui se trouvaient trop près de l'enceinte se replièrent précipitamment. Ceux qui ne furent pas assez rapides ou suffisamment chanceux furent criblés de flèches. Dans la bousculade, on vit les portes ouest s'ouvrirent pour déverser un flot de soldats en armures rutilantes. C'étaient les coquillards qui rejoignaient enfin la bataille.

D'abord venaient les lanciers de la Galérienne, des soldats lourdement armés qui, à bord des navires, utilisaient leurs piques interminables pour repousser les coques ennemies et empaler les marins adverses, ceux qui essayaient de les aborder. Sur terre, ils se comportaient comme des phalangistes et complétaient leur équipement avec un grand bouclier métallique, rond et bombé. Ils formaient alors des blocs serrés et présentaient un barrage de pointes presque infranchissable. Ensuite se pressait une flopée de marins, protégés par des cuirasses de cuir et des écailles de cuivre ou d'argent. Ils maniaient des épées courtes et des haches d'abordage, ainsi que des rondaches légères. Derrière, encore, accouraient les tirailleurs, avec leurs arcs courts et incurvés, armes à la fois pratiques à bord des navires et redoutables de précision, mais à la portée limitée.

Et comme ce millier de templiers prenait position devant les portes, un son nouveau ébranla le champ de bataille. Un chant sourd qui faisait vibrer le sol et montait comme un grondement. Ce son émergeait d'une corne de brume phénoménale, qui, en temps normal, équipait le navire amiral de la flotte. Ogmôn l'avait fait descendre de son navire, pour le hisser dans la tour défensive qui surplombait les portes. Dans ses murs, l'instrument résonnait avec une puissance décuplée. Ce bourdonnement abyssal abasourdissait les Gueules. Il annonçait l'arrivée d'un nouvel adversaire, d'une nouvelle menace pour la horde.

Mais l'homme que l'Aurochs Rouge avait placé à la tête de cette dernière ne devait pas sa place par favoritisme ou bonne grâce. C'était un champion, un puissant chef de clan et un héros parmi son peuple. Un redoutable meneur d'hommes qui avait participé à de nombreuses batailles sous les ombres de la Gueulande. Et même si cette plaine côtière ne ressemblait pas aux clairières et aux frondaisons où il était habitué à combattre, il ne manquait ni de courage, ni de réactivité pour relever ce nouveau défi. Ce n'étaient pas quelques trompettes, quelques flèches et une corne de brume qui le ferait fléchir.

En hâte, il rassembla une forte troupe pour faire front aux coquillards. Le son des tambours redoubla d'intensité et les cors de bois mugirent pour répondre aux bruits de la cité. On vit des monteurs d'aurochs se presser aux premiers rangs. On vit des guerriers à faciès de félidés, peuplades qui vivaient au nord de la Salandre, feulant dans la poussière. On vit des guerriers massifs, tribus de côtes lointaines et de vallons profonds, des éclaireurs qui lâchaient les frondes pour saisirent leurs épées. On vit des combattantes, acrobates à longues lances et aux masques d'oiseaux, qui piaillaient d'impatience. Cette foule terrible beugla, hurla et agita ses armes avec tant de force que le vrombissement de la corne des Templiers s'estompa dans un vacarme à couper le souffle.

Ce fut sous cette huée goguenarde et rageuse qu'Ogmôn se présenta enfin pour mener ses troupes. Les coquillards demeuraient impassibles, les lignes bien organisées, mais le Navarque ressentait toute la tension qui habitait ses hommes. Ceux-là avaient combattu les pirates hydréens dans la mer Méridienne, parfois jusqu'à Carthane. Certains s'étaient aventurés dans la mer du Pön et avaient guerroyé pour le contrôle de la cité libre de Perle, mais aucun n'avait jamais participé à une telle bataille. Il savait que leur calme n'était qu'apparence, devant le boucan belliqueux des Gueules, ils frémissaient et sentaient l'appréhension naître. Il se porta au cœur de la troupe pour leur parler une dernière fois, poussant sa voix pour se faire entendre dans le vacarme.

— Templiers ! Nos ancêtres ont combattu des hordes plus terribles encore ! Pensez à Bren ! Lui qui le premier franchit la Soronne, alors qu'une meute de Lycans le poursuivait ! Pensez aux braves qui traquèrent les Vouivres dans les Montgris. À Ambestar ! Qui terrassa un Léviathan pendant la Guerre contre l'Empire Drack. Ces Gueules ne sont que des chiots en comparaison. Ils aboient fort, ils savent même mordre ! Mais nous sommes des Templiers, nous ne craignons ni les aboiements, ni les morsures ! En avant ! Montrons-leur comment combattent les descendants de Bren l'intrépide !

Sous l'impulsion du Navarque, les mille coquillards s'ébranlèrent. Ils avançaient au pas. Les phalangistes composaient la première ligne, vaste rangée de métal et de pointes. En réponse, les Gueules commencèrent à trotter dans leur direction. Mais soudain, il sembla que ce n'était plus mille coquillards qui progressaient dans la plaine côtière. À la place, une image tremblante et floue semblait les démultiplier. Les Gueules voyaient non plus mille adversaires, mais dix mille ! La bronca des masques s'essouffla pour laisser la place à un murmure inquiet, le pas de charge se réduisit à un trot circonspect. Un moment, la bataille fut en suspens. Puis un cri terrible jaillit. Une compagnie de monteurs se projeta en avant, talonnée par des guerriers. Les deux groupes étaient maintenant presque au contact, les Gueules écrasés par cette armée flottante et innombrable. Enfin, dans un choc terrible le cliquetis des armes remplaça les souffles tendus et le mirage vola en éclat. L'armée templière se révélait à nouveau dans sa réalité la plus simple. Les premiers aurochs s'empalèrent sur les piques des phalangistes, des masques se fracassèrent contre les grands boucliers ronds et une mêlée hésitante s'engagea. La magie de l'Eau avait fait son office et semé le doute dans les esprits barbares.

Une volée de flèches passa par-dessus les lanciers et larda les masques de ses traits. Il en fallait plus pour décourager les guerriers Gueules qui redoublèrent d'efforts pour renverser la première ligne templière. Mais déjà, les coquillards se jetaient eux aussi dans la mêlée, sans réserve. Ils partaient à l'abordage de cette marée de bête, à la manière dont ils investissaient les navires hydréens ou les caraques léviathes, le couteau entre les dents et la hache dressée pour fendre et taillader.

Les trompettes de la cité sonnèrent alors à nouveau. Et ce fut au tour des portes sud de s'ouvrirent pour laisser jaillirent quelques centaines de cavaliers. Ceux-là se précipitèrent sur l'arrière-garde Gueule. Il n'y avait là plus guère que quelques frondeurs, des rebouteux barbares et des jeunes qui accompagnaient la horde. Les Claniens les éparpillèrent, ils renversèrent les tentes et les installations Gueules, ils poussèrent devant eux pour dégager l'espace devant les murs.

Car derrière, suivait toute une armée de la cité, deux à trois mille hommes, mercenaires, miliciens, soldats. Ils sortaient au pas de course, les épées battant les cuisses et les hampes portées à bout de bras. Là, venait également le sergent Ambestar et Berstën, le général qui exhortait ses hommes pour la bataille. Là venait Astelline, avec son armure trop grande et son courage communicatif.

Cette armée composait une ligne disparate, peu ordonnée, mais enthousiaste et revendicatrice. Elle acheva de saccager la partie méridionale du campement Gueule, massacrant et poussant devant elle ceux qui essayaient de lui résister. Les hommes commencèrent à chanter, comme si la victoire était déjà acquise. Ils chargeaient joyeusement, les armes dégoulinantes de sang et le sourire aux lèvres.

Pourtant, le chef qui menait la horde n'avait pas encore rendu les armes. Ébranlé par ce nouveau coup du sort, il organisait déjà une riposte. Rassemblant ce qui lui restait de réserve, retirant des guerriers là où cela était possible, récupérant les épaves qui fuyaient cette nouvelle adversité, il prit lui-même la tête de la contre-attaque et révéla enfin son faciès aux Claniens.

C'était un grand homme sec et musculeux qui se couvrait le corps d'une étrange armure d'écailles vert-de-gris. Des peaux épaisses jetées sur ses épaules lui conféraient une carrure impressionnante.

Il arborait un masque lézard rougeaud et cornu qui, à bien des égards, ressemblait à un dragon dégénéré. Son clan vivait aux abords d'un lac immense, presque une mer, situé en plein centre de la Gueulande. Là-bas, vivaient également des panthères, parmi les plus grands spécimens de la Chimeterre. Et ce guerrier en avait capturé trois, qu'il avait dressées et qui maintenant le devançaient dans la bataille. Pour les rendre encore plus impressionnantes, il avait fait fabriquer pour chacune d'elles, un masque de métal et une carapace d'écorce.

À la tête de cet équipage et de plus d'un millier de barbares, il se porta à la rencontre d'Astelline et des siens. Dans sa foulée, venaient ses familiers, des mastards énormes, armés de battons ferrés et courbes, ainsi que des jeunes Gueules aux dents longues et à la rage vive, des guerriers de sa tribu, vicieux et agiles, des chasseuses qui, pour l'occasion, réservaient la pointe de leur lance à d'autres proies que des animaux, des dresseurs de molosses rescapés, qui à défaut de dogues, possédaient encore des gourdins et des lames et bien d'autres guerriers encore, issus de bien des clans.

Tous ceux-là soulevaient une poussière terrible sur la plaine côtière, si bien que les Claniens ne les virent qu'au dernier moment, tout occupés qu'ils étaient à chanter et à saccager les vestiges du camp des barbares. La rage Gueule coupa net leur allégresse. À la tête de ses panthères et de ses familiers, le chef ennemi transperça la compagnie clanienne et y sema le chaos. Soldats et miliciens furent percutés par toute cette violence, une mêlée chaotique embrasa leurs rangs. Une lutte sanglante et poussiéreuse s'engagea, au milicu de laquelle le grand Lézard ressemblait à un demi-dieu de la guerre, capable d'inverser à lui seul le cours de la bataille.

07

Sur les murs de la cité, les archers assistaient impuissants à la mêlée bestiale qui se déroulait presque sous leurs pieds. Ils tentaient bien, à l'occasion, de tirer une volée de flèches, mais dans le chaos de la bataille, ils risquaient tout autant de blesser les soldats claniens que de transpercer les guerriers masqués.

Alors, ils regardaient dans le ciel des mouettes rieuses et des albatros qui survolaient la plaine côtière comme des vautours. Les embruns ne suffisaient pas à chasser l'odeur de sang qui s'en dégageait, baignée dans le sable et la sueur. Les oiseaux marins venaient, attirés par cette pagaille inhabituelle, promesse d'un festin qu'il leur faudrait disputer avec les corbeaux et les corneilles. Mais avant cette orgie annoncée, c'était encore le temps des hommes, ceux qui s'étripaient, à coup de flamberge ou de pique.

Sur les coteaux couverts de vignes arrachées qui faisaient face à la cité, on vit une ligne sombre qui s'assemblait. D'abord inquiets, les défenseurs de Sonnecume saluèrent les arrivants par des cris de guerre joyeux et des sonneries de trompe. C'était Aegorn et ses cavaliers.

L'Aigle du Nord passa une main sur son front pour en chasser la sueur. Sous lui, son cheval respirait bruyamment et il pouvait presque sentir les palpitations de son cœur. L'animal avait déjà tant couru !

Chassé par les molosses Gueules et leurs maîtres, le seigneur de la Maison Gardenor avait simulé une retraite précipitée pour mieux isoler ses ennemis. Une fois dans l'arrière-pays, entre les fermes et les plantations viticoles, lui et ses hommes avaient réussi à se débarrasser des chiens de guerre et à taillader les masques des dresseurs Gueules.

Maintenant, le protecteur des Marches accourait avec ce qu'il restait de sa cavalerie, sept à huit cents hommes. Les autres étaient soit morts, soit blessés, ou éparpillés après avoir perdu leurs montures, mises à bas par les molosses. Et comme ils prenaient place sur les hauteurs, ils découvraient le nouveau visage de la bataille.

Le tumulte soulevait des nuages de poussière qui rendaient l'affrontement encore plus chaotique. Sur la droite, régnait une bastonnade confuse et poussiéreuse où l'on distinguait mal les combattants et les forces en présence. Le seigneur de Gardenor devinait les armes de la cité, celle des miliciens et des mercenaires. Au centre, par contre, les couleurs templières étaient nettement visibles. Le contingent dirigé par Ogmôn progressait lentement dans le but de diviser les forces Gueules. Ses phalanges repoussaient les masques avec autorité, tandis que des escouades de coquillards harcelaient les Gueules pour mieux les forcer à reculer. À gauche enfin, la ligne de front principale oscillait toujours, mais l'avantage penchait désormais du côté clanien. Aegorn décida de frapper là, au plus fort de la horde Gueule. Il ne pouvait pas savoir qu'au même moment, dans les nuages de poussière qui recouvraient le sud, Astelline et ses troupes étaient en grande difficulté, enfoncées et désunies par la contre-attaque du chef de la horde Gueule.

Aegorn se tourna vers sa compagnie. Ses hommes apparaissaient éprouvés et fatigués, leurs tuniques et leurs amures étaient souillées de sang et de crasse, leurs montures couvertes de sueur, de sable et de particules de terre ocre. Cet agrégat collait aux équipements et aux robes des chevaux comme de la poisse brune et rouge. Cependant, tous les regards affichaient une grande résolution. Une résolution qui confinait à la rage. Et l'Aigle du Nord partageait cette rage. Ils avaient vu leurs compagnons d'armes culbutés par les molosses, puis déchiquetés par leurs crocs. Comme Bystar, que le chef de la Maison Gardenor avait vu se faire égorger, sans pouvoir le sauver. Il serra le poing autour du pommeau de son épée et désigna la bataille avec la pointe de sa lame.

— Regardez ! La cité a répondu à l'appel du Loup Blanc et la milice se bat à nos côtés ! Ces bouffeurs de mandragore sont acculés, mais la bête grogne encore. Nous devons lui porter le coup fatal, comme la lance du chasseur qui transperce le cœur de sa proie. Préparez-vous pour la charge. Allons venger nos frères, allons tuer la bête !

Un concert de cris et d'armes qui s'entrechoquaient salua cette harangue. Mais Aegorn se tournait déjà vers le combat. Il engagea sa monture dans la pente du coteau, immédiatement imité par ses hommes. Il les mena d'abord au trot, avant d'allonger la foulée jusqu'au galop. Un grondement accompagna leur cavalcade et, malgré le brouhaha de la bataille, quelques Gueules dressèrent leurs masques vers l'ouest et virent le danger qui fonçait sur eux. Seulement, il était trop tard pour organiser une parade. Alors, ils courbèrent l'échine et se préparèrent pour le choc.

La cavalerie d'Aegorn frappa le corps principal de l'armée gueule sur son flanc, elle s'y enfonça en disloquant des grappes de masques. Trois mille barbares tremblèrent sous l'impact. Il y eut un fracas de corps bousculés, d'armes et de bois brisé. La bête courba l'échine. Leur ardeur ravivée, les fantassins repoussèrent les masques Gueules, guidés par Broyeuse. La guerrière, toujours au plus fort de la mêlée, entraînait derrière elle les soldats les plus impétueux. Son effort cingla la ligne Gueule, déjà mise à mal.

Alors, une grande clameur jaillit de l'arrière des lignes claniennes. Le Loup Blanc en personne poussait l'armée, sa garde rapprochée cravachait vers l'ennemi et exhortait chaque homme. Venait également Pastriön d'Élan, qui outrepassant ses consignes, accourait avec l'arrière-garde. L'effort soudain des Claniens acheva de mettre à bas la cohésion des Gueules. Les guerriers masqués perdirent pied. Leur masse grouillante se disloqua. Les hommes du Loup Blanc se précipitèrent dans les trouées. Les glaives et les lances étrillèrent les masques. Les couleurs des Maisons s'agitèrent et les trompes attisèrent l'agressivité des troupes.

Mais les Gueules, malgré leur mauvaise posture, ne se résignaient toujours pas. Leur horde éparpillée, ils se regroupaient en meute, par clan ou affinité. Ils se massaient en îlots rageurs et luttaient encore avec sauvagerie. L'armée clanienne, emportée par son élan, tournoyait autour et voyait sa propre cohésion mise en péril. Broyeuse elle-même, qui dirigeait la pointe avec tant d'enthousiasme, risquait de se perdre par manque de lucidité. La victoire menaçait de changer à nouveau de camp.

Or, voilà que Phéol, malgré une estafilade au front et une tunique déchirée, rejoignit à son tour la mêlée. En vétéran, l'ancien mercenaire avait anticipé les mouvements des deux armées. De l'arrière clanien, le Somblune menait une ligne compacte de fantassins qu'il avait pris le temps d'organiser. Mille hommes au moins, qui avançaient au pas cadencé, bouclier contre bouclier, soutenus par des archers. Cette force balaya un îlot de Gueules et permit aux autres soldats de trouver un appui. La marche implacable de ce contingent ruina les derniers espoirs des barbares. Forcés de reculer, les guerriers de la Gueulande ne parvenaient plus à contrer la progression des Claniens, alors que derrière eux se profilaient les troupes templières. Quelques-uns commencèrent à tourner le dos à la bataille. On vit des hardes quitter la horde et prendre le chemin des coteaux pour échapper au massacre qui les attendait. Les Gueules pliaient et désormais, ils ne pensaient plus à la victoire ou à la gloire. Désormais, ils pensaient à sauver leur vie.

De l'autre côté de la plaine, sous la poussière et les nuages de sable, un tout autre combat se jouait. On ne voyait rien, on respirait mal et le chaos régnait.

Berstën était mort. Un détachement d'une dizaine de monteurs d'aurochs les avait surpris dans la poussière. Ils avaient piqué sur leur petit groupe pour les percuter. Une corne avait heurté la panse de la monture du général de la milice et une mauvaise chute avait fait le reste. Ou alors, la lame d'un Gueule l'avait achevé. Astelline n'en savait rien. À ce moment-là, elle aussi s'était retrouvée éjectée de son cheval. Le sol sableux avait amorti le choc et elle s'était pelotonnée tandis que le monde grondait autour d'elle.

Ambestar l'avait relevée. Le sergent se trouvait toujours avec elle. Ils avaient recomposé un petit groupe d'une cinquantaine de fantassins et ils essayaient de battre en retraite. La situation apparaissait extrêmement confuse. À cause de la poussière, ils ne voyaient guère à plus de quelques dizaines de mètres. Ils ne savaient rien de la débâcle Gueule. Dans leur coin de bataille, les forces semblaient en équilibre, ou plus exactement, entremêlées dans un chaos indescriptible et incertain.

De fait, une partie des guerriers masqués qui fuyaient les troupes du Loup Blanc et les phalanges templières, accouraient ici. Ces Gueules s'enfonçaient par groupe sous le nuage de poussière dans le seul but de le traverser. La milice et les compagnies mercenaires, déjà secouées par la contre-attaque du chef de la horde, subissaient cette nouvelle vague dans le plus grand désordre. Les Gueules n'essayaient pas réellement de les mettre en déroute ou de les repousser, mais dans le tumulte plus personne ne savait exactement ce qu'il se passait. Dans le tumulte, les miliciens se trouvaient à la peine et les Gueules apparaissaient plus terribles que jamais.

Astelline clopinait. Sa hanche l'élançait, la faute à un frottement avec son armure lors de sa chute. Elle tenait son épée en main, à la façon d'une hache ou d'un gourdin, mal assurée. Le visage d'Ambestar était tout crayeux à cause de la poussière, à l'instar d'une bonne partie des soldats de leur groupe. Autour d'eux, les autres protagonistes de la bataille se résumaient le plus souvent à des silhouettes agitées.

Ils progressaient lentement et à reculons. Ils marchaient au milieu des décombres du campement Gueule, celui-là même qu'ils avaient saccagé un peu plus tôt. Des tentes renversées, des piques en bois, des ballots de paille ou de tissus, des cadavres d'hommes et d'animaux, des caisses brisées, des peaux de bêtes, des armes et des ustensiles de toutes sortes, tout un capharnaüm que la poussière recouvrait.

De temps à autre, ils croisaient un autre groupe, Claniens ou barbares, tout aussi égarés qu'eux. Parfois, ils croisaient le fer dans des escarmouches rapides. Ils entendaient ce grand fracas d'armes et le grondement qui arrivaient du nord. Ils se demandaient ce qu'il signifiait. Ils avaient peur. C'était pourquoi ils reculaient. Ils n'essayaient même pas de faire le point. Ils craignaient par dessus tout de croiser à nouveau des monteurs d'aurochs. Ce furent d'autres bêtes qui les surprirent.

Alors qu'ils traversaient une tranchée hérissée de piquets renversés, une forme souple et agile se glissa au milieu de leur groupe. Le pelage sombre de l'animal disparaissait sous l'ocre du sable et le brun d'une cuirasse. Ses griffes puissantes labourèrent les entrailles d'un soldat. Ses crocs se refermèrent sur la gorge d'un autre. Un début de panique gagna la compagnie. Mais certains se précipitèrent sur la menace, pique en avant. La bête feula. Elle trouva encore la force d'estropier un troisième combattant avant d'être clouée au sol par les lances des fantassins. Le carmin de son sang se mêla au noir de son pelage et au jaune de la poussière. On contempla son cadavre. La plupart n'avaient jamais vu de panthère avant. Certains ne savaient même pas la nommer. Tout ce qu'ils voyaient, c'était un gros chat, probablement un monstre issu de Nyx ou de l'un des rejetons du dieu du Chaos.

On se remettait à peine de cette attaque, qu'un équipage terrible se présenta dans le brouillard. Les silhouettes apparaissaient d'autant plus menaçantes qu'elles se détachaient en ombres imprécises et glauques. Les masques leur conféraient des allures surnaturelles et les cris qui les précédaient hérissèrent les poils des Claniens. On n'eut guère le temps de comprendre que déjà la mêlée s'engageait.

À la pointe de la compagnie barbare, une panthère, jumelle de celle que les fantassins venaient de tuer, grondait et montrait les crocs. Une poignée de guerriers la suivaient. Leurs masques recouvraient des visages hagards et harassés. Leurs jambes fatiguées se soulevaient par la seule force de la volonté. La même volonté les poussait à lever leurs bâtons ferrés et à les abattre sur les Claniens terrifiés.

C'était tout ce qu'il restait de la garde rapprochée du chef Gueule. Ce dernier se tenait au centre de cet équipage, sa cuisse raidie par une vilaine plaie, son masque de lézard fendu et dégouttant de sang, la rage au ventre. Il beugla des ordres et rappela sa dernière panthère auprès de lui. Il clopina vers l'avant et agita son arme, une étrange épée courbe, au-dessus de lui.

Astelline se tenait juste sur sa route. Pétrifiées, ses jambes refusaient de bouger. Elle pointait sa lame devant elle, sans trop savoir quoi en faire. À quelques mètres seulement, un Gueule énorme fracassa son bâton sur le crâne d'un soldat. Les deux explosèrent, l'un en copeaux de bois, l'autre en fragments d'os et de cervelle. Trois fantassins se précipitèrent sur le barbare. Une lance se ficha dans son flanc. Il céda d'abord sous l'impact, mais trouva encore la force d'agripper son adversaire le plus proche et de lui tordre le cou. Les deux derniers fantassins piquèrent en même temps sur le Gueule. Ce dernier les entraîna dans sa chute et Astelline les perdit de vue.

La jeune femme tremblait de tous ses membres. Elle essayait de respirer profondément pour reprendre le contrôle d'elle-même. Tout autour, les combattants des deux camps s'entre-tuaient, un jeu d'ombres et de lumières incongru et sanglant. Elle ne savait plus quoi faire. Sa raison lui préconisait de fuir ou de trouver un creux pour se cacher. Elle n'était pas une guerrière, elle ne savait même pas comment s'y prendre pour tuer un homme. Mais une part d'elle-même s'opposait à cette idée. Une part, aussi infime soit-elle, lui dictait de ne pas s'enfuir, pour son honneur. À moins, qu'elle ne réclamait du sang.

Et devant elle, une silhouette s'approchait. Elle dominait toutes les autres en taille, tandis qu'à ses côtés, une masse sombre feulait et griffait. Un soldat s'interposa, sa lance s'enfonça dans les écailles du géant qui étouffa un grognement. Il répondit avec sa lame courbe et trancha la tête de l'impudent d'un seul mouvement. La panthère se jeta sur le corps décapité. Astelline déglutit. Le grand barbare à tête de lézard se tenait devant elle. Elle voyait ses épaules se soulever comme il cherchait son souffle. La couleur de son masque se mélangeait à celle du sang qui dégoulinait, là où une fente sombre le perçait. Les écailles de son armure montraient des signes d'agressions multiples. Probablement, son corps portait-il un nombre de plaies en corrélation, car l'amure suintait, poisseuse de fluide vital et de poussière mélangés. Enfin, une de ses jambes tremblait et peinait à le soutenir. Mais même ainsi, il représentait un adversaire redoutable. Il regarda l'épée qu'Astelline dressait devant elle. Il vit qu'elle aussi tremblait. Il remarqua son accoutrement trop grand qui la protégeait mal, sa posture mal campée et ses épaules voûtées.

La jeune femme fut la première à bouger, par réflexe ou impulsion. Elle chargea le chef Gueule, pointe en avant. Surpris, celui-ci tarda à esquiver. L'épée d'Astelline ripa contre son armure et emporta quelques écailles au passage. Emportée par son élan, elle trébucha à moitié. L'autre se contenta de lui assener une violente claque dans le dos pour la faire chuter. Elle tomba lourdement sur le sol et sentit tout le poids d'une botte qu'on lui enfonçait dans les côtes.

Elle se retourna pour voir le chef Gueule penché au-dessus d'elle, avec son épée courbe levée. Il lui assena un coup violent. La jeune femme ferma les yeux et dressa sa propre lame, par réflexe. Sans trop savoir comment, elle dévia le coup. Elle sentit néanmoins la morsure du métal sur son bras.

Le guerrier Lézard voulut alors la saisir, mais Astelline le vit se raidir et stopper son geste. Il se redressa violemment, une pointe de métal apparut à travers son sternum tandis qu'un flot rouge s'échappait de sous son masque. Il tomba alors à genoux et la jeune femme vit qu'Ambestar se tenait derrière lui. Le sergent avait profité que l'attention du chef Gueule se portait entièrement sur la Dame de Lacustrel pour le transpercer mortellement. Et comme le Lézard s'effondrait, il se précipita vers la jeune femme.

— Vous êtes blessée ?

— Rien de sérieux.

Elle balbutiait. Astelline s'assit sur le sol. Son cœur cognait trop fort dans sa poitrine et elle ne se sentait pas encore capable de se relever. Ambestar lui tendit un bras pour l'aider. Une masse sombre le percuta et l'emporta. La jeune femme vit le sergent basculer sur les débris d'une tente, enlacé avec le dernier familier du chef Gueule. La panthère venait protéger son maître. Elle mordait furieusement l'épaule du soldat et ses griffes lui labouraient le corps et les membres. Dans la bagarre, Ambestar avait lâché son épée. Il essayait maintenant d'extirper sa dague tout en repoussant les assauts du félin.

Poussée par l'adrénaline, Astelline se releva pour lui porter secours, mais quelque chose la retint, qui la fit trébucher. Elle se retourna, courroucée, pour découvrir que le Lézard lui retenait la jambe. Et maintenant, le guerrier masqué rampait vers elle. Elle entendait sa respiration sifflante. Un hoquet s'échappa de son masque comme il levait sa lame pour la frapper. Elle le repoussa à coup de botte dans le faciès fendu. Elle parvint à le désarmer, sans trop savoir comment. Il lui attrapa la ceinture et tendit une main poisseuse vers son cou. Elle lui assena un coup d'épée maladroit. La lame cogna contre l'épaule du Gueule qui grogna. C'était une lutte misérable.

Ils roulèrent, l'un contre l'autre, l'un sur l'autre. Ils se martelaient mutuellement. La jeune femme toucha l'aine, elle prit le dessus, se retrouva à califourchon sur le Gueule. Elle lui arracha son masque et fit face à un visage recouvert de sang à demi-coagulé, à peine humain. Par horreur, elle cogna de ses poings ce visage atroce. L'autre rendait les armes, il ne luttait plus. Sa respiration se faisait elliptique, irrégulière.

Un feulement glaça le dos de la jeune femme. Affolée, elle tourna la tête en tout sens. La panthère tournait autour d'eux. L'animal grondait et présentait son dos aux poils hérissés. Sur son flanc, une blessure suintait abondamment. La bête hésitait. Astelline tâtonna sur le sol et retrouva son épée. Elle en posa la pointe contre le thorax du barbare et menaça de l'y enfoncer. Tremblante, elle invectiva alors la bête.

— Recule ! Recule où je tue ton maître !

La panthère répondit par un grondement sourd et geignard. Elle arrêta de tourner et fixa la Dame de Lacustrel avec ses yeux jaunes.

— Recule ! Je te dis !

La panthère montra les crocs et fit un pas en avant. Astelline frissonnait de peur. Le chef Gueule émit un drôle de sifflement et agrippa le fil de l'épée qui lui menaçait le buste d'une main. La jeune femme pleurait, la mâchoire crispée et tous les muscles tendus. Le félin émit un son plaintif. Il s'approcha encore.

— Recule !

Il y eut un craquement quand l'épée s'enfonça. Le Gueule laissa échapper un râle asthmatique. La panthère glapit. Elle recula enfin, sans quitter Astelline et le chef de la horde des yeux. Elle s'agitait, de gauche à droite, elle atermoyait. Au loin, on entendait des voix d'hommes et le bruit sourd d'une armée en marche. La panthère se figea. Elle regarda une dernière fois vers le corps sans vie de son maître, puis elle disparut dans la poussière.

La jeune femme s'effondra alors sur le cadavre. Elle sanglota doucement, puis, gagnée par un souvenir soudain, elle se releva et tituba jusqu'à l'endroit où Ambestar avait roulé avec la bête. Elle le retrouva emberlificoté dans un pan de toile rougi par son sang. Sa tête avait un angle bizarre, ses bras et ses jambes gisaient en désordre autour du buste, désarticulés. Sa gorge béait, ses yeux étaient vides. Alors, seulement, elle vomit.

C'était de la bile qui dégoulinait de son menton, mais elle dégobillait aussi une partie d'elle-même, cette part faite d'innocence et d'insouciance enfantines.

Engourdie, elle ne remarqua pas les premières silhouettes qui parvenaient à son niveau. Un fantassin l'aperçut. Il se porta à sa hauteur et s'enquit de son état. Astelline ne répondit pas. Elle ne semblait pas le comprendre. Un second soldat s'approcha, un grand gaillard barbu qui portait la livrée des Nielvallon. Il crut la reconnaître.

La troupe qui passait achevait de ratisser le campement Gueule. On héla dans les rangs pour attirer l'attention. Une silhouette armurée et poussiéreuse se présenta enfin.

Broyeuse contempla la scène. Elle rengaina son épée et rejoignit Astelline qui fixait alors le cadavre du chef Gueule. Le barbu les laissa et reprit sa route avec le reste de la compagnie. La guerrière soupira. Elle remarqua les mains qui tremblaient encore et la vomissure qui souillait l'armure trop grande. Elle n'était pas douée pour réconforter les gens. Elle posa une main sur l'épaule de la jeune femme.

— Ton premier ? Moi aussi j'ai vomi à mon premier, mentit-elle.

Astelline détacha enfin son regard du Gueule.

— C'est pas ça.

Alors, dans un geste qui surprit la Guerrière, la jeune femme vint se blottir contre elle. Broyeuse se sentit gênée et flattée à la fois. Elle ne savait trop quoi dire. Mais elle croyait enfin comprendre.

— Ça va, c'est fini. La bataille est finie.

— Mais pas la guerre.

Broyeuse ne répondit pas. Elle se contenta de mieux serrer contre elle cette jeune femme qu'elle connaissait si peu.

08

La poussière se dispersait. Elle retombait sur les épaves du combat et sur les bataillons enchantés par la victoire. Les voix montaient jusqu'aux murs de la cité où elles étaient reprises par les trompettes et les tambours. Vers l'ouest et le nord, on apercevait des nuages qui s'éloignaient. C'étaient les débris de la horde Gueule, une armée de masques brisés qui fuyaient pour revoir leur Mère Forêt. Il fallut retenir les cavaliers et les fantassins qui, enivrés et exaltés, souhaitaient pourchasser les Gueules et les exterminer, au risque de se perdre. Mais il n'y avait rien à gagner par le massacre. La poussière retombait. Et elle retombait sur des ruines et des cadavres.

Le Loup Blanc parcourait les vestiges du campement Gueule. À ses côtés, Pastriön, le seigneur de la Maison d'Élan observait l'expression désolée du jeune homme.

— Une victoire difficile est le meilleur moyen de souder des hommes. Aujourd'hui, les Claniens se sont soudés plus que jamais pour remporter cette bataille. Et ils l'ont fait sous votre bannière.

Ymaric opina, sans donner l'impression d'avoir réellement écouté. Son regard s'égarait toujours sur la plaine côtière. Il y était venu avec son père, quelques années plus tôt, à un moment de paix. Les mouettes piaillaient dans un ciel dégagé, comme maintenant, mais les volatiles ne piquaient pas sur des corps sans vie. Les coteaux se couvraient de vignes chargées de grappes prêtes à exploser. Et dans la cité, l'indifférence et la satisfaction des simples régnaient. À cet instant, il sentait un poids énorme sur ses épaules. Ces Gueules-ci avaient été vaincus, oui, mais il restait beaucoup à accomplir.

Il continua son exploration, suivi par Pastriön et la vingtaine de cavaliers de sa garde personnelle. Alors qu'ils trottaient vers le sud, une petite troupe de Templiers s'annonça. Sur un ordre d'Ymaric, sa compagnie s'arrêta pour attendre les coquillards. L'homme qui allait à leur tête possédait tous les attributs de l'officier supérieur et se présenta comme tel. Le Navarque Ogmôn salua le Loup Blanc avec une déférence pleine de retenue qu'Ymaric lui rendit avec la même sobriété.

— Merci pour votre concours dans cette bataille, Navarque.

— N'y voyez rien de plus qu'une aide circonstancielle, nous avons les mêmes ennemis.

Ymaric apprécia cette précision. À l'heure où les Claniens devaient faire des choix, il aurait été mal venu de la part des Templiers de s'immiscer dans les affaires du pays. D'autant plus si l'on considérait le passif qui liait les Templiers à la Maison Louve. La chute du dernier Loup Régent devait beaucoup aux compromissions avec les Temples. Les Mérides n'avaient eu qu'à monter en épingle ces petits arrangements, à en déformer la teneur et en exagérer la portée pour renverser la Maison Louve et placer la Maison Costière à sa place.

Comme il ne répondait rien, Ogmôn crut bon de combler un silence de plus en plus pesant.

— Peut-être aurons-nous l'occasion de nous battre à nouveau ensemble, mais pour l'heure, je crois que vous avez du ménage à faire en ville. Les morts peuvent attendre.

Il ajouta cette dernière remarque en désignant du bras les cadavres les plus proches. Ymaric se pencha en prenant appui sur le pommeau de sa selle.

— Je prends soin de tous mes hommes, morts ou vivants. Mais pour le reste, vous avez raison. Toutefois, c'est une affaire qui ne vous regarde pas.

Ogmôn lui répondit par un sourire étrange.

— Bien entendu.

Le jeune homme ne sut trop comment interpréter cette dernière remarque, mais un mouvement sur la plaine côtière attira son attention et chassa ses questionnements.

Une petite compagnie à pied venait dans leur direction et il reconnaissait les silhouettes qui la menaient. La première, grande et athlétique, appartenait à sa tante. Quant à la seconde, qui claudiquait dans son armure trop grande, c'était celle d'Astelline. Ymaric sentit son cœur enfler doucement et, sans réfléchir à son geste, il talonna sa monture pour les rejoindre, aussitôt imité par Pastriön et sa garde.

Broyeuse le salua et agita la main. Elle souriait aux éclats. Sur le côté gauche, là où une large cicatrice dénaturait son visage, ce sourire partait de guingois, mais du côté droit, il étincelait.

— Ah ! Voilà le vainqueur du jour. Alors louveteau, il semblerait que les crocs t'ont bien gardé.

Ymaric descendit de selle pour se mettre à hauteur des deux femmes, mais son attention se portait principalement sur la plus jeune. En plus du boitillement, il constatait son teint un peu blafard et la souillure de son armure.

— Vous êtes blessée ?

Astelline renifla.

— Une mauvaise chute sans conséquence, dans trois jours je vous battrai à la course.

Toutefois, sa voix ne possédait pas sa fermeté habituelle. Broyeuse inclina la tête de côté.

— La petite a tué son premier ennemi. Je ne lui ai pas dit, mais je crois qu'il s'agissait d'un chef Gueule.

Le Loup Blanc jeta un regard qui oscillait entre respect et reproche vers la jeune femme, mais celle-ci ne le remarqua pas, tant elle s'offusquait du terme employé par Broyeuse pour la désigner. La guerrière préféra en rire et donna une forte accolade à Astelline qui manqua de trébucher.

— Pour moi, vous êtes tous des gamins sur un champ de bataille ! Dans toute la troupe, il n'y a guère que Phéol qui possède plus d'expérience que moi en la matière.

Pastriön, qui venait de les rejoindre, trouva bon d'apporter un peu de nuance, d'autant qu'il se sentait particulièrement ciblé par la moquerie de la guerrière.

— Peut-être bien, dit-il, mais aujourd'hui la gamine Lacustrel a fait plus que n'importe qui d'autre pour la victoire. Elle a rallié les gens de la cité !

L'interpellée haussa les épaules.

— Ce n'était pas si difficile, il suffisait de frapper à la porte.

Broyeuse passa un bras autour de ses épaules.

— Ne minimise jamais tes actes, petite. Ce que tu as fait aujourd'hui était plus courageux et intrépide que la plupart des actes de bravoure. Et en plus, c'était réfléchi !

Sur ce dernier commentaire, Astelline n'en était pas si sûre, mais elle conserva ses doutes sous silence et se laissa gentiment ébouriffer les cheveux par la guerrière.

— Et maintenant que tu as fait le gros du travail, reprit Broyeuse, voyons comment mon louveteau de neveu s'en sort avec le Régent.

À cette évocation, la mine d'Ymaric s'assombrit. Inconsciemment, il repoussait cet ultime défi de la journée. Pourtant, il n'avait pas le choix. Il entendait les cris de liesse depuis la cité et les chants des soldats, qui malgré les camarades tombés au combat et les blessures, fêtaient la victoire et leur nouveau seigneur.

Toutefois, il retarda encore un peu l'échéance en organisant d'abord les mesures nécessaires pour déblayer le champ de bataille. Il fallait évacuer et soigner les blessés, préparer des bûchers funéraires pour les soldats morts et des fausses pour enterrer les Gueules.

On fit quérir Aegorn. Celui-ci ne fut pas difficile à trouver. Il avait d'ailleurs déjà commencé à donner des consignes allant dans le sens souhaité par Ymaric. Il se présenta bientôt en compagnie de Phéol. Le mercenaire s'était improvisé un bandage de fortune sur le front et semblait le plus éprouvé de tout leur petit groupe. Malgré cela, il conservait une humeur solide, ce qui n'était pas si aisé quand on faisait le décompte des pertes.

L'armée du Loup Blanc et les renforts de la cité avaient payé un lourd tribut pour vaincre les Gueules. Toutefois, il était encore difficile d'estimer exactement l'état des troupes. Une bonne partie des fantassins et des cavaliers était toujours éparpillée dans la plaine côtière. Mis en déroute durant la bataille, ils revenaient par petits groupes, exténués et couverts de poussière. Le Loup Blanc fut affecté en apprenant la mort de Bystar. Le jeune seigneur avait lié des liens forts avec le capitaine de la Maison Gardenor pendant son séjour à Fort Aiglon. Ensemble, ils avaient survécu à la destruction du fort et au massacre de ses défenseurs. Un épisode terrible dont, désormais, Ymaric était peut-être le dernier survivant.

Mais la plus touchée fut Astelline. Quand elle demanda des nouvelles de Scöne, inquiète de ne pas le voir en compagnie de Phéol. Le visage de ce dernier, déjà tiré par la fatigue, perdit un peu de sa contenance. C'est avec une voix éraillée qu'il lui rapporta comment le seigneur de Nielvallon était tombé dès la première charge des chevaucheurs d'aurochs.

Après que Scöne ait été percuté et encorné par un de ces bestiaux, le mercenaire avait fait tout son possible pour lui porter secours. Quand il avait réussi à récupérer le seigneur clanien, celui-ci agonisait. Phéol épargna à la jeune femme le détail des os brisés et de l'hémorragie qui vidait Scöne de sa substance. Quand le Somblune, dans une retraite houleuse et chaotique, parvint enfin à gagner les arrières de l'armée du Loup Blanc avec ce qu'il restait de sa compagnie, il ne trimballait déjà plus qu'un corps sans vie.

Broyeuse essaya de réconforter la jeune femme, mais voilà bien une chose pour laquelle elle n'était pas douée. Il lui fallut le renfort de Pastriön pour la remettre d'aplomb. Ymaric aurait bien serré Astelline dans ses bras, dans une envie furieuse de lui partager sa chaleur, mais il y avait trop de retenue dans son cœur et trop à faire. Trop de timidité aussi, peut-être.

Aegorn l'informa que plusieurs Gueules avaient été faits prisonniers. Cela était suffisamment rare pour être souligné. Les guerriers masqués qui ne pouvaient fuir préféraient d'ordinaire se battre jusqu'à la mort plutôt que de se rendre. D'ailleurs, la plupart des prisonniers étaient blessés, mourants pour certains. Le seigneur de la Maison Gardenor les avait réunis dans les débris d'un enclos à moutons et laissés sous bonne garde. Beaucoup de soldats réclamaient qu'ils soient mis à mort, comme si cette journée n'avait pas apporté suffisamment de sang de bouffeurs de mandragore pour étancher leur soif. Ymaric s'y opposa fermement.

— Il faudra pourtant décider de leur sort, indiqua Aegorn. Vous connaissant, je ne crois pas que vous souhaitiez les vendre comme esclaves à des marchands salandrins ou finois.

Le Loup Blanc confirma ses dires par un hochement de tête.

— Ils pourraient nous être utiles. Grâce à eux, nous pourrions apprendre beaucoup sur les Gueules et leur culture.

— Ils ne parlent pas notre langue !

— Ils peuvent sans doute apprendre. De toute évidence, les Gueules ne sont pas uniquement les barbares sanguinaires que nous décrivons dans nos histoires. Imaginez, si nous pouvions nouer des liens avec eux, entamer un véritable dialogue ? Au lieu de rapines dans les Terres Sauvages, nous pourrions commercer ?

Aegorn lui présenta une moue des plus dubitatives. Il avait protégé les Marches toute sa vie contre eux et il lui semblait que le seul commerce dont étaient capables ces barbares, c'était celui de la guerre. L'Aigle du Nord doutait qu'on puisse troquer avec eux autre chose que du fer et du sang.

Ce problème temporairement réglé, Ymaric confia à Phéol le soin de mener les préparatifs en vue de la veillée mortuaire. Puis, entouré d'Aegorn, Astelline, Broyeuse et Pastriön, il rassembla une forte compagnie et se dirigea enfin vers les portes de Sonnecume.

Avant même de franchir l'enceinte, ils furent accueillis par des vivats et des acclamations. Les battants étaient grand ouverts pour les laisser entrer et, à l'extérieur de la ville, des soldats se massaient pour les saluer. Miliciens, mercenaires, soldats au service d'une Maison et même quelques Templiers, il semblait que tous les combattants se réunissaient dans une même ferveur. À l'intérieur, ceux-là se mélangeaient à une foule compacte de citadins et de réfugiés, de marins et d'enfants, d'hommes et de femmes venus salués leurs sauveurs. Certains avaient apporté des fragments de coquillages et, vieille coutume locale qui remontait aux âges héroïques, ils les jetaient sur la procession en signe de respect et de joie.

Dans l'artère principale qui menait directement au Palais de la Régence, la progression se fit lente, tant la foule se pressait pour ovationner le Loup Blanc. Il chevauchait en tête du cortège, flanqué par Broyeuse et Aegorn. Ces deux là, couverts de sang et de poussière, possédaient une allure terrible. Astelline et Pastriön trottaient juste derrière, avec quelques autres seigneurs qui avaient prêté allégeance au Loup Blanc. Tout ce monde était protégé par des gens d'armes, vétérans et champions. Une cohorte entière s'engouffrait dans les pas du chef de la Maison Louve.

Dans la rue, il n'y avait plus assez de place. Les gens se massaient à chaque intersection, ils montaient parfois les uns sur les autres pour arriver à voir. Les fenêtres et les balcons étaient bondés de la même façon, jusqu'aux toits, investis par des jeunes gens et des intrépides. Quelques-uns avaient ressorti de vieux étendards aux couleurs de la Louve. En plus des fragments de coquillages, on vit voler des fleurs et des morceaux de papier colorés. Toute la cité était à la fête.

Çà et là, on entendait des commentaires sur la suite du Loup Blanc. Untel venait de reconnaître le seigneur des Rocreux, tel autre était persuadé que ce jeune homme était le fils du chef de la Maison Valguet. Aegorn et Broyeuse avaient droit à plus de remarques que la plupart. Le premier, car il était bien connu, lui le protecteur des Marches que des rumeurs prétendaient mourant et malade. Aussi, beaucoup étaient heureux de voir l'Aigle du Nord bien vivace et se battant aux côtés du jeune Loup. La seconde, car elle attisait toutes les curiosités, tant les légendes se tissaient autour de son passé de gladiatrice. À sa grande surprise, Astelline emportait également une large part des suffrages, car beaucoup reconnaissaient la jeune femme qui avait su raviver l'ardeur de la cité et convaincre ses habitants de défier les ordres du Régent.

Bien sûr, c'était au Loup Blanc que les éloges les plus nombreux et les plus ardents allaient. Dans la ville, beaucoup se souvenaient encore du temps où son arrière grand-père dirigeait le pays. Trente ans, seulement, s'étaient écoulés, pas même une vie d'homme. Un laps trop court pour faire disparaître la gloire passée et suffisamment long pour en faire oublier les gabegies. Pour les anciens, il représentait à la fois nostalgie et attachement, pour les plus jeunes, espoir et héroïsme.

Ymaric subissait cet élan qui confinait à la ferveur avec appréhension. Il détestait être le centre d'une telle attention. Du reste, qu'avait-il réellement accompli pour mériter cet honneur ? La place qu'il occupait et le rôle qu'il devait y tenir étaient surtout dus aux erreurs des uns et aux machinations des autres. Si les Costières avaient pris le problème Gueule à bras-le-corps, si les autres Maisons ne s'étaient pas chamaillées comme des enfants, si les Méride n'avaient pas agi dans l'ombre pour faire tomber cet édifice déjà branlant... Tant de si ! Ymaric s'était contenté de survivre et de répondre présent à l'appel d'un peuple dans le besoin. Lui-même recherchait d'abord une vengeance.

Aussi, avait-il du mal à sourire à tous ces visages réjouis. Il préférait conserver une expression grave et saluer de temps à autre par un hochement de tête ou une main levée.

Enfin, ils arrivèrent au Palais.

Les grilles entrelacées d'épineux noirs qui formaient l'enceinte étaient littéralement assiégées par la foule. De l'autre côté, sur la grande esplanade de marbre blanc du Palais, des fantassins aux tuniques estampillées avec le blason des Costières composaient des petits groupes qui paraissaient ridicules tant le nombre de gens massés à l'extérieur était écrasant.

L'unique porte de bronze, qu'encadraient deux imposants chênes rouges, était close et juste devant, se tenait une petite compagnie de dix hommes. Ils jetaient des regards incertains à la foule, les mains serrées sur la hampe de leurs lances et les épaules voûtées. Leur capitaine se tenait en avant, les bras croisés sur sa cotte de mailles et essayait de faire bonne figure. Il essuyait les quolibets et les jurons des habitants de la cité, mâchoire crispée et muscles tendus. Le Loup Blanc stoppa sa monture à un mètre seulement de lui.

— Salutation, Loup Blanc ! Soit le bienvenu.

Il y avait une telle bronca tout autour qu'Ymaric entendit à peine ce que l'officier lui disait. Il se redressa sur sa selle et tendit les bras pour demander à la foule de se taire. Cette dernière obtempéra, non sans chahuter et huer les soldats en faction devant la porte. Il fallut plusieurs minutes pour obtenir un silence suffisant. Alors seulement, le jeune homme répondit au capitaine. Il le fit d'une voix suffisamment forte pour que la plupart puissent entendre.

— Si je suis le bienvenu, alors pourquoi la porte est-elle close ?

— Le Régent serait heureux de vous recevoir, mais pour cela, il vous demande de laisser vos armes à l'entrée du Palais.

À ces mots, un murmure de colère enfla depuis la foule. Ymaric leva de nouveau la main pour l'apaiser et réclamer le silence.

— Fréost Costière ne peut m'imposer aucune exigence, déclara-t-il. Et c'est à vous que je m'adresse capitaine. Dites-moi, pour quelle Maison fut construit ce Palais ?

L'homme parut un peu décontenancé et bredouilla faiblement sa réponse.

— Plus fort !

— La vôtre, mon seigneur.

— C'est-à-dire ?

— La Maison Louve.

Le jeune homme parut satisfait de cette réponse, il fit avancer son cheval de deux pas, de sorte que la tête de l'animal arrive presque au niveau du buste de l'officier.

— Et comment nomme-t-on le beffroi qui domine cet édifice ?

— Le... Le beffroi du Loup Blanc.

— Je suis le Loup Blanc, martela-t-il. Ceci est mon beffroi, ceci est mon Palais.

Ymaric avança encore un peu et se pencha vers l'homme qui désormais suait à grosses gouttes. Derrière lui, tous ses lanciers s'étaient regroupés et jetaient des yeux inquiets.

— Réfléchissez bien capitaine. Est-il raisonnable de vous tenir ainsi, entre moi et ma demeure ?

Derrière lui, Broyeuse mit une main sur le pommeau de son épée et fit avancer sa monture. L'officier déglutit, avala sa salive et, finalement, se retourna pour donner un ordre d'une voix rendue stridente par la peur.

— Ouvrez les portes ! Ouvrez les portes par la Dame !

Les vénérables gonds de pierre grincèrent doucement alors que l'on s'activait à soulever la barre et à écarter les battants. Broyeuse fut la première à s'engouffrer entre les deux chênes qui servaient de montant, rapidement suivie par toute une troupe de fantassins. Les soldats fidèles à la Régence qui se trouvaient sur l'esplanade hésitèrent quant à l'attitude à adopter. Ymaric apostropha le capitaine.

— Dites à vos hommes de ne pas s'interposer. Le sang clanien a suffisamment coulé pour aujourd'hui.

Il se laissa facilement convaincre. Les Costière disposaient seulement de quelques centaines d'hommes en propre et la plupart protégeaient les divers intérêts de la famille dans la cité, si bien qu'il ne disposait que de cent vingt soldats pour tenir le Palais. Une confrontation avec l'armée du Loup Blanc n'avait jamais été envisagée. Sa compagnie essayait simplement de faire bonne figure et de protéger son seigneur. Ymaric lui assura que personne ne toucherait le Régent.

Broyeuse, de son côté, investissait déjà la place. Elle positionnait rapidement des hommes de façon à prendre le contrôle des entrées du palais. Dans la foulée, Le Loup Blanc pénétra à son tour dans l'enceinte protégée par les grilles. Sa suite lui emboîta le pas, ainsi que ceux des soldats qui n'avaient pas accompagné Broyeuse.

La foule se sentit invitée et entra à son tour sur l'esplanade. Elle forma une cohue joyeuse et indisciplinée qui se répandit rapidement. Elle foula sans vergogne les parterres délicats et élaborés qui parsemaient la place pour l'égayer. Personne ne fit le moindre geste pour les empêcher de saccager ces ensembles floraux et souiller le marbre du sol. Le peuple de Sonnecume vivait sa seconde libération et le faisait bruyamment savoir. Il y avait là les plus virulents adversaires de la Régence, qui espéraient sa chute avec délectation, mais aussi des groupes d'adolescents qui, bien qu'ils comprenaient l'importance de ce jour, cherchaient d'abord à participer à la vaste bousculade et y ajouter un peu de chaos. Il y avait des familles, avec des pères qui portaient leur enfant sur les épaules et des mères qui essayaient de ne pas égarer leur progéniture. Des artisans et des marchands, massés par corporations, des marins en quantité, des filles de joie aussi, car sur les quais, elles venaient en deuxième après les dockers pour ce qui était du nombre. On apercevait des doyens, arcboutés sur leur canne, des bourgeois qui tentaient de faire bonne impression, alors que juste à côté d'eux se pavanaient des mendiants et des filous. Tout ce monde recouvrit la place en un rien de temps, et les hommes du Loup Blanc durent s'employer pour laisser un espace dégagé devant la porte principale du palais.

Broyeuse se trouvait juste devant celle-ci, avec cinquante vétérans. Le portique était imposant, en forme de trapèze pour accentuer le sentiment de grandeur. La guerrière ne fit pas dans le détail. Elle força les battants d'ébène pour pénétrer à l'intérieur du bâtiment.

09

La guerrière au visage lacéré déboucha dans une salle qui respirait la peur. Par différence avec la luminosité extérieure, le grand hall semblait plongé dans l'obscurité, malgré les larges ouvertures qui laissaient entrer les rayons de soleil. Des colonnes de pierres ouvragées soutenaient une voûte qui se perdait dans les hauteurs. Sur les murs, des plantes grimpantes aux feuilles mordorées et argent composaient un entrelacs touffu. Au sol, des dalles de pierres dessinaient des arabesques et des courbes délicates. Dans les interstices, on avait glissé puis fondu une poudre métallique, ce qui créait des reflets par endroits. Entre les espaces qui séparaient les colonnes, de longs drapeaux pendaient et flottaient doucement, dérangés par quelque courant d'air. Plus de vingt étendards, un pour chaque Grande Maison. Plus un, tout au fond, au-dessus du trône. Celui des Costière.

Broyeuse fit un premier pas. Il résonnait un son de vide, où se terrait une poignée de grands bourgeois et de membres de Maisons mineures, ainsi que quelques personnes encore redevables à la famille Costière. Le Régent, lui, se tenait sur le trône de la Claneterre, entouré par une demi-douzaine de conseillers et protégé par une vingtaine de gardes, son ultime rempart. Tout le monde retenait son souffle.

La guerrière n'hésita pas, elle avança crânement, ses vétérans à ses basques. Les courtisans se massaient derrière les colonnes, comme s'ils espéraient passer inaperçus. Broyeuse les ignora et concentra son attention sur le Régent. C'était la première fois qu'elle le voyait. Elle découvrait un homme relativement grand qui possédait probablement le même âge qu'elle. Les soucis de ces derniers mois avaient creusé des rides et des cernes bleu sombre. Sans doute, ils avaient également accentué la sécheresse de son corps et ajouté quelques cheveux gris supplémentaires à son chef. Il portait une tenue d'apparat, une large tunique bleue décorée de pierres semi-précieuses et de motifs tissés avec des fils d'argent. Il affichait une expression de fermeté, mais tout en lui et autour de lui reflétait l'incertitude et la crainte, à commencer par le visage blême de ses serviteurs. À l'approche de Broyeuse, il se leva, tendu comme un arc.

— Vos armes ne sont pas autorisées ici.

Broyeuse s'en gaussa. Elle continua d'avancer et se planta à cinq mètres seulement des soldats qui entouraient Fréost Costière.

— Le Loup Blanc t'attend.

Un frémissement incontrôlé agita la joue droite du Régent.

— Je suis tout disposé à le recevoir ici, pour le remercier de son aide contre le siège de la ville.

Sa voix chuintait. Broyeuse se mit à rire doucement, imitée par ses hommes.

— Les habitants de Sonnecume se sont déjà occupés de lui rendre cet honneur. Et maintenant ces mêmes habitants demandent à ce que tu sois jugé.

Fréost se raidit davantage et sa mine devint empruntée de colère.

— J'avais espéré qu'un homme aussi noble que le Loup Blanc ne prêterait pas l'oreille aux rumeurs et mensonges que les mauvaises langues colportent. Je ne paierai pas pour un crime que je n'ai pas commis. Je ne suis pas responsable de la mort de son père.

Broyeuse cessa de sourire.

— Il le sait, rassure-toi ! Mais cela ne t'exempte pas de tout reproche. Cependant, le Loup Blanc n'a aucune raison de souhaiter ta mort, si c'est cela que tu crains.

Le seigneur clanien retrouva aussitôt une attitude hautaine.

— Quoi qu'il veuille me dire, c'est à lui de venir à moi. Je reste le Régent de la Claneterre.

La guerrière secoua la tête de dépit. Derrière elle, ses hommes se firent plus menaçants, ce qui provoqua une réaction parmi les gens de Fréost Costière. Les lames et les lances se tendirent entre les protagonistes.

Broyeuse ressentait la fatigue du combat ainsi que la lassitude des vicissitudes humaines. Elle souhaitait éviter une nouvelle effusion de sang. Elle laissa sa lame dans son fourreau et s'avança à portée des hommes du Régent. Une épée pointait directement vers son buste, à quelques centimètres seulement de sa poitrine. À l'étonnement général, elle saisit la lame à main nue. Un filet de sueur coula sur le front du soldat. Celui-ci ne savait comment réagir. Broyeuse ne lui laissa pas le temps d'y réfléchir. Sa main avait pris cette teinte crayeuse qui signalait qu'elle faisait appel au Don de la Pierre. C'était un grand effort, encore plus après une rude bataille, mais elle masqua toute défaillance et fit ployer la lame. Celle-ci plia dans un grincement métallique.

Tous les soldats de Fréost reculèrent, apeurés. Elle les bouscula sans ménagement et se fraya un passage parmi eux. Ses vétérans se placèrent de sorte à les encercler. Fréost Costière, déboussolé, recula à son tour, il heurta l'assise du trône de la Claneterre dans lequel il s'affala. Toute trace de mépris avait quitté son visage, ainsi que la plupart des couleurs. Broyeuse se pencha sur lui.

— Écoute, c'est très simple. Le Loup Blanc et tout Sonnecume t'attendent, là dehors. Tu peux sortir par tes propres moyens et conserver ta dignité, ou alors, je t'attrape par la peau du cou et je te traîne dehors, comme un vermisseau. C'est à toi choisir.

À l'extérieur, la foule se massait avec impatience. Elle débordait hors de la place et s'agglutinait aux grilles qui entouraient le palais. Certains y grimpaient même, et se juchaient comme ils pouvaient entre les pointes métalliques et les ronces noires. Tout ce monde exerçait une telle pression que les soldats du Loup Blanc étaient obligés de former un cordon pour dégager l'espace devant les portes du palais. On se penchait et on se bousculait pour voir ce qu'il se passait à l'intérieur.

Stoïque, Ymaric attendait face aux portes. Il demeurait sur sa monture, tandis que sa suite mettait pied à terre. Aegorn, Astelline,

Pastriön et les autres chefs de Maison qui l'accompagnaient formèrent un groupe derrière lui, seulement précédé par un porte-étendard qui dressait haut les couleurs de la Louve.

Enfin, un mouvement attira tous les regards. D'abord, une rangée de soldats de la Maison Louve sortit du Palais pour se placer de part et d'autre des portes, puis on vit une silhouette se présenter sur le parvis. Aussitôt, un grondement s'éleva de la foule, mais Ymaric le fit taire en levant les deux bras. Indécise, toute la place retint son souffle et un silence attentif s'installa.

Fréost Costière s'avança lentement. Malgré sa tenue d'apparat et ses insignes de Régent, il semblait écrasé par la masse. Les rares courtisans qui le suivaient, le faisaient à une distance précautionneuse. Pour autant, le chef de la Maison Costière marchait avec une allure presque altière. Soudain, une voix fusa depuis la foule.

— Assassin !

Le brouhaha menaça aussitôt à nouveau et cette fois-ci, les bras levés d'Ymaric furent insuffisants à ramener le calme. On fit sonner une trompe à plusieurs reprises, jusqu'à ce que les cris s'apaisent. Pour sa part, le Régent s'était figé. Devenu blême, les épaules légèrement voûtées, il semblait sur le point de reculer.

— Par les Sept et la Dame ! Je jure que je n'ai rien à voir avec la mort du Loup Blanc !

Sa voix, rendue stridente par la peur, fut largement entendue, mais les visages dans la foule montraient à la fois doute et suspicion. La voix d'Ymaric tonna pour mettre un terme à cette agitation et ces atermoiements.

— Approche, Fréost Costière !

Le ton était si impérieux, que l'interpellé se sentit obligé d'obéir. Il marcha d'un pas lent, à la façon d'un condamné, et s'arrêta à un mètre seulement du destrier du Loup Blanc. Les deux hommes se toisèrent pendant quelques secondes, mais c'était à Ymaric qu'il revenait de parler.

— Je ne suis pas un homme qui donne foi aux rumeurs, surtout quand elles sont infondées. Je sais que tu n'es pas le meurtrier de mon père. Et je dis cela, afin que tous ici l'entendent. Fréost Costière est un mauvais Régent, mais il n'est pas un assassin.

Un murmure déçu balaya la foule, mais le Loup Blanc ne lui laissa pas le temps de s'installer.

— Maintenant, cela n'absout en rien tes erreurs. Voici trente ans que vous autres, Costière, avez obtenu les rênes de la Claneterre. Il y aurait beaucoup à dire sur la manière dont cela fut fait, mais il y a encore plus à dire sur les trois décennies de votre Régence. Nous en voyons tous le résultat. Toi et ta famille, vous avez failli à vôtre tâche. Une grande partie du pays est sous le joug barbare, tandis que le Sud, poussé par des mensonges et la peur, a fait sécession. Et aujourd'hui encore, alors que nous nous battions sous les murs de la cité contre les Gueules, tu as refusé d'apporter ton concours et tu es resté cloîtré dans ce palais ! Voilà le résultat de ta Régence, voilà ce que tu as fait de l'héritage de mes ancêtres ! Alors, je viens reprendre ce qui est mien. Je viens aussi te juger, Fréost Costière, pour le mal que tu as fait à la Claneterre, par ton incompétence. Maintenant, mets-toi à genoux et entends ma sentence.

Le Régent hésita. Il se sentait piégé et lésé. Il percevait l'hostilité de la foule. Et parmi elle, il voyait ses hommes, auxquels on avait laissé leurs armes. La sensation d'être abandonné et rejeté par tous s'emparait de lui, pourtant, il ne voulait pas s'incliner sans se défendre ni faire valoir ce qui lui semblait son bon droit.

— Tu dis vouloir me juger et tu le fais en réclamant ton autorité du sang qui coule dans tes veines, celui du premier Loup Blanc. Soit ! Mais quel crime ai-je commis ? Celui de mal gouverner ? Encore aurait-il fallu que les Grandes Maisons acceptent d'être gouvernées ! La faillite de la Claneterre n'est pas tant mon échec que celui des chefs de Clan, tous à se quereller pour un bout de terre, des coffres remplis d'or, une demeure fastueuse et une fille gracile !

Ymaric fit faire un pas en avant à sa monture, provoquant un mouvement de recul chez Fréost Costière.

— À genoux, répéta-t-il.

Cette fois-ci, Fréost n'osa pas contrevenir à l'ordre du Loup Blanc. Il obtempéra avec mauvaise grâce, sans courber l'échine. Ymaric descendit alors de cheval pour se planter devant le Régent fautif.

— Ce que tu dis est en grande partie vrai, mais la situation que tu décris est aussi le résultat de la mauvaise gouvernance de ta Maison. Oui, cela peut devenir un crime, quand de tels actes entraînent guerre et désolation. Toutefois, je sais que tu n'es pas un homme de mauvaise volonté et tes erreurs sont aussi le fruit de manipulations habiles de la part de personnes désireuses de provoquer la ruine de la Claneterre. Maintenant, entends ma miséricorde.

L'autre redressa un peu la tête en tendant ce dernier mot et une vague étincelle d'espoir apparut dans son regard.

— Voici mon offre. Je propose à ta Maison de racheter ses fautes en suivant ma bannière et en combattant les ennemis de la Claneterre. Si tes services et tes efforts sont suffisants et honnêtes, alors tu conserveras tes biens et tes honneurs. Dans le cas contraire, les Costière perdront le titre de Grande Maison, mais ils conserveront un tiers de leurs biens et resteront admis en Claneterre.

Fréost déglutit en entendant cela, mais Ymaric n'avait pas fini.

— Il se peut, continua le Loup Blanc, que tu ne veuilles ni racheter tes fautes ni servir ma bannière. Dans ce cas, tu peux alors choisir l'exil. Un exil digne et honorable, car je te laisserai affréter un navire à ta guise, en chargeant les biens que tu pourras et ceux parmi tes proches que tu voudras. Je te laisserai libre de ta destination, mais ta famille ne pourra plus faire commerce en Claneterre jusqu'à ce qu'un délai de trois décennies, l'équivalent de votre Régence, soit écoulée. Voici ma sentence, Fréost Costière. Et comme tu peux l'entendre, elle est miséricordieuse, car il y en a beaucoup ici, qui préféreraient te voir pendu ou la tête coupée. Alors, que choisis-tu ? Ma bannière ou l'exil ?

Le chef de la Maison Costière cilla légèrement. Derrière la miséricorde du Loup Blanc, il comprenait surtout le besoin dans lequel se trouvait l'homme fort du Nord. Avec la sécession du Sud et la menace des Méride, il devait engranger le plus de soutiens possible. Que Fréost décide de se ranger derrière lui ou qu'il choisisse l'exil, cela revenait peu ou prou à la même chose, il se rattachait les forces vives de la Maison Costière. La manière d'en laisser l'arbitrage au chef du Clan, plutôt que l'imposer, révélait un esprit subtil. Si Fréost décidait de partir en exil, l'ancien Régent serait perçu comme un lâche et ses gens auraient d'autant à cœur de soutenir la Louve pour laver leur propre honneur. S'il se ralliait, cela enverrait un message fort aux Maisons du Sud. Dans tous les cas, la position du Loup Blanc s'en trouverait renforcée. Fréost appartenait à une Maison d'armateurs, et comme tout armateur, il était d'abord un marchand et se rendait là où le gain semblait le plus profitable.

— Je combattrai à vos côtés pour racheter mes erreurs et prouver que les Costière sont toujours une Grande Maison au service de la Claneterre.

Ymaric poussa un soupir de soulagement qui n'échappa pas à Fréost. La foule, elle, était toujours aux aguets. Certains exprimaient à voix basse une certaine déception, mais la plupart s'accordaient sur l'importance de ce moment.

Le Loup Blanc tira son épée et posa sa lame sur une des épaules de l'ancien Régent. Celui fut parcouru d'un frisson, comme s'il résistait encore, pourtant, il parla sans bégayer et d'une voix assez forte pour être largement entendu.

— Moi, Fréost Costière, chef de la Maison Costière et Régent de la Claneterre, je reconnais le droit légitime du Loup Blanc sur le trône de la Claneterre. Je lui remets donc mes charges, ici et maintenant. Je le reconnais pour mon suzerain et lui prête serment d'allégeance. Je jure de le servir, lui et sa Maison, contre les ennemis de la Claneterre. Je le jure devant les Sept Façonneurs, la Dame et l'assemblée de Sonnecume. En retour, j'attends être traité justement de mes efforts, tant pour mes échecs que pour mes succès.

— Et je saurai me montrer juste, Fréost Costière, maintenant lève-toi.

Le seigneur clanien s'exécuta avec empressement, tant cette posture l'incommodait. Ymaric lui adressa un sourire, avant de se remettre en selle pour parler à la foule.

— Claniens ! Je vois ici beaucoup de mines réjouies et de sourires. Et cela m'honore. Aujourd'hui est un grand moment, car aujourd'hui s'achève la Régence. Aujourd'hui, revoici le temps du Loup, le temps des crocs !

Il dressa un poing rageur vers le ciel et obtint un rugissement satisfait de la foule. La plupart se contentaient de crier et de s'époumoner, mais certains avaient apporté des cors et ils soufflaient avec force. Ymaric laissa la foule gronder avant de baisser le poing pour ramener le calme.

— Certains d'entre vous auraient préféré que j'utilise mes crocs pour mordre le Régent et faire couler son sang. Mais je vous le dis, c'est la colère qui parle en vous. Assez de sang clanien a déjà coulé. Car aujourd'hui, était aussi un jour de guerre, un jour de bataille et nombreux sont ceux qui sont morts. Aujourd'hui, est venu le temps du rassemblement, car nous vivons des moments terribles, où d'autres batailles suivront, et beaucoup y perdront la vie. Alors oui, je pardonne aux Costière, mais leur sang coulera, il coulera dans les combats à venir et il se mêlera à ceux des braves. Leur sang sera le prix de leur pardon ! Pour que demain, dans ce Palais, siège à nouveau le conseil clanique. Pour que demain devienne un jour de paix !

Il dut faire une pause, car le souffle lui manquait tant il criait pour couvrir le brouhaha de la foule. Il voyait ses mots éclairer les visages. Ce matin, les habitants de Sonnecume s'étaient réveillés sous le joug barbare et maintenant, ils s'échauffaient de leurs exploits.

— Aujourd'hui, reprit Ymaric, est avant tout un jour de victoire ! La horde Gueule qui assiégeait la ville a été vaincue. Les divisions entre Maisons en partie effacées et l'espoir remplit à nouveau nos cœurs ! Ce soir, ce soir nous brûlerons nos morts. Ce soir, nous appellerons la Fée-lune pour qu'elle les guide vers le grand vase de la Chimère. Et ce soir, quand les morts auront été honorés et les dieux invoqués, alors nous répandrons la joie dans les rues de cette cité ! Alors, nous fêterons notre victoire. Sonnecume résonnera de musique, de danse et de poésie ! Ce soir, nous ne craindrons rien, aucune peur, aucune peine, car les crocs nous gardent !

Une grande clameur salua la fin de son discours et ce fut comme si la foule était déjà à la fête. Des trompes et des cors sonnèrent, on vit jaillir des guirlandes colorées et des mouchoirs que les dames agitaient aussi haut qu'elles le pouvaient. Les soldats frappèrent avec leurs armes sur leurs boucliers, dans un fracas métallique.

Le Loup Blanc fit trotter son cheval jusqu'aux portes du Palais, où l'attendait Broyeuse. Il sauta au bas du parvis, où il salua une dernière fois la foule avant de s'engouffrer dans le grand hall et, longtemps après son départ, la clameur résonna sur la place.

La fin de la journée fut particulièrement occupée. La bataille avait non seulement laissé de nombreux morts, mais aussi quantité de blessés. Le caractère effroyable du combat se révélait à tous. Les diverses places de la cité se retrouvèrent bondées, car on y amenait les blessés, que l'on posait à même le sol faute de lits et de matelas. On sollicita les cures-feuille, mais les maisons de guérison s'avérèrent rapidement incapables d'accueillir un tel flux. Les demeures de grands bourgeois qui avaient fui la ville au début du siège furent réquisitionnées et des soldats de peu finirent alités dans des draps de soie ou sous des baldaquins. On manqua d'herbe et d'onguents, tandis que la pointe des aiguilles s'émoussait à force de recoudre les chairs meurtries. En revanche, la population montrait beaucoup d'attention à tous ces pauvres bougres qu'ils considéraient comme des héros. Les adolescents mettaient un point d'honneur à les ramener depuis le champ de bataille jusqu'aux infirmeries improvisées. Des jeunes filles et des enfants s'affairaient pour leur porter à boire, tandis que des femmes âgées les nettoyaient de tout le sang et la poussière accumulés. Les boulangers remirent leurs fourneaux en route et on débita du pain, aussi bien pour leur redonner des forces que pour préparer la fête. Fréost Costière dut ouvrir ses caves et ses greniers, car malgré le pardon du Loup Blanc, une partie importante de la population le tenait toujours pour responsable. On en sortit des dizaines de grands tonneaux de vin ou de bière et de la viande séchée par chariots entiers, ainsi que des gâteaux de voyage, de la morue salée et des pommes fripées de la saison passée.

Hors les murs, la tâche était bien plus ingrate, car il fallait trier les corps et y prélever les objets de valeurs pour nourrir l'effort de guerre et les réparations à venir. Phéol supervisait la manœuvre et il n'avait pas assez de lieutenants de confiance pour cela, car beaucoup de ceux qui avaient combattu prélevaient leur dîme en compensation de leurs efforts. Ils glissaient dans leurs poches un anneau ou une broche en métal précieux, parfois ils s'appropriaient une lame de qualité ou de nouvelles bottes. Le Somblune ne pouvait réellement leur en vouloir, il était de coutume que le butin de guerre reviennent aux survivants.

On récupéra également ce qui pouvait l'être dans le campement Gueule, principalement des victuailles, mais aussi le fruit de leurs rapines. Quant aux chevaux et aux aurochs que les combats avaient foudroyés, on leur trouva un nouvel usage. Pour ceux que la charogne n'avait pas gagnés, on les vida et on les dépeça, dans le but de les mettre à cuire sur des broches.

Au nord-ouest de la ville, entre deux coteaux de vignes saccagés par la guerre, on creusa une grande fosse pour y enterrer les Gueules tombés au combat. C'était un charnier épouvantable de trois mille cadavres qui mobilisa l'effort de plus d'un millier d'hommes, car tant Phéol qu'Ymaric souhaitaient que cette tâche soit achevée avant la fin du jour. De jeunes garçons faisaient la navette entre le chantier et Sonnecume, pour amener de l'eau, de la bière, du pain et du fromage aux travailleurs. Malgré cela, au soir le trou était à peine assez grand. Les corps commençaient à dégager une forte odeur qui attirait les oiseaux et les charognards. De plus, les hommes étaient las. On décida alors de transformer la fosse en tertre. On recouvrit le monticule des Gueules avec la terre fraîche, ce qui forma une butte de belle taille. Pour commémorer ce jour, on avait conservé les plus beaux masques Gueules, une centaine pour le moins, qui servirent à constituer une petite pyramide au sommet du tertre.

Par la suite, la Butte aux Masques devint un lieu de pèlerinage, où, une fois l'an, l'on venait commémorer le souvenir de la bataille. On accrochait alors aux poteaux des masques des guirlandes de fleurs et on allumait un grand feu sommet. On dansait toute la nuit, jusqu'au petit matin, jusqu'à ce que toutes braises soient consumées, toutes les forces épuisées. Plus tard, on organisa une procession qui partait de la butte pour se perdre dans les rues de la cité et rejoindre le Palais. À sa tête, allaient deux fous qui portaient des costumes d'aigle et de loup. Le temps éroda les masques sur la colline et ne laissa que des piquets informes. Et un jour, peut-être, les origines de cette liesse se perdrait au-delà du souvenir. Il ne resterait plus que les érudits pour se rappeler pourquoi on la nommait la fête des crocs et des masques.

Du côté des Claniens, on comptait près de deux mille morts. Et encore, la différence n'était due qu'au fait que l'on n'avait pas achevé les blessés graves. Cela restait un nombre considérable et comme l'on manquait de temps, on ne prépara les corps que de façon succincte. Ceux qui possédaient des proches parmi les habitants de la ville ou les survivants furent nettoyés et vêtus d'une chemise en lin blanc, les autres simplement dépouillés de tout le métal qui les couvrait.

De grandes tentes avaient été dressées pour que les corps y soient préparés. Et bien que dans la mort, tous étaient égaux, on avait réservé l'une d'elles aux défunts que l'on jugeait plus remarquables que les autres. Berstën, le général de la milice, s'y trouvait déjà, ainsi que Scöne. De la même manière, Astelline avait insisté pour que le sergent Ambestar y soit honoré. On amenait tout juste Bystar, tant on avait eu des difficultés à retrouver le corps du capitaine. Aegorn avait participé aux recherches. Il ne se considérait pas comme particulièrement proche de son officier, mais il tenait à faire preuve de cette marque de respect.

À cet instant, il se remémorait la première chevauchée qu'il avait menée avec cet homme. Il s'agissait de poursuivre une petite troupe de pillards Gueules. Du moins, c'était ce qu'ils croyaient. Pour Aegorn aussi bien que Bystar, c'était là que tout avait commencé. Une escarmouche qui remontait à quelques mois à peine, il semblait des années, et qui annonçait déjà la guerre à venir. Il avait failli mourir ce jour-là. Bystar, en bien des façons, s'était montré bien plus lucide que lui.

Aegorn soupira. Sous la tente, il retrouva Astelline qui contemplait le corps de Scöne. La jeune femme était comme lui, elle avait tout perdu ou presque. Les Gueules avaient tué son père et son frère aîné, maintenant il lui retirait l'homme qui avait, en quelque sorte, pris leurs places. Quant à l'Aigle du Nord, les

Gueules lui avaient volé sa femme et son fils. Il la salua et regarda à son tour le corps défait du seigneur de Nielvallon.

Ce n'était pas un spectacle agréable. Des os disloqués ou brisés se devinaient aux angles bizarres que prenaient les membres. Le visage tuméfié se couvrait de marques bleues et violacées. Une lèvre fendue lui déformait la bouche. Du sang à moitié séché et de la poussière poisseuse le recouvrait. Aegorn se demanda pourquoi Astelline s'infligeait une telle vision.

— Gardez de lui l'image de l'homme qu'il était. Un homme de bien, qui ne rechignait pas à aider les autres, et encore plus ceux qu'il chérissait.

— Je sais quel homme il était.

Elle parlait d'une voix atone, pour mieux masquer sa peine.

— Alors, à quoi bon le regarder comme ça ? Cette vision va se graver dans votre cœur.

— Vous avez sans doute raison. En fait, je pense à sa femme et ses enfants. À ce que je leur dirai quand je les reverrai.

Aegorn opina doucement. Il s'apprêtait à ajouter un commentaire quand deux hommes pénétrèrent sous la tente pour aller directement vers eux. Le premier, n'était autre qu'Ymaric qui, temporairement libéré de ses obligations, souhaitait lui aussi saluer les défunts qu'il connaissait. La présence du second étonna à la fois Aegorn et Astelline.

Le Navarque Ogmôn s'inclina légèrement.

— Je vous cherchais seigneur Aegorn, on m'a dit que vous seriez ici.

L'Aigle du Nord souleva un sourcil devant cette explication.

— Vous vouliez me voir ? Et que me vaut l'intérêt du commandant de la Galérienne ?

Ogmôn promena son regard sur les corps alignés sous la tente. Il en profita pour faire part de ses condoléances.

— Le moment n'est peut-être pas très opportun et le lieu encore plus mal choisi, pourtant il y a une nouvelle que l'on a portée à ma connaissance. Une nouvelle que visiblement vous ignorez et que je ne peux tarder à vous transmettre. Surtout en ces moments d'affliction.

Le mystère que faisait le Templier attisa non seulement la curiosité d'Aegorn, mais aussi celle d'Astelline et d'Ymaric qui le pressèrent du regard, alors que le Navarque semblait ennuyé de parler dans un tel lieu.

— Voici trois jours, dit-il, trois voyageurs se sont présentées à la Margos. Il s'agissait d'un homme originaire de la Salandre, ainsi que d'une femme et de son fils.

En entendant cela, le cœur d'Aegorn se gonfla d'un espoir qui le laissa sans voix. Il se contenta de remuer les lèvres en une question muette que Ogmôn n'eut aucune peine à interprétée.

— Oui, ce sont bien Alena et Madiar, ainsi que le précepteur de votre enfant. Ils sont tous les trois en sécurité, à la Margos, sous la garde du maréchal Wortimel.

Le Templier n'avait pas achevé sa phrase que le seigneur de Gardenor se sentit emporté par un tourbillon d'émotion. Incapable de se contenir, il balbutiait et tremblait.

— Ils sont en vie ?

Ogmôn confirma d'un sourire ce que l'autre peinait à croire. Des larmes coulaient sur les joues de l'Aigle du Nord et il happait l'air qui lui manquait.

— Ils sont en vie, répéta-t-il.

Il porta ses mains à son visage et secoua la tête. Son cœur cognait si fort qu'il était possible de l'entendre. Aegorn oublia les cadavres qui l'entouraient, une chape noire entoura ses sens, mais il s'agissait d'un cocon illuminait son âme. Il pouvait presque sentir l'odeur de sa femme et caresser la tignasse de son fils du bout des doigts. Le Loup Blanc, qui se tenait juste à côté de lui fut gagné par cette émotion. Il prit le seigneur de Gardenor dans ses bras, les pupilles humides et le sourire aux lèvres.

— Je suis heureux pour toi, mon ami.

Ogmôn toussota légèrement pour attirer l'attention d'Aegorn.

— Vous souhaitez sans doute leur faire parvenir un mersage au plus vite ? Sachez que les mersagers de la tour-ondine de Sonnecume sont à votre disposition. Ils vous attendent et seront ravis de vous rendre ce service.

Aegorn acquiesça.

— Oui. Merci. Merci beaucoup.

— Venez, je vais vous accompagner.

L'Aigle du Nord pleurait et Ogmôn lui prit délicatement le bras pour le guider. Astelline et Ymaric les regardèrent quitter la tente. La jeune femme, tout aussi émue, essuya une perle humide qui menaçait de rouler sur une de ses joues. Elle regarda Ymaric pour un court échange rempli de non-dits.

— Nos pères ne reviendront pas, murmura-t-elle, mais il est heureux qu'au milieu de tant de morts, la vie nous rappelle les joies qu'elle apporte.

Ils n'étaient pas seuls dans la tente. Plusieurs personnes s'y affairaient. Des proches des défunts qui les préparaient pour les bûchers funéraires. Ils enlevaient les vêtements et nettoyaient les corps. À un endroit, des bassines d'eau claire et des éponges étaient laissées à disposition pour ceux qui en avaient besoin.

Astelline se procura l'une et l'autre, puis elle retourna auprès de Scöne. Elle commença par débarrasser son visage de la crasse qui le couvrait. Ymaric la regarda faire. Un soldat de Nielvallon aurait pu se charger de cette tâche, mais il comprenait son geste. Elle le faisait pour elle-même.

Le Loup Blanc posa son regard sur le corps de Bystar. Personne ne s'en occupait. Il devait pourtant bien se trouver des cavaliers parmi les hommes de Gardenor pour se soucier du capitaine. Mais aucun ne se trouvait ici à cet instant. Alors, le jeune homme prit une bassine et une éponge à son tour. Astelline le regarda faire avec un regard interrogateur.

— Sans lui, je ne serais probablement pas ici. Je lui dois bien ça.

Elle lui sourit. Ils s'échinèrent ainsi, côte à côte, dans un silence étrangement paisible.

10

On construisit des bûchers sur tout le pourtour de la ville. Pour cela, on se servit des débris du campement Gueule, de pieds de vigne arrachés et des ruines de fermes environnantes que les barbares avaient détruites. Comme ça ne suffisait pas, on récupéra également le bois des chantiers navals et on envoya des hommes couper quelques troncs dans les bosquets avoisinants. Le soleil se couchait quand tous les préparatifs furent achevés. On comptait plus de cent bûchers, sur lesquels s'entassaient entre quinze et vingt corps, que l'on avait regroupés par affinité. Ici des miliciens, là des gens de la Maison d'Élan, ici les Gardenor. Il ne manquait que les coquillards, car le Temple-Eau possédait ses propres coutumes et, alors que les torches brillaient sur la grève, on pouvait voir progresser trois grandes galères dans la rade du port. Elles transportaient les Templiers morts vers leurs tombes marines.

Devant les portes ouest de Sonnecume, les plus grandes de la ville, on avait dressé une demi-douzaine de bûchers plus petits, accueillant un unique bénéficiaire chacun. Il s'agissait d'un honneur, destiné à ceux qui s'étaient illustrés, soit dans leur vie, soit dans la bataille. Scöne Nielvallon s'y tenait en bonne place, aux côtés de Berstën, le commandant de la milice, et de Bystar, compagnon cher aux yeux du Loup Blanc et héros de la Maison Gardenor. Mais on y trouvait aussi des hommes comme le sergent Ambestar, dont l'aide et le courage avaient été si précieux en ce jour.

Les murs étaient noirs de monde, mais un nombre encore plus impressionnant de gens se tenaient sur la grève. Il semblait que tout Sonnecume se trouvait là, pour rendre un dernier hommage à ceux que la Chimère rappelait. Pourtant, en fait de voix, on n'entendait que celles de nourrissons qui pleuraient, de leurs mères qui tentaient de les faire taire et de leur père qui les grondaient. Parfois, aussi, le chuchotement d'une jeune personne que l'impatience et l'immaturité forçaient à s'agiter, où la question d'un enfant, à laquelle on répondait dans un murmure.

— Chut ! Tais-toi et regarde !

Le Loup Blanc s'avança, une torche à la main. Il portait toujours son armure, maculée de poussière, mais son visage avait été lavé et ses cheveux peignés. Sur la plaine côtière, il s'arrêta une longue minute devant les bûchers d'honneur. Une brise secouait la flamme de sa torche. Par bonheur, elle soufflait du sud. Ainsi, elle ne transportait pas avec elle l'odeur du charnier Gueule, mais celle des embruns et de la marée.

— Grande Mère ! Ce sont des braves qui retournent vers toi cette nuit, et nul ici ne doute que parmi eux, il s'en trouvera beaucoup qui siégeront à la table des Façonneurs, car ils sont tombés en luttant contre une horde digne de Nyx ! Et toi, Fée-lune, toi, la Dame Blanche qui doit les guider jusqu'au grand vase, soit prudente, car ils sont nombreux, veille bien à ce qu'aucun d'entre eux ne s'égare sur le chemin. Voici Beorg à la hache, soldat de la Maison d'Élan. On m'a dit qu'au plus fort de la bataille, il s'est frayé un passage au milieu des berserks et en a tué dix avant de succomber, mais sa rage était telle qu'il a fait fuir les autres. Voici Berstën, général de la milice, qui a servi fidèlement la Claneterre jusqu'à sa mort. Voici Lukiàn, de la Maison Valguet. Sa fougue et sa jeunesse l'ont mené au plus fort de la bataille. Voici Ambestar, qui sut se dresser contre l'arbitraire et la lâcheté, et ouvrir les yeux à d'autres, mais voilà, sur la plaine, il a été terrassé par un félin grand comme un ours. Voici Scöne, de la Maison Nielvallon, il se trouvait à Mès-les-bains, quand la cité fut prise par les Gueules. Plus tard, je l'ai vu combattre sur les rives du lac de la Dame, où il m'a porté secours sans me connaître, mais voilà, la rage des aurochs et leurs cornes ont eu raison de sa bravoure. Accueille-le et réserve-lui une place à la table des Sept. Voici Bystar, de la garde du Nord, il combat les Gueules depuis plus longtemps que la plupart. Nous avons lutté ensemble, à Fort Aiglon. Quand dix mille barbares se ruèrent contre nos murs de bois, c'est lui qui trouva le moyen de quitter le fort et de traverser la horde Gueule. Lui aussi mérite sa place à la table des Façonneurs. Voici deux mille braves, tous ne possèdent pas le même courage, mais ce sont tous des hommes de bien. Reçois-les, Grande Mère !

Après ces mots, le Loup Blanc s'avança près des bûchers et alluma le premier d'entre eux. Ce fut le signal et tout autour de la cité on embrasa les corps. Parmi la foule, certains commencèrent à chanter. C'était un vieil air du Nord, avec des paroles qui mêlaient langue noroise et chiméen commun. Beaucoup la connaissaient, si bien que rapidement, le chant enfla et résonna sur toute la plaine côtière. Il parlait du froid qui serre les cœurs et de la glace qui enchâsse les morts, de la bise roide qui annonce l'approche de la Fée-lune, quand la Dame vient recueillir les âmes pour les porter jusqu'au vase de la Chimère. C'était un chant des Terres-Blanches, amené du Nord par la Horde du Loup Blanc, auquel on avait ajouté de nouvelles strophes. Des strophes qui annonçaient les brasiers et les flammes tendues vers les étoiles, qui évoquaient ces cendres que l'on enferme dans la pierre.

On resta longtemps à le chanter ou à l'écouter, en regardant les bûchers se consumer. Puis des roulements de tambours timides se firent entendre depuis la ville. Dans les ruelles, le son des premières flûtes et des violes s'enhardit. On reflua alors doucement à l'intérieur de Sonnecume. Là, d'autres feux attendaient, sur lesquels on faisait tourner des broches et griller du lard. Des jeunes filles et des garçons dansaient déjà sur les places illuminées. On perça des fûts de bière et de vin. On remplit les godets et on substitua aux larmes des sourires.

Des poètes trouvèrent approprié de se jucher sur des tonneaux vidés de leur liqueur. Ils déclamèrent des vers plus ou moins réussis pour célébrer la victoire et les hauts faits des uns et des autres. Les anciens rapportèrent des anecdotes sur les défunts qui brûlaient dehors. On riait à leur souvenir. Puis on vidait son verre, on croquait dans un bon bout de gras ou une miche de pain frais. Après, certains cherchaient des lèvres pour partager leur désir de vivre, tandis que d'autres roulaient sous les tables. De la couronne extérieure jusqu'aux embarcadères, il n'était pas une place, pas une terrasse, pas une rue, pas un balcon, pas un cul-de-sac où on ne faisait la fête. La capitale clanienne vibrait tout entière, au son des gorges chaudes et de la musique.

Au Palais, des soldats festoyaient sur l'esplanade et le grand Hall était transformé en salle de banquet. Dans les étages même, on trouvait des joyeux et des fêtardes qui dansaient et chantaient, une bouteille à la main et la tunique débraillée. Il n'y avait pas de table d'honneur, pas de places réservées. Le noble côtoyait le serviteur, le simple soldat trinquait avec le général, héros et couards réunis autour d'une même beuverie.

Phéol, avec son bandage sur le crâne, amusait la galerie. Il prétendait à qui voulait l'entendre qu'il ne savait pas ce qui serait le pire à son réveil, les courbatures dues à la bataille, la douleur de l'ecchymose résultant de sa blessure, ou la gueule de bois que ne manquerait pas de provoquer tout l'alcool qu'il ingurgitait !

D'autres n'étaient pas en reste. Pastriön titubait entre les tables en chantant. Il semblait que le chef de la Maison d'Élan redécouvrait les effets de l'alcool après une longue abstinence. Des musiciens de la cité, poètes et autres troubadours, faisaient sonner des airs joyeux et enlevés qui empêchaient toute torpeur. Des acrobates et des jongleurs circulaient d'un groupe à un autre et provoquaient éclats et fous rires. Ils parvenaient à arracher des sourires même aux plus affectés. Aegorn affichait une joie de vivre nouvelle et communicatrice. Pour ceux qui le connaissaient, rarement l'Aigle du Nord n'avait paru aussi euphorique. Les nouvelles de sa femme et de son fils l'avaient ragaillardi au-delà du raisonnable et il plongeait son envie furieuse de vivre dans des tonneaux entiers !

Il n'y avait guère que Fréost Costière pour afficher une mine renfrognée. Celui-ci n'avait pas pu se dérober à la fête. Quand il ne boudait pas, il s'entretenait vivement avec le Loup Blanc. Le jeune seigneur, un large sourire au visage, trinquait avec quiconque le lui demandait, saluait les figures de la ville et incitait les musiciens et les jongleurs à plus de pitreries encore. Mais ceux qui le connaissaient bien voyaient que tout cela était factice, un affichage pour la galerie. S'il se réjouissait de son succès, il s'inquiétait encore plus des difficultés à venir. Le problème des Méride et de la sécession du Sud l'accaparait tout particulièrement, car son cœur réclamait vengeance alors que sa raison l'appelait à plus de modération. Après un moment, et un nouvel échange avec l'ancien Régent, il trouva une excuse pour s'éclipser discrètement.

Broyeuse observa son manège avec amusement et haussa les épaules. Elle songea à le suivre, mais une autre personne attira son attention par son comportement. Astelline se tenait assise à une table où se mêlaient bourgeois, soldats et nobles. Elle souriait, hochait la tête au propos qu'on lui tenait, levait parfois son verre, mais celui-ci était vide. Son assiette devant elle débordait d'une nourriture à laquelle elle ne touchait pratiquement pas, du lard doré au miel, du pain frais frotté à l'ail ou encore du fromage.

Broyeuse la rejoignit et lui fourra une coupe remplie de vin sous le nez.

— À défaut d'avoir de l'appétit, buvez ! Cela permet d'oublier les morts. Aussi bien ceux que l'on a perdus que ceux que l'on a tués. Et ce n'est pas leur manquer de respect, que de s'enivrer.

La jeune femme dévisagea la guerrière avec surprise. Elle la regarda s'asseoir en face d'elle et ne fit aucun geste pour se saisir du verre.

— C'est un moment étrange, n'est-ce pas ? reprit Broyeuse. On a le cœur qui balance, parce qu'il y a matière à être triste autant qu'à être joyeux.

— Tout le monde ici semble plus se préoccuper de la joie que de la tristesse.

La guerrière opina.

— En apparence seulement. Les gens profitent, car ils savent que demain la guerre et les discordes feront leur retour. Même Phéol ! Regardez-le. Vous l'imaginiez capable de danser sur les tables, la barbe dégoulinante d'hydromel ? Cet ancien mercenaire a connu plus de guerres que moi. Il sait l'importance de ces moments. Il tient un rôle, autant pour les autres que pour lui-même.

Astelline observa un moment le Somblune et toute l'assemblée délurée qui l'accompagnait, les musiciens, les soldats et leurs rires gras.

— J'ai surtout l'impression que nous ne sommes pas tous affectés de la même manière.

Broyeuse leva son verre en signe d'assentiment.

— Certains ont eu plus de chance que d'autres, c'est vrai. Pour ma part, j'ai participé à une grande victoire, je n'ai reçu aucune blessure et, parmi les personnes que j'aime, toutes celles qui étaient vivantes ce matin le sont encore ce soir. Alors je ne vais pas donner de leçons. Mais trinquons, au moins !

— À quoi ?

— À ce que vous voulez.

La chef de la Maison Lacustrel s'empara enfin de son verre.

— À Scöne, alors.

Broyeuse opina gravement.

— À Scöne. Et à votre premier ennemi.

Astelline vida sa coupe d'un trait et Broyeuse la regarda faire pour mieux la resservir. La jeune femme ne protesta pas et trempa derechef les lèvres dans le liquide carmin.

— À ce propos, demanda-t-elle après cette nouvelle rasade, comment faites-vous ?

— Faire quoi ?

— Tuer à nouveau. J'ai l'estomac qui se contracte et le cœur coincé entre les intestins. Pas sûr que je veuille m'y habituer.

La guerrière lui rétorqua par un demi-sourire, du côté de sa cicatrice qu'elle souligna en passant un doigt dessus.

— La première fois, j'ai tué avec la rage au ventre et la rage, ça aide. Depuis, je tue toujours avec la rage, mais ce n'est pas une voie que je conseille. Je préfère ceux qui vomissent après leur première fois, que ceux qui se précipitent aussitôt après pour tuer à nouveau. Au moins, les premiers reconnaissent la valeur de la vie.

Astelline fit courir un doigt sur le rebord de sa coupe.

— J'ai l'impression que vous ne vous aimez pas beaucoup…

— Ça a longtemps été le cas, mais je suis en progrès.

Broyeuse disait cela avec un sourire et sur un ton léger. Elle vida son verre et s'empara d'un cruchon.

— Ça vous dit d'aller prendre l'air ?

La jeune femme accueillit cette proposition comme une libération. Elle s'empressa de suivre la guerrière qui prenait le chemin des étages. Dans les escaliers et les couloirs, elles croisèrent d'autres noctambules, certains accrochés aux murs pour ne pas tomber, d'autres affalés là où ils pouvaient, d'autres, enfin, enlacés dans des étreintes oublieuses.

Les deux femmes se passaient le cruchon à tour de rôle et s'octroyaient de généreuses gorgées, si bien que le récipient se vidait rapidement. Astelline essuya sa bouche avec le revers de sa manche. Elle commençait à ressentir les effets de l'alcool, pas au point d'être ivre, mais suffisamment pour oser certaines questions.

— J'ai entendu dire que vous avez été gravement blessée quand vous étiez encore une jeune fille, c'est de là que vient votre cicatrice ?

— Celle de mon visage ?

La jeune Clanienne confirma d'un hochement de tête.

— Non, répondit Broyeuse. Celle-ci je l'ai récoltée dans les arènes dracks.

— Ah.

Astelline apparaissait un peu désappointée par la réponse. Elle réclama à nouveau le cruchon que la guerrière lui tendit de bonne grâce.

— Il y a tellement de rumeurs et de légendes autour de vous, on ne sait pas ce qu'il faut croire !

Broyeuse laissa échapper un rire brisé.

— Ce qu'il y a de terrible avec ces rumeurs dont vous parlez, c'est qu'elles sont toutes vraies. Elles sont même bien souvent en deçà de la vérité.

Son interlocutrice retint un hoquet. Elle pensa fugitivement que la guerrière plaisantait, mais rien dans l'attitude de cette dernière ne le laissait entendre.

— Même celle qui dit que vous… Vous ne pouvez plus…

— Ouais, celle-là aussi. C'est ce qui m'a jeté dans le chaos, pour ainsi dire. Et j'ai longtemps cru que je ne pourrais jamais aimer.

Astelline détailla le profil de la guerrière. Elle se trouvait du bon côté, celui où la large entaille ne dénaturait pas son visage. Celui-ci possédait le port altier reconnaissable chez les membres de la Louve, sa chevelure ambre et son regard vert émeraude se mariaient merveilleusement. Quant aux rides et aux fils d'argent qui parsemaient sa coiffure, ils ne faisaient que souligner l'aspect patricien de l'ensemble.

— Donc vous avez aimé.

— Bien sûr que j'ai aimé. Et ensuite je suis revenue sur la terre qui m'a vue naître. Mais cela est une autre histoire.

— Femme ou homme ?

Cette fois, Broyeuse éclata d'un rire franc qui résonna comme le tintement clair d'un métal.

— Je vous trouve bien curieuse ! Mais peut-être les deux, qui sait ?

Les deux femmes échangèrent un regard. Celui de Broyeuse était plus amusé que courroucé et Astelline put y lire la réponse véritable. Leurs pas les amenèrent dans un couloir qui donnait sur un balcon et un vent frais leur balaya le visage. Elles apprécièrent cette brise et pressèrent le pas pour gagner le balcon. Là, un homme s'appuyait sur le parapet et observait la cité. Il ne parut pas les entendre, car en contrebas montait le son de la fête et celui-ci suffisait à couvrir leurs pas. Mais elles reconnurent aussitôt la silhouette d'Ymaric.

Astelline s'engagea sur le balcon et s'avança jusqu'au parapet pour s'y pencher à son tour. Elle huma l'air et son mouvement attira enfin l'attention du Loup Blanc.

— Vous vous lassez de la fête, vous aussi ? demanda-t-il.

La jeune femme secoua la tête.

— Nous faisons juste une balade avec Broyeuse.

— Broyeuse ?

Astelline ne comprit pas le sens de sa question. Elle pivota et chercha du regard la guerrière, mais cette dernière ne se trouvait nulle part. Elle se pinça les lèvres puis haussa les épaules. Le cruchon aussi avait disparu.

— Il faut croire qu'elle vient de se lasser à son tour. Ça ne vous ennuie pas si je reste un peu ?

— Non, bien sûr que non. Ce balcon est assez grand pour deux.

Elle lui jeta un regard de biais.

— Il pourrait accueillir trente personnes !

Il hocha doucement la tête. Elle s'approcha un peu, presque à le toucher. Lui avait le buste toujours face à la ville. Elle, accoudée au parapet, faisait face au palais. Mais leurs regards étaient tournés l'un vers l'autre.

— Ça va, vous ?

Elle acquiesça sans répondre. Ils avaient tous les deux abandonné leurs armures pour des tuniques légères. La brise marine tournoyait et faisait frémir les étoffes, modelant les corps.

— Je me demandais, reprit Ymaric, ce que Scöne représentait pour vous.

L'espace d'un moment, le regard d'Astelline se perdit dans le vague et le jeune homme se prit à craindre d'avoir posé la mauvaise question. Mais finalement, elle esquissa un sourire et fixa ses yeux sur lui.

— C'était le meilleur ami de mon père, même s'il était plus jeune d'une dizaine d'années. Je l'ai presque toujours connu. Alors pour moi, il était un peu comme… Je ne sais pas. À moitié comme un oncle et à moitié comme un frère.

Il pivota sur le côté pour mieux la voir.

— Je suis désolé.

— Il ne faut pas. Vous savez, le plus dur, ça n'est pas maintenant. Le plus dur ce sera quand je devrai annoncer la nouvelle à sa femme et ses enfants.

Ymaric écarquilla vaguement les yeux. Il n'imaginait pas que le seigneur de Nievallon possédait une famille, du moins, ce dernier n'en avait jamais parlé, ni laissé paraître. La jeune femme nota son étonnement.

— Nous les avons mis en sécurité, en même temps que mon frère cadet. Ils sont tous hébergés par une Maison mineure, dont les terres se situent le long de l'Escade, non loin de l'endroit où la rivière quitte Dorm-le-bois.

Ymaric se projeta mentalement la carte de la Claneterre pour situer l'endroit, quelque part au nord de Castel-Cerf, le domaine de Pastriön. Assez loin, en effet, de la zone des combats. Elle le fixait toujours.

— Vous n'avez guère l'air folichon vous non plus. À quoi pensez-vous ? Votre père ? Bystar ?

Il secoua la tête.

— Un peu, mais je pense surtout à demain, à l'Aurochs Rouge, aux Méride. Des ennemis puissants que je ne peux pas tous combattre en même temps. Je ne sais même pas si je dispose des forces nécessaires pour en affronter un seul.

— Cela m'a l'air tout à fait réjouissant.

Elle employait un ton volontairement moqueur et le Loup Blanc ne s'en offusqua pas.

— Votre tante m'a conseillé de profiter de ce moment. J'imagine par là qu'elle parlait de l'euphorie de la victoire ou son ivresse, c'est selon.

Le Loup Blanc gloussa à cette évocation.

— À propos de victoire, je ne crois pas vous avoir assez remerciée. Sans vous, les Gueules nous auraient peut-être vaincus et le nombre de morts aurait sans doute été bien supérieur.

Modeste, Astelline préféra détourner le regard et fixer les étoiles.

— Je n'ai pas fait grand-chose.

— Vous avez mobilisé la milice, les mercenaires et les Templiers ! s'exclama Ymaric.

— En apparence. Mais sans le sergent Ambestar et toutes les autres bonnes volontés de Sonnecume, je n'aurais rien pu faire.

Elle fit redescendre son regard pour fixer de nouveau le jeune homme.

— Et il m'a sauvé la vie, aussi.

Instinctivement, le Loup Blanc se tourna vers l'ouest et porta son regard au-delà des murs de la ville. Là-bas, les feux des bûchers rougeoyaient encore. Ils formaient une corolle ardente autour de la ville. Astelline l'imita et ils se retrouvèrent épaule contre épaule. Leurs mains se rencontrèrent sur le parapet.

— Oui, dit-elle, maintenant il brûle avec les autres, avec Scöne et votre ami Bystar.

Il lui pressa doucement la main, la gorge sèche.

— Alors, je lui dois infiniment plus que ce que je pensais.

— Pour la victoire ?

— Pour vous avoir sauvée.

Il guettait le scintillement de ses yeux dans la pénombre. Elle observait le jeu des torches sur son visage. Lentement, elle pencha sa tête de côté pour venir la poser sur son épaule. Il frémit quand son parfum se fit plus présent dans ses narines et sa main tremblait légèrement.

— Le Loup aurait-il froid ?

— Non, bien sûr que non. Et ce balcon est très bien, juste pour nous deux.

Elle décolla sa tête de son épaule. Il se pencha vers elle et trouva ses lèvres. Quand ils se séparèrent, des palpitations aux cœurs et des fourmis aux joues, il n'y avait plus rien à dire, juste à se pelotonner l'un contre l'autre et profiter. Profiter de ce moment comme l'avait dit Broyeuse.

La guerrière les retrouva comme ça, toujours enlacés, allongés contre le parapet où ils s'étaient endormis. Elle dénicha une couverture dans une pièce à proximité et l'étendit sur le jeune couple.

Elle se fit presque surprendre par l'arrivée de Phéol, malgré la démarche hésitante de ce dernier. Le Maître d'armes de la Louve contempla la scène et renifla bruyamment. Broyeuse lui jeta un regard noir, plein de reproche. L'autre se contenta de hausser les épaules.

— Il était temps, dit-il.

Puis il but une bonne rasade de la bouteille qui pendait à sa main. Broyeuse se détourna d'Astelline et Ymaric pour tirer son comparse hors du balcon.

— Ouais. Et je crois qu'il est également temps pour le célèbre Phéol, ancien capitaine mercenaire, héros des cités libres, Maître d'armes de la Louve, pourfendeur de Gueules et j'en passe, d'aller cuver son vin !

L'interpellé ne protesta pas. Il se laissa prendre par les épaules et entraîner dans les couloirs. Il prêta même sa bouteille à la guerrière, avant d'aller tituber jusqu'à une paillasse.

11

Au matin, la cité était un champ de ruines. Fûts éventrés, bouteilles brisées, godets abandonnés, carcasses d'animaux dépecés, os rongés et loques humaines composaient le nouveau décor de Sonnecume. Des mouettes survolaient ces décombres et piquaient de temps à autre pour fondre sur des restes. Miches de pain et croûtes de fromage suffisaient à leur bonheur. On les voyait se chamailler à deux battements d'ailes d'un ivrogne, épave étalée à même le pavé, ce qui ne dérangeait ni les unes, ni l'autre.

Cela ne dura pas. Des trompettes claires réveillèrent la ville et chassèrent les volatiles. Ceux que la boisson avait abusés – ou inversement – pestèrent en se tenant le crâne des deux mains. Comme une brise qui balaye les nuages, le son métallique déboucha les tympans des uns et des unes. Les soldats furent secoués par des officiers à la figure presque aussi enfarinée qu'eux. N'en déplaise ! Le premier jour du Loup se levait sur la capitale et celle-ci devait se faire belle.

Le son des bottines de cuir résonna dans les rues. On faisait avancer les troupes titubantes, qui reniflaient et ronchonnaient. Hier, la cité était assiégée et dirigée par une Régence dépecée de son autorité. Aujourd'hui, la ville était libre et gouvernée par un chef de clan et seigneur de guerre victorieux. Il fallait tout remettre en ordre. On commença par les détritus et les ordures.

Au Palais, où l'orgie avait été aussi enthousiaste que partout ailleurs, on rappela intendants et gouvernantes. Les soldats mirent la main au grand ménage et on nettoya la cour, on nettoya le grand hall, on nettoya les étages et les chambres, jusqu'à la coupole. On remit les tables en ordre, on lava le sol et le marbre, on replaça les tapis et les tentures, on brûla les vieux oripeaux, on fit disparaître les insignes Costière pour les remplacer par les armes de la Louve.

Dans la cité, les habitants participaient au grand balayage. On rinçait les échoppes et on chassait la vermine. On redressait les étals et on repeignait les enseignes, même les cabots avaient droit à un coup de peigne.

Le Loup Blanc prit place sur le vieux trône en bois à l'assise lustrée et aux accoudoirs usés. Un défilé de notables et de généraux se pressa devant lui, il y avait tant à faire, à dire et à réclamer. Cependant l'heure n'était pas aux demandes, mais aux décisions.

On rassembla les capitaines, on dépoussiéra les armures et on aiguisa les lames. On soigna les chevaux et on répara les chariots. Enfin, on envoya des mersages dans tous les coins de la Claneterre pour rallier les bonnes volontés et agrandir l'armée. Car la guerre grondait toujours. Au Nord, les Gueules continuaient leurs pillages et il faudrait bien les chasser du pays.

Les Temples n'étaient pas en reste, eux dont le havre était menacé. Au matin, ils répandirent la bonne nouvelle sur les places de la cité. Une autre victoire avait été remportée sur les Gueules. Aux pieds de la Margos, là où se trouvait le gué qui reliait la Claneterre et la République de Chime, une armée templière avait mis en déroute la horde qui s'y trouvait.

L'espoir déjà renaissant s'en trouva renforcé et on se remit au labeur avec d'autant plus d'entrain. La sueur et l'effort faisaient oublier la cuvée de la veille.

Toutefois, une autre rumeur ne tarda pas à se répandre dans les rues. Un fait que d'aucuns, ici, avaient pratiquement oublié. Ces victoires arrivaient trop tard. La Claneterre était trop divisée. Les Maisons du Sud avaient fait sécession, il y a plusieurs jours de cela. Les Méride leur avaient fait prêter serment d'allégeance et ils réclamaient la suzeraineté sur la moitié méridionale du Pays. Plus inquiétant encore, on disait que Ménisial, le roi autoproclamé, était en marche pour Sonnecume à la tête d'une armée de dix mille hommes. Ce qu'il comptait faire, nul ne le savait exactement. Aussi, les supputations et les conjectures filaient bon train.

Bientôt, toutes les tavernes se remplirent de l'écho des discussions fiévreuses. Entre deux pintes de bière, les partisans les plus enflammés du Loup Blanc répétaient à qui voulait l'entendre que leur champion allait rallier les Maisons du Sud. Ils étalaient leurs arguments comme autant de bouteilles vides, essayant de se convaincre tout autant que de convaincre leur auditoire. C'était un fait connu, Ménisial Méride avait souhaité, pendant un temps, soutenir la Maison Louve contre les Costière pour le poste de Régent, pourquoi se dédirait-il ? D'ailleurs, sur les quatre plus prestigieuses Maisons du pays, trois soutenaient le Loup Blanc : la Louve, évidemment, l'Aigle du Nord et les Costière. Un ralliement forcé pour ces derniers, certes. Et alors ? Les Méride ne pourraient que s'incliner ! Leur armée de dix mille hommes ? Une broutille ! Le Loup Blanc avait défait une horde de six mille Gueules. Et un Gueule valait bien trois ou quatre pourceaux du Sud.

Bien sûr, la plupart ne montraient pas un tel optimisme. Beaucoup échafaudaient des alternatives à ce scénario pour le moins improbable. Certains, des utopistes, parlaient d'une gouvernance collégiale, Maisons Louve et Méride dirigeant de concert. Cette minorité faisait beaucoup rire, car ils étaient très peu nombreux à croire cela plausible. Un tel assemblage ne résisterait pas plus de quelques mois, surtout avec des personnalités telles qu'Ymaric et Ménisial. Autant sortir les couteaux tout de suite et voir lequel égorgerait l'autre le premier !

Il était peu envisageable de voir les deux Maisons gouverner ensemble. La Louve avait un vieux croc qui traînait contre les Méride depuis la chute du Dernier Loup Régent. L'affaire ne remontait qu'à quelques décennies, un temps insuffisant pour enterrer toutes les velléités. Quant aux Méride, voilà longtemps qu'ils se considéraient comme la Maison la plus puissante de la Claneterre. Maintenant qu'ils avaient revendiqué la royauté sur le Sud, ils ne reculeraient certainement pas.

Non, les deux chefs de clan devraient trouver un compromis. Les plus retors prophétisaient un camouflet pour le Loup Blanc. Ils faisaient les comptes. Les Méride disposaient d'une armée plus nombreuse, sans blessés, les terres du Sud étaient en sécurité, quand celles du Nord se trouvaient ravagées par les Gueules. On croyait savoir que le Fineter et la Salandre comptaient parmi leurs appuis. Alors que Le Loup Blanc, lui, devait combattre l'Aurochs Rouge. Il ne pouvait se permettre un autre ennemi puissant. Pire, il avait besoin des forces du Méride pour espérer vaincre la horde barbare.

Le plus probable, c'était que la scission de la Claneterre serait entérinée, d'une façon ou d'une autre. Ménisial était un fin politique et un opportuniste. Il pousserait son avantage. Le Loup Blanc céderait. Il n'avait pas le choix. Il abandonnerait une partie de l'héritage de ses ancêtres, pour ne pas le sacrifier en totalité.

Ça, c'étaient les optimistes. Les anciens, ceux qui avaient vécu la période trouble autour de la chute du Dernier Loup Régent, se montraient encore plus critiques. Il fallait les entendre radoter, la barbe trempée dans la mousse ou l'hydromel.

— Y'aura du sang, c'est moi qu'vous le dis !

Puis de cracher un glaviot à côté du tabouret et de commander un autre cruchon de vin ou un verre de tord-boyaux.

Les rombières ne disaient pas autre chose, accoudées à la fenêtre, occupées à fumer et à dévisager les passants. Elles pestaient en faisant des ronds.

— Ça a failli saigner y'a trente ans, c'est maintenant qu'ça va couler. Et du pas joli, joli. Le lavoir va pisser tout rosé, par la Dame !

Ensuite, quand le vieillard avait été resservi et qu'il s'occupait à guider la boisson au fond de son gosier, ou que la douairière s'envoyait une nouvelle bouffée, il se trouvait toujours quelqu'un de plus jeune, parfois à peine pubère, pour lui demander pour quelle raison ils disaient une chose pareille.

Le plus souvent, l'impudent récoltait un regard torve, noyé par l'alcool ou étréci par les rides. Mais parfois, un grognement éraillé s'essayait à un semblant d'explication.

— Le ressentiment, petiote. Des vieilles histoires de famille. Tu vois ? Ton Loup Blanc, il croquerait bien le Méride pour venger ses vieux. Et le Méride, l'a déjà goûté de la chair de Loup une fois. L'en reprendrait bien un morceau que ça m'étonnerait pas !

Les jeunes en riaient. Ils n'y croyaient pas. Ils avaient déjà une guerre sur le dos avec les barbares. Pourquoi les clans iraient se battre en eux ? Leurs chefs n'étaient quand même pas fous à ce point.

— La folie, gamin, est parfois une affaire de raison.

Les jeunes secouaient la tête. Ils ne comprenaient pas la sagesse de cette phrase. Pour eux, ces personnes âgées perdaient complètement le ciboulot, ce qu'elles disaient n'avait aucun sens.

Mais des caboches un peu plus âgées, sans être aussi racornies que celles des anciens, se mettaient à cogiter. Il vrai que les alliances entre Maisons, ça allait et venait, rappelaient-elles. Certains clans du Sud ne soutenaient les Méride que du bout des lèvres, et encore ! Ils pouvaient se laisser amadouer. La Maison Louve avait toujours su y faire, pour caresser dans le sens du poil. Quant aux clans du Nord, ils devaient bien s'en trouver qui vendraient la peau du Loup contre la certitude de récupérer leurs terres et une bonne compensation pécuniaire. Les Méride étaient riches, foutrement riches.

La population de Sonnecume ne savait plus quoi penser. Pour une large part, elle soutenait le Loup Blanc et se méfiait des Méride. Pour beaucoup, la puissante Maison du Sud avait volontairement laissé la situation s'envenimer. D'autres rappelaient que tout était parti en vrille avec l'assassinat du Vieux Loup, le père d'Ymaric.

De la rumeur générale, l'Empire Drack se trouvait derrière tout ça. D'ailleurs, son ambassadrice n'avait-elle pas été assassinée elle aussi, ici, dans la rade de Sonnecume ? On l'avait retrouvée égorgée dans sa cabine, à bord de la caraque censée la ramener dans son pays. Bon débarras ! Ah ! Ils devaient bien s'amuser, là-bas, à Hurbécaille.

Ainsi, les braves gens de la cité discutaillaient, autour des places, dans les auberges, aux coins des rues ou près des quais.

Au soir, un esquif se présenta dans la rade. Il s'agissait d'une petite galée poussée par une voile carrée. Dans le port désert, l'embarcation trouva sans peine un ponton disponible. Un membre d'équipage bondit sur le quai et attrapa les amarres qu'un autre lui lançait. La coque craqua au contact du ponton, puis le bateau s'immobilisa.

Furtivement, une silhouette sombre et élancée descendit presque aussitôt. Il fallait être un observateur avisé et vigilant pour dénoter sa présence. Ce même observateur, s'il avait existé, aurait pu déceler une gêne dans la façon dont l'arrivant se déplaçait. Cela se résumait à peu de chose, une légère tension sur le côté gauche. La silhouette tourna un visage cagoulé vers la ville et respira profondément.

C'est bon de rentrer chez soi.

L'Ombre de Sonnecume tâta son flanc. Les soins des Cures-feuilles avaient pratiquement réduit sa blessure, mais elle l'étirait encore et elle préférait éviter de trop forcer dessus sans nécessité. Le combat contre le Chasseur avait failli la tuer. En toute honnêteté, elle n'aurait pas dû survivre, mais la chance et les circonstances avaient penché en sa faveur.

Dans l'âpreté du duel, il y avait eu un fait que le Chasseur ignorait et qu'elle-même avait oublié. Du poison couvrait l'une de ses lames. Une simple estafilade avait suffi et, alors qu'il s'apprêtait à la terrasser, le poison avait commencé à agir.

Il s'agissait d'un venin à la fois mortel et rapide, celui du scorpion de la Passe. Ceux du Royaume de la Passe l'utilisaient pour chasser la baleine en mer. Certaines tribus des Tribades en enduisaient leurs flèches. Et à Carthane, la capitale des Grandîliens de l'Ouest, on s'en servait pour préparer des décoctions médicinales. À très petite dose, dilué dans d'autres substances, ce venin se révélait utile contre certaines fièvres. Les mêmes savaient comment préparer un antidote, le seul remède connu contre ce poison.

L'Ombre s'était procuré l'un et l'autre en faisant appel à un messager de son Temple. Celui-ci les lui avait ramenés de Templine, l'enclave templière qui se trouvait sur Grandîlse.

Les effets du poison se faisaient rapidement sentir, puis allaient en s'aggravant. D'abord la perte de la sensation du toucher, puis des tremblements et une difficulté à se mouvoir. Ensuite, de la fièvre, la langue devenait pâteuse, de la sueur perlait, les yeux s'injectaient de sang. La victime mourait finalement dans d'atroces convulsions.

L'Ombre n'avait pas vu le Chasseur mourir. Celui-ci s'était rendu compte de ce qui se passait en lui. Il avait senti la présence de ce venin qui se répandait dans ses veines et attaquait ses nerfs. Alors il avait fui.

Elle l'aurait bien poursuivi, mais sa blessure l'handicapait et elle se trouvait encore trop près du campement de l'armée du Sud à ce moment-là. Elle s'était hissée sur un cheval et avait galopé jusqu'à Forgepuy.

Peu importe. Le Chasseur n'avait aucune chance de survivre. Même avec l'antidote, il fallait se hâter de l'ingérer si on ne voulait pas que le poison provoque des dommages irréparables. Sans antidote, tout le monde mourait. Et il aurait fallu un hasard admirable pour que le Chasseur s'en procure.

Pour autant, l'Ombre ne se sentait pas fière de cette mort. Enduire ses lames avec un tel venin n'était pas dans ses habitudes. Elle préférait s'en remettre entièrement à ses talents d'escrimeuse et à son Don, celui de la Lune.

Ce poison avait servi de subterfuge un peu plus tôt, quand elle avait interrogé un mercenaire à la solde des Méride. Et pas n'importe quel mercenaire ! Il s'agissait de l'homme qui avait tué le père du Loup Blanc.

Pour ne pas mourir, cet Irek'rkor avait avoué. L'Ombre lui avait même soutiré un précieux objet, une clé bien particulière qui, assemblée avec sa jumelle, permettait d'accéder au coffre qui contenait le paiement du mercenaire pour son forfait.

Elle glissa une main sous sa tunique pour vérifier la présence de l'objet, enroulé dans un tissu noir. Elle revenait à Sonnecume, car il s'agissait de sa cité. Elle revenait aussi pour ramener cette clé et honorer sa part d'un pacte qu'elle avait contracté avec Phéol, le maître d'armes de la Maison Louve.

Elle quitta le porche et s'engouffra dans une série de venelles et de ruelles étroites. Puis, elle remonta tranquillement en direction du Palais.

Les visages étaient fermés. Toute la journée, Ymaric et ses plus proches conseillers et amis s'étaient activés pour remettre en ordre la cité et préparer la guerre contre les Gueules. Mais il y avait une question qu'ils avaient soigneusement évitée. Celle qui concernait les Méride. On annonçait leur armée à moins de trois jours de la cité.

En s'emparant de Sonnecume avant eux, Ymaric et les siens avaient conforté leur position, mais le pays s'en trouvait plus que jamais fractionné en deux camps. Or, le Loup Blanc ne pouvait pas faire la guerre, à la fois aux Gueules et contre la moitié de la Claneterre. Une bataille rangée entre les deux parties était inenvisageable.

Pastriön, en diplomate, souhaitait transiger. Mieux valait céder aux Méride maintenant et se concentrer sur la guerre dans le Nord. Il serait toujours temps de les affronter plus tard, si telles étaient les intentions du Loup Blanc. Aegorn soutenait cette position. Il connaissait mal les Maisons du Sud, mais il savait que celles du Nord attendaient que le jeune roi délivre leurs terres de l'invasion barbare. Ils comprendraient mal que celui-ci se lance dans une vendetta personnelle, peu importe qu'elle soit fondée ou non. Même si elle se montrait moins affirmative que les deux premiers, Astelline se rangeait derrière leurs arguments, d'autant qu'elle se sentait particulièrement concernée par la libération du Nord. Mès-les-bains, sa cité, ne servait-elle pas de base arrière aux Gueules ? De là, ils pouvaient piller allègrement et selon un large rayon.

Broyeuse, quant à elle, se contentait de hausser les épaules en précisant qu'elle n'était pas une politicienne. Ils pouvaient compter sur elle pour ce qui était de se battre, quel que soit l'ennemi. Mais elle laissait à d'autres le soin de décider des stratégies.

Seul Phéol soutenait qu'il était préférable de régler la question des Méride au plus tôt. Le vieux Somblune connaissait bien Ymaric, pour l'avoir formé au maniement des armes pendant plusieurs années. Il savait que la rancœur rongerait l'esprit du jeune homme. Les Méride ne se contentaient pas de réclamer le contrôle du Sud de la Claneterre. Avant cela, ils avaient œuvré activement pour pousser le pays vers le chaos, en assassinant le père d'Ymaric d'abord, puis en jouant sur les rivalités des Grandes Maisons.

Pastriön ne pouvait qu'opiner, lui qui était présent lors du dernier Conseil Clanique, juste après la mort du Loup Blanc. Tous ses efforts pour trouver une solution avaient été ruinés par les intransigeances des Méride. Mais cela ne changeait rien à sa décision. De son point de vue, Ymaric ne disposait tout simplement pas des forces nécessaires pour s'imposer d'une façon ou d'une autre contre les Méride.

Le Loup Blanc écoutait silencieusement les commentaires des uns et des autres. Il réservait son avis définitif. Sa raison lui dictait de suivre les conseils de la majorité. Mais son cœur grondait et ne parvenait pas à accepter de laisser impunis ceux qui avaient fait assassiner son père et son frère. Comment prendre une telle décision ? Comment se regarder dans un miroir après cela ? Ceux qui aspiraient après la justice étaient-ils condamnés à se perdre ?

Pour finir, il renvoya tout le monde, espérant qu'une bonne nuit de sommeil permettrait d'y voir plus clair. La petite compagnie s'égaya et il ne resta bientôt plus qu'Astelline.

Ces deux-là s'étaient réveillés l'un dans les bras de l'autre, avec le souvenir des baisers échangés, mais ils n'avaient guère eu de temps à se consacrer pendant cette folle journée. Ils n'étaient d'ailleurs pas tout à fait certains de savoir où ils en étaient l'un par rapport à l'autre. Elle lui adressa un sourire dubitatif.

— Il y a longtemps, un homme m'a fait le reproche de vouloir sauver mes terres dans un combat perdu d'avance.

Ymaric se redressa en l'entendant lui rappeler une partie des mots qu'il avait tenus pour la convaincre de se rallier à lui.

— Ce n'était pas il y a si longtemps que cela.

— Non, en effet. Et j'ai décidé de suivre cet homme, parce qu'il semblait avoir une vision et qu'il apportait l'espoir avec lui.

Le jeune homme déglutit.

— Qu'est-ce que tu essayes de me dire ?

Astelline laissa échapper un léger soupir.

— Je commence à bien te connaître. Et je ne sais pas si je dois m'en réjouir ou m'en inquiéter. Lors de notre première rencontre, tu as également dit que tu souhaitais sauver la Claneterre. Je sais que tu ne disais pas cela en l'air, pour m'impressionner ou te justifier. Tout comme je sais que, au fond de toi, tu as déjà pris ta décision. Alors, ce que je veux te dire, c'est de ne pas trébucher après avoir fait tant de chemin. N'essaye pas de sauver des terres dans un combat perdu d'avance. Te souviens-tu ce que tu as dit, si jamais tu ne parvenais pas à rassembler toutes les Maisons sous ta bannière ? Tu as fait une promesse.

Il hocha doucement la tête.

— C'est vrai, celle de mettre toutes mes forces à votre service. J'ai aussi dit que ça serait la fin de la Claneterre, telle que nous la connaissions.

Il s'approcha d'elle et lui prit les mains.

— J'ai compris Astelline. Je tiendrai ma promesse, seulement… J'ai peur de me haïr si je ne parviens pas à venger mon père et mon frère.

Elle secoua la tête et passa une main sur le côté du visage d'Ymaric. Celui-ci attrapa cette main pour la maintenir contre sa peau et profiter de sa douceur.

— Mon pauvre Ymaric, la vengeance ne règle jamais rien. C'est de justice dont nous avons besoin, même si parfois, la frontière entre les deux peut paraître floue.

Le Loup Blanc lui répondit par un sourire. Puis, comme s'il venait soudainement de se rappeler un souvenir, il l'invita à le suivre.

— Je veux te montrer quelque chose.

Il entraîna la jeune femme dans les étages du palais, pratiquement jusqu'au sommet. Ils débouchèrent dans ce qui avait probablement été la chambre de Fréost Costière. Ici le ménage n'avait pas encore été totalement fait. Le matin, des serviteurs de l'ancien Régent avaient été autorisés à venir récupérer des effets personnels de leur maître. Le Loup Blanc contempla le désordre avec un air songeur. Puis il désigna un des murs. Il avait déchiré une tapisserie qui masquait une fresque ancienne. Elle représentait un homme au regard farouche, debout sur un piton rocheux. Comme Ymaric n'avait pas arraché toute la tapisserie, on devinait seulement le paysage que cet homme surplombait.

— C'est le premier Loup Blanc ? demanda Astelline.

— Oui, sur le promontoire de Castel-Croc, avant que la demeure de ma famille y soit construite. Il y a des dizaines de fresques comme celle-ci. Les Costière n'ont pas osé les détruire, alors ils les ont seulement recouvertes avec d'autres icônes.

La jeune femme se rapprocha de la fresque pour mieux voir le visage du mythique fondateur de la Claneterre. Il possédait des traits durs, presque sauvages. Elle pivota et regarda attentivement son lointain descendant.

— Qui y a-t-il ?

Elle plissa les yeux et esquissa un sourire.

— Je me disais, heureusement que tu n'as pas trop pris du côté de ton ancêtre. Il était plutôt moche, le premier Loup.

Ymaric éclata de rire.

— Ce n'est pas pour ça que je voulais te le montrer !

Malgré tout, il lui jeta un regard dans lequel elle pouvait lire son désir. Elle revint vers lui et lui attrapa la main.

— Pour quelle autre raison alors ?

— C'était juste pour nous rappeler d'où nous venons. Des barbares descendus des Terres Blanches avec des rêves plein la tête. Nos ancêtres ont accompli une chose qui semblait impossible, ils ont fait plier les Temples et réalisé leurs rêves. Cette idée m'aide à garder l'espoir et à ne pas sombrer dans la rage ou la haine.

Elle le dévisagea, à la fois amusée et attendrie.

— C'est donc ça ta vision pour la Claneterre ? Réveiller la barbarie qui sommeille en nous ? Belle ambition !

Elle le taquinait. Il haussa les épaules et prit un air de grande contrition.

— Que veux-tu, on fait avec les moyens que l'on a. Et puis, qu'est-ce tu pouvais espérer de la part d'un homme dont la devise familiale est « que les crocs nous gardent » ? Franchement.

Elle éclata de rire. Il en profita pour l'attirer contre lui.

— Et quelle autre sauvagerie nous réserve le Loup ? demanda-t-elle, le souffle un peu court.

Il se pencha sur elle et partit à la rencontre de ses lèvres. Leur baiser se prolongea et ils se retrouvèrent blottis contre la fresque, sans le moindre respect pour l'aïeul. Quand leurs lèvres se détachèrent, ils se fixèrent intensément. Les joues d'Astelline frisaient le cramoisi tandis qu'Ymaric respirait de façon rauque.

Dans un même mouvement, leurs regards convergèrent vers le lit à baldaquin qui trônait au centre de la pièce.

Une fois dans la chambre qu'on lui avait allouée, Phéol rumina. Il devait composer avec un vieux fond de mal de crâne, héritage de la soirée un peu trop arrosée de la veille, et un agacement profond. Pendant sa carrière de mercenaire, il lui était arrivé de se battre pour des causes perdues. Pour son malheur, il savait en reconnaître une quand il la voyait. Celle du Loup Blanc, malgré sa récente victoire, s'en approchait de plus en plus. Sans les forces du Sud, la guerre contre les Gueules risquait de s'enliser. Si jamais elle perdurait jusqu'à l'hiver, il ne donnait pas cher du règne de son protégé.

Il s'était assis dans un fauteuil, un verre d'eau fraîche à la main. La pièce était cossue, comme pratiquement toutes celles que l'on trouvait dans le palais. Le mobilier dépareillé heurtait le regard du Somblune, ainsi que les tentures aux couleurs vives et criardes. Il se demanda quel conseiller ou proche de Fréost Costière occupait cette chambre avant lui. De toute évidence, une personne pour qui le bon goût ne devait pas exister. Sur un mouvement d'humeur, il se leva et arracha la tenture qui lui faisait face.

Il s'attendait à se retrouver devant un mur de pierre nu, à la place, il découvrit une fresque aux teintes légèrement passées. Elle représentait une scène qui devait remonter au tout début de la Claneterre. Un cercle d'hommes et de femmes entourait deux combattants. Des étendards et d'autres symboles indiquaient la présence de Maisons, mais difficile de savoir de qui il s'agissait exactement. Phéol ne parvenait pas à préciser à quelle période de l'histoire de la Claneterre celle-ci correspondait.

Il regagna son fauteuil et passa un moment à la contempler, comme si elle recelait un secret ou un message caché. Intensément plongé dans ses réflexions, il ne sursauta même pas, quand l'Ombre de Sonnecume le salua.

— Bonsoir meistre Phéol.

Le Somblune détailla la silhouette élancée qui venait de faire irruption dans la pièce. Fugitivement, il se demanda comment elle avait pu réaliser ce tour de force. Rétrospectivement, il se rappela à qui il avait affaire et trouva cela presque normal. Aucun lieu de cette cité ne devait avoir de secret pour l'Ombre. Aucun ne devait lui être inaccessible.

Elle s'avança dans la pièce et détailla la fresque à son tour.

— Amusant, dit-elle.

Phéol ne comprenait pas ce qu'il y avait d'amusant dans une scène de combat vieille de plusieurs siècles. Il renifla prudemment.

— Nous avons bien reçu votre message, merci.

L'intruse hocha sa cagoule, d'où perçait seulement un regard bleu à la fois intense et pénétrant.

— Certes. Et vous en avez fait bon usage. Toutefois, la Claneterre est encore loin d'être sauvée. Et c'était bien là, le sens de notre accord, il me semble.

Phéol plissa les yeux.

— Je croyais que mon rôle était d'aider et protéger le Loup Blanc. Pour sauver la Claneterre, il faudra repasser. Je n'ai pas les épaules assez larges. Dites-moi plutôt comment est mort Irek'rkor.

— Je ne l'ai pas tué.

Le Somblune dévisagea l'Ombre avec un air outragé, si tant est que l'on puisse dévisager quelqu'un dont le visage est recouvert d'un tissu noir.

— J'ai estimé qu'il pouvait encore être utile. Du reste, il n'est que la main, pas la volonté.

Phéol se rasséréna à peine.

— Les Méride oui. Je vous demanderais bien d'aller leur ficher votre dague où je pense, à défaut de vouloir tuer ce mercenaire Drack.

— Si seulement cela pouvait être aussi simple. Un nouvel assassinat ne permettrait pas de réunifier le pays. Il faut montrer aux Maisons la traîtrise des Méride, c'est le seul moyen.

— C'est donc pour cela que vous avez conservé Irek'rkor en vie ?

— Entre autres, mais il ne sera pas d'une grande aide. Il ne sait rien de son commanditaire, hormis qu'il est Clanien. Oh ! Le bougre n'est pas un imbécile, il se doute bien de qui il s'agit, mais il ne le criera pas sur les toits. Cependant, il y a peut-être un moyen.

La Templière posa un paquet à même le lit de Phéol et en dévoila le contenu. L'ancien mercenaire se pencha sur le bout de métal et leva un sourcil de connaisseur.

— Est-ce bien ce que je pense ? La clé d'une Confiance ?

L'Ombre de Sonnecume acquiesça et masqua sa surprise. Elle ne s'attendait pas à ce que son interlocuteur sache de quoi il s'agissait.

Mais Phéol avait baroudé plus qu'à son tour. Une fois, au cours de sa vie de mercenaire, il avait fait l'usage de clés semblables. Les Confiances étaient un service des banques d'Antione dont les mercenaires étaient particulièrement friands. Lors des missions douteuses, il n'était pas rare que l'on se méfie les uns des autres. Les Confiances représentaient le remède. Généralement, le commanditaire y déposait l'argent du contrat, puis chaque partie recevait une clé identique. C'est-à-dire, le plus souvent le capitaine mercenaire et selon les cas, le pourvoyeur, le prêteur et toute la faune nécessaire. Il fallait présenter toutes les clés pour avoir à nouveau accès au contenu du coffre.

— Combien de clés y a-t-il ?

— D'après Irek'rkor seulement deux. La sienne, qui se trouve ici et celle du commanditaire.

— Celle des Méride, donc. Toutefois, même si nous parvenions à la récupérer également, cela ne nous avancerait pas. Ce genre d'objet ne constitue pas une preuve suffisante, à moins que ces imbéciles aient déposé des lingots estampillés de la marque de leur Maison, ce dont je doute fort.

L'Ombre abonda dans son sens.

— Je vous ai dit qu'il y a un moyen, dit-elle, mais il ne vous plaira pas.

— Je commence à avoir assez l'habitude de vos manières. Si ce moyen permet d'éviter une guerre entre les Méride et la Louve, alors cela vaut la peine. Quel qu'en soit le prix.

— Quel qu'en soit le prix ? En êtes-vous sûr ?

Il hésita et il devina qu'elle souriait derrière sa cagoule.

— Vous devrez également convaincre le Loup Blanc. Ça ne sera peut-être pas facile. Sa tête sera en jeu.

Phéol, qui venait de porter son verre d'eau à ses lèvres, en recracha violemment le contenu.

— Sa tête ?

La Templière inclina doucement le menton pour acquiescer. Puis, elle alla se placer devant la fresque que le Somblune avait découverte et la regarda avec attention.

— Pour être honnête, je n'avais pas plus d'idée que vous sur la façon de s'y prendre avant de voir cette fresque. Savez-vous de quoi il s'agit ? demanda-t-elle. Ce que cette scène représente ?

Voilà donc ce qui l'amusait.

— Non. Un duel ?

Elle s'approcha encore un peu plus de la fresque et caressa les silhouettes peintes du bout de ses doigts gantés.

— On appelle cela le Taïn. Un nom norois, pour une coutume venue des Terres Blanches et qui se pratique encore chez les Brumeux. Ce n'est pas étonnant que vous n'en sachiez rien, voilà plus d'un siècle que les Maisons ont abandonné cette tradition. Toutefois, elle est toujours inscrite dans la charte qui régit le pays.

— Quel rapport entre une coutume désuète et notre problème avec les Méride ?

L'Ombre pivota pour le fixer du regard.

— Ceci est notre moyen, Phéol le Somblune.

12

Le garçon jouait sur le vaste balcon. C'était un jour de printemps ensoleillé. Sa mère le regardait, avec un sourire léger et apaisé. Un peu en retrait, son mentor se perdait dans ses pensées. Il devait concocter les exercices du soir qu'il réservait à son élève. C'était un de ces jours où tout semble briller. Pourtant, l'enfant ne s'amusait pas. Il maniait un bâton en bois, très fin, presque une brindille. Ses gestes imitaient une passe d'armes avec un adversaire invisible. Alena reconnaissait certains des mouvements que Madiar avait appris auprès de la jeune guerrière Gueule, Mägwelé.

D'ailleurs, l'esprit de la jeune femme errait au-delà de la brise qui rafraîchissait le balcon. Il se tournait vers la Claneterre et la Gueulande, il se tournait vers son passé et son futur. Il doutait. Il était effrayé.

À y regarder de plus près, tout ne brillait pas. À commencer par les décombres fumants de la bataille en contrebas. Cette fumée qui s'élevait dans les airs et brunissait la brise, c'était celle de corps qui achevaient de brûler. Ceux des Gueules, entassés en monticules acres. Ceux des Templiers du Feu, aussi, dont on apercevait encore les marques noires laissées par leurs bûchers.

C'était une belle journée de printemps, entachée par la guerre. Et au milieu, chacun de ces trois-là cachait des blessures.

Alena savait son corps meurtri. Le pouvoir qui grondait en elle l'avait rongé profondément. C'était une blessure que rien ne pourrait guérir. Une plaie qui ne cesserait de grandir et, en fin de compte, la dévorerait. Il en avait toujours été ainsi, seulement, le processus s'accélérait. Alors, elle regardait son fils et se demandait si elle disposerait du temps nécessaire pour lui transmettre son savoir.

L'enfant avait déjà perdu son innocence, il avait côtoyé la mort, l'avait frôlée aussi et découvert des secrets qui se révélaient autant de fardeaux amoncelés sur son destin. Il ignorait encore le pire, en devinait à peine l'existence.

Quant au dernier, Narder O'Kal, il avait appris que tout son savoir se basait sur un mensonge. Des dogmes qu'il tenait pour vrai s'effritaient devant des révélations remplies d'ambiguïtés. Il ne savait parfois plus quoi croire, mais il savait encore à qui faire confiance. En cette femme au passé tortueux, à laquelle il avait prêté un serment inaliénable. En cet enfant qui portait tant d'espoir.

Quand Wortimel approcha, il ne vit qu'un tableau idyllique, celle d'une mère, de son fils et de son tuteur, baignés par le soleil.

— Belle journée !

Alena se tourna lentement vers lui. Elle portait un châle, malgré le beau temps, car il lui arrivait encore de frissonner et de ressentir un froid glacial qui émanait de sa poitrine.

— En effet. Que nous vaut votre visite ?

— De bonnes nouvelles. Je vous confirme que votre époux se trouve bien à Sonnecume, avec le Loup Blanc. Tenez, il vous fait parvenir un mersage.

Elle se saisit de la lettre cachetée qu'il lui tendait. Son cœur palpita plus fort et un sourire franc explosa sur son visage.

— Comment va-t-il ?

— J'imagine que vous en saurez plus que moi une fois que vous aurez lu ceci.

Elle acquiesça et glissa l'enveloppe dans un repli de son vêtement. Le maréchal se dandina un peu en essayant de prendre un air détaché.

— Pour tout vous dire, reprit-il, ce n'est pas comment il se porte maintenant qui m'inquiète, mais comment il se portera demain ou après-demain.

La jeune femme soupira. Alors que les nuages qui pesaient sur elle semblaient s'éloigner, son hôte ne pouvait s'empêcher de lui rappeler les dangers que courait son époux.

— C'est tout le problème avec les guerres.

Wortimel se racla la gorge.

— Certes ! Mais celle-ci est une drôle de guerre. D'abord l'invasion Gueule et maintenant les Maisons de la Claneterre divisées entre partisans sûre la Louve et partisans des Méride. Aegorn ne se trouve pas dans le camp le mieux armé.

Alena laissa son regard vaquer en direction des cimes des Montgris. Le vent avait balayé la brume qui les recouvrait d'ordinaire et ils offraient leurs pics dénudés et blancs en pâture au soleil.

Elle savait que l'inquiétude de Wortimel envers Aegorn était sincère. Les deux hommes étaient de vieux amis.

— Il a choisi le camp qui lui paraissait le plus juste. Les Méride ne défendent pas la Claneterre, ce sont eux qui la divisent. Ils ne cherchent qu'à défendre leurs intérêts et à amasser richesses et pouvoir.

— Peut-être bien. Mais le Loup Blanc se retrouve coincé entre eux et la horde de cet Aurochs Rouge, et votre époux avec ! Ce n'est guère confortable. Et les rumeurs ne sont pas bonnes, beaucoup craignent que les deux camps en viennent à se battre. Les Méride arrivent avec une armée de dix mille hommes aux portes de Sonnecume. On dirait que la cité n'a vaincu un siège que pour en subir un nouveau.

— Les Méride ne commettront jamais cette folie. Ils montrent leurs muscles pour négocier. Ils veulent que le Loup Blanc abandonne ses prétentions sur le Sud de la Claneterre. Ils n'ont rien à faire du Nord.

Elle toisa le maréchal avec aplomb, celui-ci déglutit. Alena était la femme de l'Aigle du Nord, le protecteur des marches septentrionales. Dans sa bouche, cette affirmation n'était pas à prendre à la légère.

— La vraie question, seigneur Wortimel, c'est qu'est-ce que fera le Loup Blanc ? Que décidera-t-il ? Et à cette question, ni vous ni moi ne sommes en mesure d'apporter une réponse. La seule chose dont je suis sûre, c'est que, quel que soit son choix, Aegorn le soutiendra. Car c'est ainsi qu'agissent les Gardenor, ils ont toujours servi la Claneterre et continueront à la servir. Or, désormais, Ymaric de la Louve, nouveau Loup Régnant, est la

Claneterre. Pour cela, mon cœur est à la fois plein d'espoir et de crainte, car je doute qu'il se contente d'un morceau, ou des restes.

Wortimel souffla dans sa moustache.

— Parce que les crocs le gardent, n'est-ce pas ? Et vous vous demandez pourquoi je suis inquiet ? Aegorn est mon ami, je vous rappelle.

— Moi aussi je suis inquiète. Mais il y a tant de choses sur lesquelles je n'ai pas prise et qui m'inquiètent. Alors dans ce cas précis, je préfère faire confiance à Aegorn plutôt que de me morfondre inutilement.

Comprenant que l'on parlait de son père, Madiar avait cessé de s'escrimer dans le vide et les avait rejoints pour suivre la discussion.

— Père va retourner combattre les Gueules ?

Wortimel lui effleura la tignasse avec une main.

— Bientôt, si la Dame le veut bien. En tous cas, nous l'espérons tous.

Alena lui fit signe de s'approcher et lui montra l'enveloppe cachetée que venait de lui remettre le Maréchal.

— Il nous a envoyé un mersage, nous le lirons ensemble ce soir.

Le jeune garçon esquissa d'abord un large sourire quand elle lui montra l'enveloppe, puis il pesta.

— Mère, vous essayez de détourner mon attention ? Je sais que les choses en Claneterre se passent mal, je ne suis plus un enfant !

Wortimel gloussa malgré lui. Alena esquissa un sourire mi-figue mi-raisin et rangea à nouveau l'enveloppe.

— C'est certain, et un jour, tu deviendras l'Aigle du Nord. Toutefois, pas tout de suite. Quant à la Claneterre, tout ne va pas si mal. Il y a eu des victoires contre les Gueules. Il faut seulement que les Grandes Maisons parviennent à s'entendre.

Le jeune garçon fit une moue dubitative. Apparemment, il avait beaucoup à dire sur la question. Il trottina jusqu'au parapet et se pencha vers le plateau. Dessous, on apercevait le campement des hommes du Torchar Jöngarl.

— Et les Templiers, demanda-t-il, ils se battent de quel côté ?

La question était beaucoup plus pertinente qu'il n'y paraissait. Ce fut Wortimel qui se coltina un semblant de réponse.

— Qui sait vraiment ? Dans les faits, ils auraient tout intérêt à soutenir ton père et ses alliés, mais ils ne peuvent pas le faire ouvertement.

— Pourquoi cela ?

— À cause de la politique. De la vieille politique qui date d'avant ta naissance.

Jöngarl, le commandant de l'armée templière, arpentait le campement avec la mine des mauvais jours. La troupe s'apprêtait à entrer en Claneterre. D'ici quelques jours, tout au plus, le temps de soigner une partie des blessés et de réorganiser les rangs.

Car la bataille avait coûté cher. Le Torchar y avait laissé de nombreux combattants et surtout, deux de ses principaux capitaines. Tarnic le Prima-Mestrarme des chevaliers Noctalis et Tyrielle, la commandante des ferreux. Des officiers respectés, presque des légendes vivantes, un coup dur. Très dur. Alors non, la victoire ne le satisfaisait pas. Elle lui laissait un goût amer.

Le gué était pris, mais il fallait encore traverser tout le Nord de la Claneterre, franchir la Courriande et rejoindre les Tours-Feu, un voyage de six cents kilomètres, au bas mot. Pas de quoi se réjouir. Et voilà que Jöngarl devait patienter avant de se mettre en route. La faute aux Grandes Maisons, qui au moment où elles commençaient enfin à obtenir des résultats contre les Gueules, menaçaient également de se battre entre elles ! Quel foutoir ! Le Torchar avait l'impression de se retrouver dans un succédané de Perle, cette foutue cité qui n'arrêtait pas de changer d'allégeance. Il maudissait les Grandes Maisons claniennes, sans toute cette gabegie, la situation ne serait pas aussi catastrophique aujourd'hui.

Comme il ronchonnait tête baissée, il manqua de percuter un officier en tunique sombre. Leurs épaules se frottèrent avec rugosité.

— Excusez-moi, Torchar.

— Non, c'est moi.

C'était un de ces Noctalis. Ces gaillards tiraient la tronche depuis que leur chef était mort. Celui-ci plus que les autres.

Quoi de plus normal ? Mnélias était l'ancien aide de camp de Tarnic. Avec la mort de ce dernier, un officier plus gradé avait pris le commandement. Un officier qui semblait ne pas apprécier particulièrement le jeune chevalier.

L'homme se dirigeait vers les tentes des Cures-feuilles. Ce n'était pas la première fois que Jöngarl le voyait par ici. Sans doute le luneux avait-il quelques amis que la bataille avait estropiés.

Ils s'arrêtèrent un moment.

— C'est pour quand ?

— Bientôt.

Le Torchar devait répondre dix fois par jour à cette question, voire plus. Quand est-ce qu'on levait le camp ? Quand est-ce qu'on allait enfin partir pour les Tours-Feu ? Jöngarl aussi aurait aimé posséder la réponse. Mais tout ce dont il disposait, c'était les nouvelles foireuses de Sonnecume et celles, guère moins foireuses, des Tours-Feu elles-mêmes. Pour le moment, la ville templière soutenait le siège, mais pour combien de temps ? D'après les mersages, les barbares se montraient de plus en plus agressifs et incisifs.

— Deux jours, au plus. Je ne vais pas attendre que la Louve et les Méride aient fini de se chamailler ! Quoi qu'en disent le Navarque Ogmôn et les pontes de Nessa !

L'autre le regarda bizarrement.

— Deux jours, répéta Mnélias.

Il disait cela comme si cette information revêtait une importance capitale. Il s'excusa auprès du Torchar et reprit sa route vers les infirmeries.

La tête du jeune homme était remplie d'interrogations et de doute. Depuis qu'il avait tué son mentor, il n'était plus tout à fait lui-même. Son forfait demeurait inconnu. Nul ne savait ce qu'il avait fait, ni pourquoi. Mnélias appréciait Tarnic, il devait beaucoup à cet homme, mais il n'avait jamais été autre chose qu'un moyen. Il ne regrettait pas son geste, celui-ci était indispensable. Sans le soutien de Tarnic, sa progression dans l'ordre Noctalis se ferait plus lente. Mais quel prix dérisoire en comparaison de ce que cette mort avait permis de protéger ! Depuis, il menait trois vies et il ignorait où tout cela le mènerait.

Le plus souvent, il était Mnélias, lieutenant dans l'ordre Noctalis. Mais Mnélias était un parjure, une graine de renégat planté dans le terreau templier. La cicatrice qui recouvrait son buste permettait de masquer ce qui aurait dû s'y trouver, sans tous ces stigmates et ces lésions anciennes. Une marque, la Marque Blanche que les Templiers maudissaient et qui, à leurs yeux, condamnait à mort ceux qui la portaient. Lui, maudissait celui qui l'avait torturé de la sorte pour l'astreindre à cette vie de mensonges.

Parfois, il devenait un fantôme, protecteur invisible pour la Dame Alena Gardenor, qui était bien plus que la femme d'un puissant seigneur clanien. D'ailleurs, ce qu'elle était exactement, il l'ignorait. Mais il savait quel secret elle protégeait. Un secret pour lequel les Templiers sacrifieraient mille vies sans sourciller !

Enfin, le temps qui lui restait, il se transformait en amant, la vie qu'il préférait parmi les trois.

Il s'engouffra sous une tente où des convalescents végétaient dans des lits de camp. Pour ceux-là, la guerre était finie. Mnélias salua ceux qu'il connaissait et qui ne dormaient pas. Un Cure-feuille passait au milieu d'eux. Sa toge caressait les bords des lits quand il se penchait pour s'assurer de l'état des blessés.

Il releva la tête et adressa un sourire pincé au Noctalis.

— Elle est au fond, derrière.

Mnélias le remercia et reprit sa progression. Il passa successivement plusieurs rideaux de séparations qui délimitaient la longue tente en compartiments. En vérité, il s'agissait de plusieurs tentes montées en enfilade, qui parfois se croisaient et qui composaient une imitation de bâtiment, avec ses différentes salles, ses réserves, ses chambres… Il commençait à bien connaître ce dédale et, après un nouveau passage, il tomba dans un espace réservé au stockage des pansements et autres onguents.

Nirna s'y affairait. La jeune cure-feuille faisait son marché parmi les produits et les accessoires médicinaux. Elle lui adressa un sourire, une main chargée de bandages propres et l'autre égarée dans une caisse. Mnélias se pencha sur elle pour réclamer un baiser qu'elle céda de bon cœur.

— Comment ça va ?

— La routine habituelle, quelques plaies à nettoyer et des potions à préparer pour faire tomber la fièvre. Jöngarl a demandé une évaluation des blessés. Qui peut-être transporté, combien seront sur pied dans trois jours, une semaine, dix jours… On dirait que le départ se précise.

Mnélias opina.

— Je l'ai croisé en venant. Son humeur était toujours ombrageuse.

Elle haussa les épaules et attrapa un onguent aux vertus cicatrisantes pour compléter sa panoplie.

— Si tu voyais celle d'Horgar ! Le Sage-feuille est dans tous ses états.

— Pourquoi ?

— Le Torchar veut emmener des blessés, un maximum. Tous ceux susceptibles d'être remis sur pied entre ici et les Tours-Feu. Horgar s'y oppose.

Le Noctalis hocha la tête pensivement. Il devinait les raisons qui poussaient Jöngarl à formuler une telle demande. La bataille pour s'emparer du passage de l'autre côté de la Soronne avait coûté de nombreuses vies aux Templiers et encore plus de blessés. Parmi ces derniers, certains ne pourraient plus jamais se battre, d'autres mettraient plusieurs mois avant d'être rétablis, mais une proportion non négligeable avait écopé de blessures superficielles ou légères qui ne demanderaient pas plus de quelques jours de convalescence. Or, le Torchar manquait d'hommes. Et quand on manque de quelque chose, on racle les fonds. En l'occurrence, Jöngarl essayait de racler les fonds de son infirmerie de campagne.

— Et comment a réagi Horgar ?

— Il menace de ne pas accompagner l'armée. Je veux dire nous tous, les cures-feuilles. Tu imagines ça ? Une troupe sans personne pour soigner les blessés ?

Mnélias leva les yeux et poussa un soupir négligé.

— Bah, les flambeux cautériseront nos plaies avec leurs lames chauffées au rouge. Les soins, c'est relatif. Par contre, l'absence de toi…

Il l'attrapa par la taille et attira ses hanches contre les siennes.

— Imbécile ! Je suis très sérieuse.

— Moi aussi.

Elle le dévisagea, les joues inopinément empourprées, puis elle le repoussa et s'arracha à son étreinte.

— J'ai du travail, monsieur le chevalier. Parce que votre Torchar n'entendra pas raison et que nous devrons bientôt entasser tous ces blessés dans des chariots, en route pour la guerre !

— En route pour la guerre, répéta le jeune homme.

Il trouva à s'asseoir sur un ballot de linge et la regarda qui s'affairait. Elle entassait des bandages, des carrés de linge et des bocaux dans un panier.

— À ce propos, j'ai discuté avec des officiers de mon ordre. Jöngarl a commencé à échafauder des plans.

— Et alors ? C'est bien à ça que ça sert, les généraux ?

Mnélias confirma en silence.

— La route la plus courte et donc la plus rapide pour les Tours-Feu, passe par Mès-les-bains.

Nirna agita une main ennuyée.

— Oui, oui. Sauf que la ville est tenue par les Gueules, et c'est pourquoi nous souhaitons que le Loup Blanc en finisse vite avec les affaires entre Maisons, pour s'allier avec lui et avoir une chance de passer.

Le jeune homme lui adressa un sourire et chercha de nouveau à la saisir par la taille. Elle se laissa faire. Son panier était presque plein.

— Ça sera une bataille encore plus difficile que celle du gué de la Margos et Jöngarl veut réitérer la manœuvre de contournement que nous avons menée ici.

Elle plissa les yeux avec un air interrogateur.

— Idéalement, dans les plans du Torchar, le gros de la troupe filerait directement vers Mès-les-bains, où elle se joindrait à l'armée clanienne. Mais nous, les Noctalis, ainsi que les autres cavaliers disponibles, nous irions d'abord à la Forteresse Gardenor. Là, nous nous regrouperions avec les cavaliers claniens réunis sur place. Nous passerions la Courriande un peu plus au nord, avant de redescendre vers la ville des Lacustrel afin de prendre les Gueules à revers. C'est une route beaucoup plus longue, mais en voyageant léger et à cheval, nous pourrions la faire dans un temps équivalent.

Nirna se replaça de façon à lui faire face, les bras croisés sur la poitrine. Tout ce charabia, ces noms de villes, de forteresses ou de fleuves lui donnaient presque le mal de crâne. Mais ce n'était pas ça qui comptait vraiment.

— Ce que tu essayes de me dire, monsieur le chevalier, c'est que selon la façon dont les choses tournent en Claneterre, nous pourrions être séparés. Toi occupé à cavaler joyeusement dans le Nord et moi marchant péniblement à côté des chariots de blessés.

Il pencha sa tête sur le côté.

— C'est ça, oui.

— Et ça t'inquiète ?

Il dénia avec une petite moue et profita de sa position pour la ramener vers lui. Ses mains commencèrent à soulever sa robe de bure.

— Je veux simplement profiter du temps qu'il nous reste ici.

Il glissa une main sous le tissu. Elle le repoussa d'une petite tape et rabaissa les pans de sa robe sur ses jambes avec autorité.

— Ce soir, je te l'ai dit, j'ai du travail.

— Ce soir, j'ai un truc de luneux, une veillée pour Tarnic.

— Cette nuit, alors.

Elle ne lui laissait aucun choix. Il esquissa une moue déçue. Elle répondit par un sourire taquin.

13

Les hommes et les femmes se tenaient en cercle, statues fébriles.
Au centre, deux bêtes se battaient. On peinait à deviner leur nature,
la lutte était confuse. À un gibet, pendait un loup que l'on venait de
dépecer. Sur une pique, le visage torturé d'un homme lui lançait
une agonie silencieuse. Leurs sangs dégouttaient et formaient une
flaque commune où se déchiraient les deux belligérants.

Dans l'assistance, des figures ressortaient. Deux notamment,
chacune en face de l'autre. La première se tenait sur un trône
noir et délabré, mais son visage resplendissait d'une lumière
blanche, presque aveuglante. La seconde gisait dans des coussins
de brocart et d'or, le visage masqué par un voile de charbon.

Derrière la première, un homme se penchait comme pour lui
donner des conseils. Le garçon reconnut son père. À côté de la
seconde, une silhouette composée de brume noire flottait. Elle le
glaça d'effroi. Soudain, le regard de la silhouette se fixa sur lui.
— Je te vois.
Le garçon voulut se recroqueviller, disparaître, mais il se
sentait pris dans des filets invisibles et tenaces.
— Que viens-tu chercher ?
— Je... Je ne sais pas.
Il bredouillait d'horreur.
— Je peux te montrer la mort ou la vie. Là, tu regardes la vie,
indécise, fugace, fragile. Maintenant, vois la mort !
Une bourrasque balaya la scène. Il n'y eut plus de statues
fébriles, mais des squelettes figés. Au centre, le sang avait séché
et les restes en décomposition de deux êtres indéfinissables n'en

finissaient pas de pourrir. Sur son trône, le roi de lumière s'était écroulé et son visage était celui d'un Loup brisé. En face, dans les coussins mangés par la moisissure, il ne restait qu'un tas de scories fumantes.

Le garçon chercha son père. Il vit son corps décharné et exsangue. Il occupait la place du loup sur le gibet. Il cria de terreur.

— Mensonge ! C'est un mensonge !

Il tremblait, crachait et s'énervait, tiraillé entre la peur et la désolation, la rage et la dévastation.

— Mensonge ? Il n'y pas de mensonge ici, que des futurs possibles qui dépendent de nos choix.

Le garçon releva la tête. Il voulait déchirer ce visage de brume, ses doigts n'accrochaient que de la fumée.

— Nos choix ? NOS choix !

— Oui. Car tu es comme moi. Un Chasseur.

Alors la silhouette brandit un masque. Le masque de la Louve Jaune, brisé et ensanglanté.

— Je te connais, enfant des oracles. Tu as peur et tu as raison. Combien de Loups mourront pour que tu accomplisses nos rêves ? Mais peut-être que les Loups méritent de vivre ? Qu'en dis-tu, petit Prophète ?

*****

— Je nais œuf, je meurs sur le ventre. Je peux mordre de deux manières et aussi bien la pluie que le vent ruissellent sur moi. Qui suis-je ?

Madiar se frotta le menton. Voilà longtemps que lui et Narder n'avaient plus joué au jeu des Quinze et il se sentait un peu rouillé. D'autant plus que son maître lui proposait des énigmes plus ardues que d'accoutumée. Les deux premiers indices lui faisaient penser aux salacendres, mais le coup du ruissellement l'orientait vers une créature à écailles.

— Une vouivre ?

— Bien essayé, mais c'était un dragon.

— Un dragon ? Mais ça ne mord que d'une façon, un dragon !

Narder secoua la tête avec un demi-sourire.

— Tu oublies la morsure du feu.

Madiar pesta intérieurement, cette fois, il avait presque trouvé la bonne réponse.

— À mon tour. Voyons… On peut me grimper, mais je conduis aux abysses. On me croit disparu, je suis seulement en exil. Alors, qui suis-je ?

Narder laissa échapper un hoquet d'amusement.

— Tu n'y es pas aujourd'hui. C'est vraiment trop facile ! Un hippocampe.

Le garçon se mordit la lèvre de désappointement.

— C'est l'exil, c'est ça hein ? Je savais que j'en faisais trop.

— Et les abysses ! Ça limitait mon choix aux chevaux de mer et aux léviathans.

Madiar grogna. Il ne parvenait pas à se concentrer correctement. Déjà, un peu plus tôt, alors que Narder l'entraînait à manier le Don de la Lune, il n'était pas totalement à ce qu'il faisait. Et maintenant, même pour un jeu, son esprit continuait de papillonner.

Le Salandrin avisa la mine contrite de son élève et chercha à en connaître la raison.

— J'ai encore fait un rêve prophétique, répondit le garçon, mais celui-ci était étrange.

— C'est le propre des rêves d'être étranges, qu'ils soient prophétiques ou non, mon garçon !

— Pas étrange comme ça !

L'agacement de Madiar étonna Narder, il le voyait presque trépigner et il ne pouvait mettre ce comportement sur la seule fatigue.

— Étrange comment, alors ?

— Je… Le rêve, je crois qu'il parlait de la guerre en Claneterre, de ce qu'il pourrait y arriver, mais surtout, il y avait l'autre, celui qui faisait le même le rêve que moi.

Le Salandrin se redressa, soudain bien plus alerte et inquiet.

— L'autre ? De quel autre parles-tu ?

— D'un homme. Un homme terrifiant. Il m'a vu et ensuite, il m'a montré différents avenirs possibles. Dans l'un d'eux, père… père était… C'était affreux !

Le garçon leva des yeux pleins d'humidité vers Narder qui s'empara d'une de ses mains pour essayer de le réconforter.

— Peut-on manipuler les prophéties ? demanda Madiar avec la gorge serrée.

— Pas à ma connaissance, répondit Narder, mais le Don de la Lune est comme une dune vagabonde, il suit bien des sillons et je ne prétends pas tous les connaître.

— Donc, père va mourir ?

— Était-ce ton rêve initial ?

Le garçon secoua vivement la tête de droite à gauche.

— Alors, rien n'est fait. Cet avenir que t'a montré cet… autre, n'est sans doute pas le plus probable.

Madiar semblait à peine rassuré.

— Dans ce cas, pourquoi me le montrer ?

Narder soupira. Voilà une réponse qu'il aurait bien aimé connaître, lui aussi, car ce que relatait Madiar était à la fois surprenant et troublant.

— Je ne sais pas. L'autre, il t'a dit quelque chose ? Une indication que tu n'auras pas su interpréter ?

Madiar fronça les sourcils pour chercher dans ses souvenirs.

— Il a dit que j'étais comme lui, un chasseur. Il m'a aussi montré le masque brisé de Mägwelé et il m'a posé une question. Il m'a demandé si les loups méritaient de vivre. Je… Je crois qu'il parlait de la Maison Louve.

La nuque de Narder s'était raidie sous l'effet d'un frisson glacé, mais il masqua son appréhension et sourit à son élève en enfermant sa main dans la sienne.

— Ce n'était peut-être qu'un rêve étrange après tout ? Nous sommes passés par des obstacles extrêmement difficiles et nous sommes toujours affectés, les uns et les autres. Vous craignez également pour votre père, car il vous manque, il est loin et mène une guerre. Parfois, cela suffit à créer des illusions, à déformer nos rêves, les transformer en reflet de nos craintes.

Madiar ne parut pas totalement convaincu par les explications de son mentor. Il commençait à reconnaître ses mimiques quand il cherchait à lui cacher quelque chose, ou souhaitait dévier la conversation. Toutefois, aucun des deux ne voulut insister.

Le Salandrin renvoya Madiar se reposer, en lui indiquant quelques exercices à pratiquer avant de s'endormir pour mieux se vider l'esprit. Après cela, il resta un moment pensif.

Le rêve de Madiar le troublait particulièrement. Il faisait écho à des légendes anciennes qu'il avait longtemps prises pour des fariboles. On ne pouvait déformer les visions d'un autre, mais le Salandrin avait entendu parler de sages capables de les manipuler en en cachant une partie. S'il fallait en croire ce que l'on entendait à leur sujet, il existait un sort très puissant, qui poussait l'art de la divination au-delà de la simple observation. De plus en plus inquiet, il ressentit d'échanger à ce sujet avec Alena, peut-être cette dernière avait-elle connaissance de semblables phénomènes ?

Il la retrouva sur le balcon ensoleillé qui donnait sur les Montgris, occupée à lire un ouvrage qu'elle avait emprunté dans la bibliothèque personnelle de Wortimel.

— Je peux vous déranger ?

Elle leva un sourcil, étonnée, il ne lui laissa pas le temps de répondre.

— Votre fils m'a fait part d'un rêve qu'il a eu cette nuit. Un rêve où il était question d'un chasseur. Or, vous m'avez bien dit que votre mystérieux sauveur s'est présenté à vous comme le fils du chasseur, ou d'un chasseur. Vous lui en avez parlé ?

La jeune femme referma son livre sans même prendre note de la page qu'elle lisait et s'avança dans son siège, la mine soucieuse.

— Non.

Narder ne croyait pas à une coïncidence, et à voir l'expression d'Alena, elle non plus.

— Vous m'avez dit ne rien savoir à ce sujet ?

Narder se frotta le menton avec un air vaguement gêné.

— Il se pourrait que si.

Elle lui envoya un regard furieux, mais il reprit aussitôt la parole, avant qu'elle ne lui fasse une remarque désobligeante.

— Je me suis souvenu une histoire que j'ai entendue à Antione, quand j'étais mercenaire. Je n'y ai pas repensé tout de suite, car, pour tout vous dire, je la prenais pour une sorte de légende inventée ou grossie par des esprits avinés. Mais j'avoue que depuis quelque temps, j'ai tendance à reconsidérer mes opinions sur un grand nombre de sujets.

Son interlocutrice plissa les yeux. Elle comprenait ce qu'il voulait dire, elle était pour une bonne part responsable de ces remises en questions.

— Continuez.

— Ce ne sont que des racontars, comme je vous le disais. Pour la plupart récoltés auprès de soudards imbibés dans des tavernes. Il y aurait un homme, que beaucoup surnomment le fantôme blanc. Un mercenaire aux coutumes étranges, espion ou assassin, parfois entremetteur. Un homme qu'on ne peut pas trouver, mais qui vous trouve quand vous en avez besoin. Il ne monnaie pas ses services contre de l'argent, mais des contreparties qui changent selon le commanditaire. Une sorte de pacte qu'il ne vaut mieux pas briser. Tous ceux qui s'y sont essayés seraient morts. Car cet homme serait un puissant mage de la Lune. Si bien que certains croient qu'il est un ancien Templier, un renégat. D'ailleurs, même les Templiers le redouteraient. Ces derniers… ces derniers l'appelleraient le Chasseur.

Alena repoussa une mèche de cheveux roux et serra un de ses bras autour de l'autre.

— Pour les Templiers, renégat signifie parfois autre chose.

— Vous songez à la Renégade ? J'y ai pensé aussi. Cela expliquerait beaucoup.

Alena sourit. Le mythe d'un groupe de mages voués à la perte des Temples avait la peau dure.

— Est-ce là tout ce que vous savez sur cet homme ? Cela fait beaucoup de suppositions, en effet.

Narder acquiesça.

— Il y a une chose qui pourrait l'expliquer. Parmi les prouesses dont serait capable cet homme, certains parmi les mieux renseignés prétendent qu'il maîtrise le Voile de l'Ombre.

— Le Voile de l'Ombre ?

— C'est un sort ancien, très puissant et donc, extrêmement difficile à manier. Je ne crois pas avoir jamais rencontré quelqu'un qui en soit capable. Le Voile rend invisible au-delà des apparences, il efface votre existence. Avec ce sort, les Vigilants d'Ariféa la

Buse auraient été incapables de nous pister, nous n'aurions été que de la brume pour eux. Avec ce sort, même les Cendreux ne peuvent pas lire votre passé dans les cendres. Avec le Voile de l'Ombre, votre avenir est caché au Stryges. Il faut être un puissant élémentariste pour le contourner. Je crois… Je crois que c'est ce que votre fils a fait, partiellement.

Alena se redressa dans son siège, plus alarmée qu'elle ne voulait l'admettre.

— Que voulez-vous dire, exactement ? Madiar est en danger ?

Narder secoua la tête.

— Je ne pense pas. Mais d'une façon ou d'une autre, lui et ce Chasseur sont liés. Madiar explorait un futur possible, un futur dans lequel le Chasseur est, ou sera, impliqué. Un avenir qui concerne également Madiar. Sinon, jamais il n'aurait interféré dans le Voile d'Ombre de cet homme. Interféré, seulement, car le Voile a protégé son propriétaire et masquer son avenir à votre fils. Au lieu de cela, le Chasseur a partagé avec lui ce qu'il voulait bien partager.

La jeune femme se prit le menton entre les mains. Elle n'était pas certaine de bien comprendre ce que lui disait Narder, ni d'en mesurer toutes les implications.

— Comment ?

— Je l'ignore. Peut-être cet homme est-il très affaibli en ce moment. Une grande fatigue ou la gravité d'une blessure peuvent altérer les Dons et leur utilisation.

Ce n'était pas ce qu'Alena se demandait.

— Vous pensez qu'il s'agit du même homme que celui dont l'inconnu prétend être le fils, n'est-ce pas.

Ce n'était pas une question et Narder ne put qu'opiner.

— Quoi qu'il en soit, ils ne semblent pas être nos ennemis.

Alena hocha la tête. Elle aurait aimé en être aussi sûre que le Salandrin.

— Je m'en veux, reprit Narder, j'aurai dû être là, anticiper cette visite. Je suis censé vous protéger.

— Vous le faites déjà très bien. Et vous l'avez dit, cet homme n'est pas notre ennemi. Quant à l'autre… Peut-être ne le croiserons-nous jamais.

Narder la dévisagea d'un air dubitatif.

— Vous savez pourtant aussi bien que moi, que les songes offerts par le Don de la Lune ne viennent jamais par hasard. Je veillerai, que vous le vouliez ou non. Et j'essaierai de découvrir qui ils sont et ce qu'ils veulent vraiment. C'est ce que je faisais à la cour Braisane, je peux le refaire aujourd'hui. Je ne suis pas encore décati à ce point !

Alena s'autorisa un petit gloussement.

— Alors, promettez-moi une chose.

— Oui ?

— D'être prudent.

Il opina doucement la tête, avant de prendre congé sur un regard entendu. Mais en son for intérieur, il se demandait bien comment il ferait pour surprendre ou dénicher un homme qui, selon toute vraisemblance, savait lui aussi utiliser le Voile de l'Ombre.

La silhouette se faufila le long du mur. Elle glissait sans faire le moindre bruit et seul un œil particulièrement alerte et exercé aurait été en mesure de deviner le mouvement qui l'accompagnait.

Elle se hissa vers les étages, comme un lézard qui ramperait le long d'une faille. Elle passa à côté de sculptures et de gargouilles à la bouche béante. Les créatures dévisageaient de leur regard glauque cet intrus qui grimpait en s'appuyant sur leur figure de pierre, sans le moindre respect. Mais la journée avait été belle et ensoleillée, alors elles n'avaient aucune eau à lui cracher dessus en retour.

La silhouette s'arrêta devant une fenêtre à un seul battant. Le verre épais et jaune, hachuré par des barres de métal qui se croisaient, révélait une source de lumière. La faible luminosité, fragile et changeante, évoquait une bougie. L'ouverture rectangulaire était fermée. La silhouette extirpa une dague fine et glissa la lame entre le montant et l'encadrement. D'un geste expert, elle délogea le loquet et la fenêtre s'ouvrit sans bruit. Elle se faufila à l'intérieur.

14

Alena regarda son fils. Madiar fermait les yeux, mais elle savait qu'il ne dormait pas. Il avait encore eu une de ces visions et malgré les enseignements de Narder, il peinait toujours à les contrôler. Le maître Salandrin disait que c'était normal, surtout après ce qu'ils avaient vécu. Alena ne s'y faisait pas. Elle ne s'était jamais faite à ses propres visions non plus.

Elle remonta le drap sur les épaules de son fils et déposa une bise sur sa joue. Il frémit, sans bouger. Il préférait être seul et n'avait pas voulu parler de son rêve. Réticente, Alena l'abandonna pour regagner sa chambre.

La jeune femme possédait ses propres troubles. D'abord, elle avait voyagé dans un tunnel entre deux mondes, seule, friable, une digue qui avait bien failli rompre. Son réveil, sa résurrection presque, demeurait un mystère. Malgré les informations délivrées par Narder, elle se demandait toujours qui était cet homme qui l'avait secouru. Tout s'était passé si vite. Elle était à peine consciente. Il avait disparu sans rien dire, ou si peu.

Depuis, malgré le visage souriant qu'elle portait en toute circonstance, elle se savait meurtrie. Quelque chose de froid demeurait au fond d'elle, qui sapait sa vie comme un glacier qui s'étend. Elle se sentait faible, essoufflée. Et puis, sa première nuit consciente à la Margos, elle avait senti une caresse accablante. C'était la Dame qui venait lui murmurer ses nouvelles. Bïorn. C'était le nom qu'elle avait susurré. Bïorn. Le nom d'un mort. Elle avait pleuré du givre.

Elle survivait d'une certaine façon. Elle s'accrochait à des espoirs. Celui de voir son fils grandir. Assez pour défier les puissants et les puissances. Celui de revoir Aegorn, car elle pensait que, désormais, lui seul pouvait la réchauffer. Peut-être parviendrait-il à faire fondre cette banquise qui cherchait à la recouvrir.

Elle ressentait également une menace diffuse, un signal d'alarme qui palpitait continuellement. Son sommeil troublé lui offrait des visions nébuleuses et glauques qui résistaient à son interprétation. Pourtant, elles exposaient toutes une même crainte, un même danger. Elle se sentait en sursis.

Peut-être est-ce cela, ce que l'on ressent, quand la mort rôde dans son futur et qu'il n'y a plus d'échappatoire.

Dans sa chambre, elle constata que la bougie placée à son chevet était presque entièrement consumée. Elle en alluma une nouvelle avec la flamme vacillante de l'ancienne et remplaça cette dernière. Elle la souffla. Son regard se porta sur le coin de la pièce. Elle vit la silhouette. Son cœur fit un bond et un cri étouffé s'échappa de sa gorge. Elle manqua de défaillir et dut se soutenir à un mur.

La silhouette se précipita sur elle.

— Désolé, je ne voulais pas vous faire peur.

Alena reprenait son souffle, une main posée sur sa poitrine. Elle se laissa porter et faire asseoir sur son lit.

— C'est vous ! Vous qui m'avez libérée.

L'autre se contenta d'acquiescer avec sa tête cagoulée. La jeune femme se reprenait doucement. Son cœur cognait et palpitait comme un colibri affolé, mais la peur refluait. Elle cherchait le regard de l'intrus et y décela une inquiétude réelle.

— J'imagine que vous avez de bonnes raisons de revenir. Pour ma part, j'ai mille questions à vous poser.

L'homme en noir s'écarta un peu.

— J'en ai sans doute autant à vous poser, mais ce n'est pas le bon moment pour une longue conversation. Je prends un risque en venant ici. Plus tard, quand vous aurez regagné la citadelle Gardenor, je reviendrai vous voir. Alors, nous parlerons.

La déception s'empara d'Alena. Elle ferma les yeux et serra ses bras autour d'elle.

— Alors pourquoi êtes-vous venu me voir ? Vous présenter, finalement ?

— Je vous ai déjà dit qui j'étais.

— Cela n'a guère de sens pour moi. Le fils du Chasseur.

L'autre soupira bruyamment. Il bougeait lentement, avec efficacité. Lors de leur première rencontre, Alena avait à peine eu le temps de constater sa présence. Maintenant, elle pouvait détailler son sauveur à loisir. Un homme, donc, visiblement très bien entraîné. Sans doute un combattant, sans cesse sur le qui-vive. Il semblait contrarié. Sa voix rauque le trahissait.

— Qu'êtes-vous venu faire ? redemanda-t-elle.

— Je voulais m'assurer de votre sécurité. L'armée templière partira bientôt. Les choses deviendront plus calmes. Mais certains pourraient se poser des questions.

Alena exprima son incompréhension.

— Horgar, par exemple. Il vous a soignée et s'interroge encore sur votre rémission. Pour le moment il est accaparé par la guerre, mais qui sait, plus tard ? Restez prudente tant que vous vous trouverez en République de Chime.

Son interlocutrice haussa les épaules et détourna le regard.

— Vous ne m'apprenez rien. Je sais ce que je dois faire.

— Vous êtes défaillante. Vous ne le montrez pas, mais je perçois votre corps qui chancelle. Je suis parvenu à éviter un mal effroyable, mais vous en payez toujours le prix. Combien de temps tiendrez-vous encore ? Que se passera-t-il après ? Voilà les questions immédiates qui me taraudent. Et ni vous ni moi ne sommes en mesure d'y répondre pleinement.

Elle inspira profondément pour ne pas avoir à répondre. Mais son visiteur ne comptait pas la laisser s'en sortir aussi facilement.

— Sur qui pouvez-vous compter réellement ici ?

— Narder. Narder O'Kal est le seul en qui je peux avoir pleinement confiance.

L'intrus se frotta pensivement le menton à travers le cuir de sa cagoule.

— Le Salandrin ? Mais il ne porte pas la marque, si je ne m'abuse.

La jeune femme tressaillit en entendant cela. Cette remarque signifiait que lui aussi portait le signe de la Dame. Alena s'en doutait déjà, mais elle en avait enfin la confirmation.

— Sans lui, je ne serais pas ici, répondit-elle.

Il leva une main, comme pour s'excuser.

— Je ne remets pas en cause sa loyauté ou ses compétences. Il trouvera peut-être un moyen de soulager certaines de vos faiblesses. Mais connaît-il la nature de votre fardeau ? Sa véritable nature ?

Elle dévisagea à nouveau, préférant garder le silence plutôt que lui répondre, mais son attitude valait tout un discours. L'inconnu se mit les mains sur les hanches et secoua la tête.

— Non, évidemment non.

Son comportement agaçait Alena. Il posait des questions. Que révélait-il de lui ? Elle l'interpella, incisive.

— Et vous ?

— Je ne peux pas, pas de tout de suite.

Il se méprenait sur le sens de la question de la jeune femme. Toutefois, sa réponse éclaira soudainement celle-ci sur certains des aspects de son mystérieux visiteur.

— Vous partez avec eux, n'est-ce pas ?

Il acquiesça. Elle écarta des yeux ronds de surprise.

— Vous êtes l'un d'entre eux ? Un Templier ?

— Non. Je suis parmi eux. Et l'ironie, c'est qu'en quelque sorte, j'ai fait cela pour vous trouver.

Elle le dévisagea, surprise.

— Ils ne savent rien de… moi.

— D'où l'ironie.

Elle continuait de ne pas croire ce qu'elle venait de comprendre. Les mouvements de sa tête secouaient sa chevelure rousse et reflétaient l'éclat faiblard de la bougie.

— Comment avez-vous fait ? Ils brûlent ceux qui portent la marque. Car vous possédez la marque, n'est-ce pas ?

— Oui. Mais il faudra attendre une autre fois pour les explications. Ce qui importe, c'est d'aborder les solutions possibles, pour le cas où… où il vous arriverait quelque chose avant que l'on se revoie. À ce moment-là, je vous apprendrai comment endiguer ce… cette chose.

Subrepticement, elle leva un regard plein d'espoir vers lui.

— Vous pouvez faire cela ?

Il hésita.

— En vérité, je n'en sais rien. Et il me faudra du temps. Or, je n'en ai pas en ce moment. Nous avons parlé de Narder. C'est sans doute un homme de confiance, mais un tel fardeau ne peut pas lui revenir. Il ne reste que…

— …mon fils.

L'intrus confirma d'un hochement de cagoule et vint s'asseoir à côté d'elle.

— Il est encore jeune, mais vous l'aviez prévu, n'est-ce pas ? Vous saviez que cela lui reviendrait un jour.

— Il n'est pas encore prêt.

— Personne ne l'est jamais. Si ça n'est pas déjà fait, vous devez l'informer. Parlez-lui du Réveil de la Chimère et les risques que nous courons tous, par la peur des Templiers et la folie des hommes.

Alena resta silencieuse. Dans le fond, cet homme avait raison. Les récents événements avaient transformé Madiar et détruit l'innocence qu'il conservait encore. Elle le savait. Ses responsabilités de mère étaient écrasées par les enjeux et la situation. Tôt ou tard, ce moment serait arrivé. Elle ne s'attendait simplement pas à ce qu'il se produise si tôt.

— Très bien. Mais en retour, j'aimerais savoir quelle confiance je peux mettre en vous ?

— Comment cela ?

— Votre visage ? Votre nom ? Je ne sais rien de vous.

— C'est mieux ainsi. Tant que vous ne serez pas en sécurité, cela nous protège.

Elle se renfrogna. La situation ne lui semblait pas équitable.

— Et vous ? Si jamais vous êtes pris ? Vous savez qui je suis. Les Templiers possèdent des moyens terribles pour obtenir des informations !

Sa voix tremblait presque. Elle pensait à tout ce que l'on racontait à propos des Cendreux, cet ordre du Temple-Feu capable de trouver la vérité dans les cendres des chairs tout juste consumées. Il semblait deviner ses pensées.

— Ma chair est marquée de l'Ombre Lycanne, c'est un rituel ancien, méconnu des Templiers. Un Cendreux ne pourrait rien y lire. Cela aussi, je vous l'apprendrai. Mais il y a un prix. Quant aux méthodes de tortures plus classiques, j'ai assez de volonté pour geler mon propre cœur. Votre secret est en sécurité avec moi. Je ne suis pas certain que cela soit réciproque.

Elle accusa cette dernière remarque sans broncher. Il se leva.

— L'Ombre Lycanne ? Vous voulez parler du Voile ?

Il secoua la tête.

— Ceux qui ne connaissent pas confondent souvent ces deux pouvoirs. L'Ombre Lycanne marque la chair, le Voile masque l'esprit.

Elle déglutit. Cet homme semblait en savoir énormément sur les magies élémentaires. Et apparemment sur le fardeau qu'elle portait. Elle se demanda combien il en restait d'autres, comme lui. Et elle voulut espérer.

Ils se dévisagèrent un moment, sans plus dire un mot, jusqu'à ce que l'intrus rompe le silence.

— Très bien. Je dois partir maintenant. Nous nous reverrons après la guerre. D'ici-là, votre statut devrait suffire à vous protéger, mais restez prudente et surtout, ménagez-vous.

Alena retint un mouvement d'humeur. Après la guerre, autant dire une éternité. Et toutes ces questions auxquelles elle n'aurait peut-être jamais de réponse.

— Et vous, essayez de ne pas vous faire tuer.

Il n'y avait aucune compassion dans sa voix. L'autre haussa les épaules, puis il gagna la fenêtre comme s'il s'agissait de la manière la plus naturelle de quitter une pièce. Elle sentit un léger courant d'air quand il s'engouffra dans la nuit, qu'elle s'empressa de réduire à néant en fermant le battant.

Dehors, il avait disparu.

Il glissa comme une feuille le long de la muraille. Les rares sentinelles postées par Wortimel ne remarquèrent pas son passage. Il longea la Margos comme une brume, jusqu'au recoin de rocaille où il avait caché ses affaires. Il se débarrassa de sa cagoule et enfila sa tunique de cuir estampillée aux armes des Noctalis.

Toutefois, alors qu'il se tournait vers la Soronne, un craquement lui fit dresser l'oreille. Sans rien montrer, il chercha à percer les ombres profondes où se terrait le bruit. Il hésita. Puis, sans prévenir, il projeta une dague droit vers la pénombre. Un cri de douleur étouffé répondit à son attaque.

Une silhouette courbée s'avança vers lui. En trois foulées, il fut sur elle et la fit rouler à terre. Il la chevaucha, lui assena un coup de poing dans la mâchoire. Enfin, il arracha sa dague à la plaie et la glissa sous la gorge offerte.

— Vous n'auriez pas dû me suivre, meistre Narder O'Kal.

L'autre toussota et cracha du sang.

— Il le fallait.

— Pourquoi cela ? Pour mourir.

— Pour comprendre ! Et vous ne me ferez rien. Alena et Madiar comptent trop à vos yeux. Je les protège aussi bien que vous les protéger.

Il soupira.

— Vous êtes un ignorant, Narder. Alena et Madiar ne valent que par le secret qu'ils gardent. Un pouvoir capable de renverser des nations et de détruire des cités ! C'est ce secret que je veux protéger. Vous en saviez déjà trop et maintenant, vous avez vu mon visage.

Le Salandrin gargouilla quand la lame lui trancha la gorge.

— Je vous l'ai dit, vous n'auriez pas dû me suivre.

Il regarda la vie s'écouler lentement, puis il tira doucement le corps jusqu'au bord de la Soronne. Il s'assura que personne ne l'avait vu et poussa le cadavre dans l'eau de façon à ce que le courant l'emporte.

Sur l'autre rive, on voyait les feux et les toiles du campement templier. Après la victoire, le Torchar Jongärl avait transféré le bivouac de l'autre côté, autant pour sécuriser la prise du gué que pour anticiper le départ. Désormais, seule l'infirmerie de campagne des cures-feuilles se trouvait encore sur la partie chiméenne du plateau. L'armée templière, pour la plupart, était déjà en Claneterre, symboliquement parlant.

Normalement, il aurait dû traverser le gué pour rejoindre les tentes avec les autres Noctalis, mais à la place, il bifurqua comme pour revenir sur ses pas et se dirigea vers les installations des cures-feuilles. Au fur et à mesure qu'il approchait, il abandonnait ses artifices de dissimulation et adoptait une allure plus normale.

Aux abords des premières tentes, il croisa un garde qui somnolait en s'appuyant sur sa lance. Il le salua, puis s'engouffra dans le dédale des toiles. Il ignora volontairement les grands chapiteaux reliés entre eux qui accueillaient les malades et les blessés. Il préféra s'approcher des tentes plus petites, réservées aux Templiers de la Nature. Il connaissait le chemin et, malgré la pénombre, retrouva rapidement celle qu'il cherchait.

Rien ne la différenciait vraiment des autres. C'était un pavillon en pyramide allongée, simple et fonctionnel. Une longue barre de bois d'une dizaine de mètres, soutenue par des piquets en bois d'un mètre cinquante et sur laquelle on avait tendu la toile. À l'intérieur, des voiles de tissus épais créaient des séparations pour offrir un minimum d'intimité à celles qui dormaient ici.

Cette tente-ci n'accueillait que des Templières, des cures-feuilles plus ou moins expérimentées qui venaient toutes de l'Hora-Dön. Il hésita avant d'y entrer. Il tendit l'oreille et perçut les respirations lentes et quelques ronflements légers. Il écarta le pan et se glissa à l'intérieur.

Il se faufila sans bruit, plié en deux à cause de la hauteur de plafond. Il évita soigneusement les jambes tendues et passa d'un espace à un autre, jusqu'à atteindre celui qui l'intéressait.

Il faisait sombre, car en fait de lumières, on ne pouvait compter que sur celles qui filtraient à travers la toile. Celle des feux les plus proches, qui vacillait et dansait sur les pans blafards. Celle des étoiles et de la lune, diffuse et régulière. Cela suffisait à discerner les formes.

La jeune femme était assoupie, comme ses consœurs. La couverture, tirée jusqu'aux épaules, ne laissait dépasser que la tête. Il croyait y voir une expression paisible. Il s'agenouilla, se hasarda à repousser une mèche brune, mais n'osa pas aller plus loin. Il se redressa doucement et s'apprêta à repartir. Il y eut un froissement de tissus.

— Tu comptes te sauver comme un voleur ?

C'était un chuchotement. Il répondit sur le même ton.

— Je croyais que tu dormais.

Nirna fit pivoter sa tête pour pouvoir le regarder.

— C'était le cas. Je rêvais de toi.

Elle écarta sa couverture d'une main. Il devina sa nudité, son autre main qui allait et venait doucement sur son giron. Son propre bas-ventre se mit à protester.

— Déshabille-toi.

Ce murmure possédait plus de force que le cri de ralliement d'un général. Mnélias obtempéra. Elle ne changea pas de position pendant qu'il se débarrassait de ses vêtements. Lui la fixait, légèrement fébrile. Il pesta quand son anatomie s'opposa au retrait de son pantalon. Elle en gloussa. Enfin, il la rejoignit. La couche était étroite, une natte toute simple prévue pour une seule personne. Alors, ils devaient se pelotonner l'un contre l'autre, ce qui, évidemment, ne les dérangeait pas.

— Tu es tout froid.

— C'est parce que je viens du dehors. Il fait nuit, je te rappelle.

Ils étaient allongés sur le côté, face à face. Elle ramena la couverture sur leurs épaules. Son autre main continuait ses mouvements de va-et-vient, seulement, son giron n'était plus le sujet de ses caresses. Elle passa une jambe sur les siennes, puis, doucement, elle le guida.

— C'est mieux comme ça, non ?

Sa voix était légèrement rauque. Il ne trouva rien pour la contredire et ses hanches voulurent se mettre en action. Mais elle le retint et se serra plus fort contre lui.

— Doucement, il ne faudrait pas réveiller les autres.

À cet instant, Mnélias se moquait bien des autres, du moins, il aurait voulu. Il se réfréna et passa une main dans les cheveux de la jeune femme avant de chercher ses lèvres.

— C'était quoi, cette veillée ? demanda-t-elle.

— Un hommage pour Tarnic. Ils ont fini d'embaumer son corps.

— Ça va ? Tu étais son protégé, vous deviez être proche ?

— Ça va.

Il ne voulait pas en parler. De fait, la veillée était une excuse, puisqu'il ne s'y était pas rendu. D'ailleurs, il devinait que c'était un autre sujet qui taraudait Nirna. Celle-ci lui donna raison presque aussitôt.

— Tu sais, Horgar a cédé aux demandes du Torchar en fin de compte.

— Concernant les blessés ?

— Oui.

Il se pressa un peu plus contre elle.

— Tout doit être prêt dans trois jours au plus tard, reprit-elle.

Mnélias étouffa un grognement. Le Torchar comptait énormément sur les Maisons pour mener à bien son plan, mais trois jours, cela semblait un peu court pour que ces dernières trouvent un accord ou résolvent leurs différends.

— Tu y crois, toi ?

Elle haussa les épaules, ce qui fit également onduler son bassin.

— Peu importe. Ensuite, nous voyagerons ensemble pendant quelques jours, puis, si j'ai bien compris, tu continueras avec les autres cavaliers en direction de l'est. Tandis que nous obliquerons plus au sud, vers Mès-les-bains.

— Environ trois semaines de voyage, selon les conditions, commenta-t-il.

Elle nicha sa tête dans le creux entre son épaule et son cou, qu'elle embrassa.

— Tu pourrais faire semblant d'être malade. Je te donnerais des herbes, qui te rendraient nauséeux et fiévreux pendant deux jours. On te joindrait aux blessés. On voyagerait ensemble.

Il faillit éclater de rire en entendant sa proposition. Il lui prit le visage pour pouvoir la regarder dans les yeux.

— L'idée est particulièrement tentante. Mais ce n'est pas ce qui va se passer.

— Non, ce n'est pas comme ça que ça se passera…

— On se retrouvera à Mès-les-bains.

Il sentit comme un reproche dans son regard. Ou peut-être était-ce de l'inquiétude.

— Si nous sommes encore tous les deux en vie.

— Nous le serons. C'est ce qui va se passer.

— C'est une promesse ou un vœu ?

Les yeux de Nirna brillaient et son souffle devenait plus court. Tout comme celui de Mnélias, car au fur et à mesure de leur discussion, les ondulations de la jeune femme et les mouvements de hanches du jeune homme s'étaient amplifiés, au diapason. Il expulsa sa réponse en cherchant les lèvres de son amante.

— Une promesse.

Nirna happa ses lèvres. Puis elle poussa un gémissement et l'incita à se mouvoir en elle de plus en plus profondément. Et tant pis si cela réveillait les autres.

15

Ymaric se réveilla brusquement, l'échine parcourue par un frisson. Une nuit troublée de plus. Cette fois, pourtant, il avait espéré que ses craintes le laisseraient en paix. Ses pensées ne cessaient de s'égarer et de revenir sur la proposition de Phéol et de son étrange amie Templière. Un plan risqué, rempli d'inconnu, dans lequel il lui semblait devoir compromettre sa nature. Un plan en forme de jet de dé, du quitte ou double sans demi-mesure, avec pour résultat la réussite ou la mort. Mais un plan qui comprenait une réelle tentation, celle de mettre un terme définitif à la division de la Claneterre. L'opportunité d'ouvrir une nouvelle page de l'histoire du pays, contre le prix du sang.

Ses yeux papillonnèrent et tombèrent sur le profil d'Astelline. Elle respirait de façon lente et régulière. Sa bouche entrouverte sur un sourire oublieux. Ymaric résista à son envie de l'embrasser et essaya de replonger dans le sommeil.

Il ne lui avait pas encore parlé de l'idée du Somblune, ni à elle, ni à Aegorn ou Pastriön. À personne. Il se doutait déjà de leurs réactions, outrées et incrédules.

Le frisson le parcourut à nouveau, comme un serpent glacé qui remontait le long de sa colonne vertébrale. C'était une sensation inhabituelle, particulièrement désagréable. Il se demanda ce qu'elle pouvait signifier. Il avait entendu parler de ces personnes qui, sans posséder le Don de la Lune, étaient capables de pressentir le danger. Est-ce que ça pouvait être cela ? Ou était-ce autre chose ? Le contre-coup de ses angoisses et de ses doutes peut-être ? Le corps joue parfois des tours quand l'esprit est trop préoccupé. Et en termes de préoccupations, le jeune homme en disposait plus que la moyenne.

Entre l'invasion Gueule, la mort récente d'amis, de proches et de membres de sa famille, ses sentiments pour Astelline, le danger qui les guettait, la guerre... Ymaric ployait littéralement sous les préoccupations. Mais son principal souci, du moins le problème le plus imminent, c'était les Méride.

L'armée des Maisons du Sud campait désormais à moins d'une journée de Sonnecume. On parlait de dix mille hommes ! Alors, il ressassait tout ce qu'il savait à leur propos.

À croire cette Templière, que Phéol persistait à ne nommer que par le nom étrange d'Ombre de Sonnecume, le meurtre de son père et de son frère avait été commandité par Ménisial, le chef de la Maison Méride. Phéol donnait foi à cette accusation, d'autant plus qu'elle faisait sens. L'assassinat de son père avait offert une voie royale à Ménisial pour s'imposer dans le Sud de la Claneterre et provoquer la scission du pays à son grand avantage.

Les grandes lignes de leur complot étaient connues. Les Méride avaient recruté un capitaine mercenaire à Antione, la capitale du Fineter. Le marché avait sûrement été négocié par Philias, le frère cadet de la famille Méride. Ce mercenaire, un Drack du nom d'Irek'rkor, s'était chargé du sale boulot avec sa compagnie. Il avait attaqué et décimé la petite troupe de son père qui faisait route vers Sonnecume.

Philias s'était ensuite contenté de nourrir la zizanie et les doutes au conseil clanique, laissant la peur des Gueules et la guerre faire le reste.

Irek'rkor était le principal lien qui reliait les Méride au meurtre. Pourtant, le capitaine mercenaire ignorait qui était le commanditaire, car les Méride avaient pris garde de ne pas révéler leur nom lors de la signature du contrat. Une précaution sage, lorsque l'on s'apprête à faire perpétrer un acte de trahison.

Pour l'heure, le mercenaire se trouvait avec l'armée du Sud, officiellement engagé par une Maison mineure. Plus probablement, une manœuvre des Méride pour sécuriser leur homme de main, sans que celui-ci s'en doute ! Quoique... Le capitaine drack était visiblement un malin. Il avait exigé des assurances, notamment sur le paiement.

L'argent du contrat était immobilisé dans une banque, à Antione, dans ce qu'on appelait une Confiance. Phéol lui avait expliqué dans les grandes lignes tout ce qu'il y avait à savoir sur ces dépôts que l'on ne pouvait retirer quand présentant un certain nombre de clés. Ce nombre variait en fonction de celui des personnes impliquées et des modalités dont ils étaient convenus. Les mercenaires utilisaient les confiances pour s'assurer que leur commanditaire disposait des fonds nécessaires au contrat. De son côté, le commanditaire s'assurait ainsi que le mercenaire ne toucherait l'argent qu'une fois le contrat effectué. Un bon compromis, quand la confiance n'était pas de mise.

Dans le cas du contrat signé sur la tête du Loup Blanc, il n'existait que deux clés, celle du capitaine drack et celle des Méride. L'Ombre de Sonnecume leur avait rapporté la clé du mercenaire, un simple bout de métal décoré d'arabesques impossibles à reproduire à l'identique. C'était la seule preuve tangible dont ils disposaient. Ymaric rêvait de prendre la seconde sur le corps sans vie de Ménisial Méride. Cela fournirait la preuve indéniable de son forfait. Mais le chef des Maisons du Sud était trop intelligent pour prendre le risque de conserver un tel objet sur lui. Il le conservait plus probablement dans un coffre de son palais, à Castione.

Tout cela taraudait Ymaric. Il voulait révéler la vérité aux Maisons, mais comment faire ? Et surtout, le croiraient-elles ? Celles qui soutenaient les Méride réclameraient des preuves et il faudrait plus qu'un morceau de métal.

C'était là qu'intervenait le plan de Phéol et de l'Ombre. Ils voulaient que le jeune Loup provoque un Taïn. Une vieillerie qu'on ne rencontrait plus guère que dans les contes au coin du feu. Une de ces traditions héritées de la Horde Blanche et en partie liée au Culte Gris, l'ancienne religion des Maisons. Celle-ci connaissait un regain depuis quelques décennies, aussi bien dans le Sud que dans le Nord. Une tradition, donc, envers laquelle les Maisons se sentaient toujours liées. Le plus effroyable, c'était que cela pouvait fonctionner.

Le Taïn était tout sauf un compromis. C'était un duel, un duel à mort. Et rien n'assurait la réussite du projet. D'autant qu'une partie du plan de Phéol et de son amie nécessitait de mettre la main sur la seconde clé de la Confiance. Une tâche qui semblait impossible. Tellement impossible que l'Ombre proposait de tenter le coup au bluff. Encore une raison supplémentaire de grincer des dents.

Le frisson le secoua des hanches aux épaules. Plus froid encore. Il se sentait de plus en plus agité et craignait de réveiller Astelline. Le sommeil le fuyait définitivement. Il décida de quitter la couche avant que l'irréparable n'arrive. La jeune femme ne manquerait pas de s'inquiéter si elle le voyait dans cet état. Il ne souhaitait pas essuyer une salve de questions à laquelle il devrait peut-être mentir.

Il attrapa une longue chemise de nuit et enfila également une cape en fourrure par dessus, car les nuits étaient encore un peu fraîches, puis il se dirigea vers la terrasse attenante à la chambre. Le vent du large chassait les nuages et le ciel nocturne s'en trouvait totalement dégagé. Le frisson continuait de le guider et la sensation qu'il ressentait était telle, qu'il ne s'étonna pas de trouver un homme, tranquillement appuyé contre le parapet, qui l'attendait.

— Vous êtes venu me tuer ?

— Si cela avait été mon intention, ça serait déjà fait.

Ymaric ne parvenait pas à définir son âge. Mais il devinait qui il était. Phéol avait évoqué cet homme aux cheveux blancs comme l'argent. Un homme qui faisait trembler les Templiers et que le mercenaire, jusqu'à récemment, prenait pour une légende. Un mythe semblable à l'Ombre de Sonnecume.

Le jeune seigneur découvrait tout un monde occulte, fait d'Ombres agissant dans les ombres. Des ombres qui tiraient des ficelles, en tressaient parfois, mais le plus souvent, les coupaient. Il ignorait quels étaient les enjeux qui se cachaient derrière ce jeu d'araignées mortelles. Ce qu'il comprenait, par contre, c'était que celui-ci avait des conséquences sur sa vie et qu'il était un de ces pions que certains cherchaient à manipuler. Il savait aussi que l'homme à la chevelure blanche travaillait avec les Méride. Et enfin, il savait que l'Ombre de Sonnecume croyait l'avoir tué. Apparemment, il était difficile de tuer un fantôme.

— Vous êtes le Chasseur, n'est-ce pas ?

L'autre opina doucement de la tête. Il se tenait les bras croisés, habillé de vêtements si noirs qu'on distinguait uniquement sa silhouette. Seule sa tête émergeait, éclatante avec son chef aux longs filaments de lumière. Sa voix était suave, avec un timbre doux et profond.

— Vous me posez un problème, dit-il. Dans presque tous les futurs possibles, vous étiez mort. Et pourtant vous êtes toujours là. Je n'arrive pas à me décider sur votre nature, vous n'êtes pas une proie ordinaire. Le fil ténu de votre destinée semble être soutenu par quelque puissance, sinon il se serait déjà rompu.

— Il est soutenu par la vengeance. Et je déduis de vos propos que ce ne sont pas les Méride qui vous envoient ?

L'autre rit doucement. Il émanait de lui un mélange de suffisance et de fragilité.

— Oh, ce sont bien les Méride qui m'envoient, en quelque sorte. Ils veulent que je vous tue, si les négociations à venir ne tournaient pas en leur faveur. Mais ce que souhaitent les Méride n'est pas nécessairement en accord avec mes objectifs. C'est cela que je suis venu décider cette nuit. Votre vie vaut-elle d'être sauvée et quelle puissance vous protège ? Car la vengeance, jeune Loup, ça ne protège pas. D'ailleurs, quelle vengeance vous animait à Fort Aiglon ? Quelle vengeance vous a permis de survivre à une bataille pareille ? Aucune. Vous auriez dû mourir là-bas.

Ymaric déglutit.

— Eh bien, je ne suis pas mort. Si cela dérange vos plans, j'en suis ravi ! Qui peut affirmer le futur d'un autre avec certitude ? Phéol m'a parlé des pouvoirs de prédiction du Don de la Lune. Aucun avenir n'est certain, car rien n'est écrit. C'est ainsi que l'a voulu Faëlle.

Le Chasseur cessa de s'appuyer sur le parapet du balcon et fit un pas vers le Loup Blanc. Ce dernier sentit la menace que l'homme dégageait.

— Le Somblune sait bien peu de choses, en vérité, sur les pouvoirs de la Lune.

Le jeune homme s'offusqua de sa remarque. Pour ce qu'il en savait, Phéol maîtrisait le Don de la Lune aussi bien que n'importe quel Templier, sinon mieux ! L'autre s'approcha encore, Ymaric pouvait sentir son souffle. Celui-ci charriait une odeur de mort glacée.

— Je suis venu vous sonder, jeune Loup, et par la même occasion, vous verrez.

— Voir quoi ?

Le Chasseur lui montra ses dents. Ymaric eut un geste de recul, mais les mains de son interlocuteur se refermaient déjà sur lui. Elles enserrèrent son crâne comme un étau et les yeux du Chasseur plongèrent dans les siens. Il possédait des iris anthracite et le jeune homme y voyait son propre reflet. Captivé, il sentit soudain happé. Happé comme dans un rêve.

Un brouillard omniprésent recouvre l'horizon. Il se voit, là, étalé sur le balcon, sans vie.

Puis une bourrasque au relent de printemps balaye la scène. Il se retrouve dans une arène, au milieu d'hommes en armes. Il voit Broyeuse, le torse barré d'une hache. Il se voit à nouveau, la tête tranchée, dressée haut par un homme aux habits de brocard.

Encore une bourrasque.

Le voici, dans une ville en feu, divisée par un fleuve. Des masques criards et atroces d'animaux se jettent sur lui. Ils le dépècent.

Bourrasque.

Une autre mort.

Bourrasque.

Une vie qui naît. Puis encore une autre mort, sur le ponton d'un navire.

Bourrasque.

Retour à Sonnecume, il reconnaît la chambre dans laquelle Astelline dort. Mais Astelline n'est pas là et lui se tient dans le lit, la gorge fendue, le sang dehors.

Plus de bourrasque.

Il s'arracha à l'horreur, haletant. Ses jambes fléchirent et il se retrouva à genoux, le cœur tremblant et l'esprit chamboulé. Le Chasseur recula. Il inspira profondément et leva la tête vers les étoiles. Ils restèrent un moment, sans dire un mot. Ymaric ressassait toutes les fois où il venait de se voir mourir. Il s'interrogeait. Le Don de la Lune permettait-il de fabriquer des visions ? Ou étaient-elles vraiment des futurs possibles ? Chacun de ses choix, chacun de ses gestes, semblaient inéluctablement le mener vers une fin violente.

L'homme à la chevelure d'argent semblait également perdu dans ses pensées et il sembla à Ymaric qu'il se passa une éternité avant qu'il ne s'adresse à nouveau à lui.

— Je ne vais pas vous tuer.

Il revint auprès du Loup Blanc et l'aida à se relever. Ymaric avait envie de le haïr, mais tout ce qu'il parvenait à ressentir, c'était un grand trouble.

— Que m'avez-vous fait ?

— J'ai exploré vos futurs. Ce que vous avez ressenti et vu est un effet résiduel.

Ymaric serra le poing. Enfin, la colère remontait à la surface et lui octroyait un regain de force.

— Un effet résiduel ?

L'autre devait sentir sa rage, car il imposa une main glacée sur son épaule qui eut le même effet sur lui qu'une douche froide.

— J'ai vu bien plus. Et maintenant, nous allons avoir une discussion. Assez longue.

— Plutôt crever.

Le ricanement de Chasseur le foudroya.

— C'est ce qui arrivera de toute façon. Mais si vous m'écoutez, vous survivrez peut-être encore un peu. Si vous m'écoutez et que vous survivez aux jours qui vont suivre, alors vous aurez une dette envers moi.

Le Loup Blanc serra la mâchoire. Il savait que cet homme avait participé au complot contre son père, il ignorait son degré d'implication, mais il devinait à quel point il se situait près de l'origine de tout ça. D'un tel homme, il préférait la mort plutôt que de l'écouter. Quant à contracter une dette… L'autre resserra sa poigne sur son épaule.

— Cette dette sera le prix de votre survie, mais vous la connaîtrez par avance.

Le Loup Blanc le repoussa.

— Je préfère tenter ma chance. Je n'ai pas eu besoin de vous pour survivre jusqu'à présent. Vous avez même cherché à me tuer !

— C'est vrai, mais les choses évoluent, c'est le propre de l'existence, rien n'est jamais figé. Les plans les mieux établis peuvent être réduits à rien par un tout petit grain de sable. J'en sais quelque chose, vous avez failli être ce grain de sable pour moi.

— Failli ?

Le Chasseur confirma d'un hochement de tête. Le Loup Blanc se demanda ce qu'il voulait dire par là. Les fragments de ses futurs continuaient de se bousculer dans sa tête. Tout n'avait pas été que mort. Il y avait eu de la vie aussi. Son interlocuteur s'autorisa un sourire. On eut dit qu'il devinait le cheminement de ses pensées.

— Si vous m'écoutez, votre enfant naîtra.

La résolution d'Ymaric se disloqua. Dans un geste incontrôlé, il tourna la tête vers la chambre, vers Astelline. Le Chasseur avait raison, les choses évoluaient, de même que les points de vue, les aspirations et les espoirs. Il inspira, pour chasser la nausée qui le gagnait.

— Comment être sûr que vous ne cherchez pas à me manipuler ? Que vous ne me mentez pas ?

L'autre émit un rire moqueur.

— Il est évident que je cherche à vous manipuler. À vous utiliser, du moins. Mais c'est du donnant, donnant. Vous y gagnez aussi. Quant à d'éventuels mensonges… Vous avez vu vos futurs, c'est quelque chose sur lequel je ne peux pas mentir.

Le Loup Blanc serra convulsivement le poing. Dans ses futurs, il n'avait pas seulement vu sa mort.

— Parlez. Dites-moi quelle sera ma dette.

— Commençons plutôt par parler de votre survie. Dans les jours à venir, vous aurez un choix à faire entre deux possibilités. Mais cela, vous le savez déjà, d'ailleurs, vous hésitez sur la meilleure décision à prendre. Laissez-moi vous éclairer. La première possibilité, la plus facile, vous donnera un répit de quelques mois. Que ce soit par la guerre contre les Gueules où par la lame d'un assassin payé par les Méride, vous mourrez. Reste la seconde, qui pourrait aussi signifier une mort rapide, à moins que vous ne m'écoutiez attentivement.

*****

Elle essayait de conserver son calme. D'un bond, elle passa d'un toit à un autre. Elle se réceptionna en silence sur les tuiles et recommença à courir. Aux abords d'une corniche, elle s'arrêta un instant. Aucun doute, la ville lui renvoyait cette vibration à la fois familière et haïe.

Il est ici !

L'Ombre de Sonnecume ne parvenait pas à y croire. Elle ignorait comment il avait réussi à survivre au poison. Pourtant, la cité lui renvoyait la présence du Chasseur en son sein, sous la forme d'une pulsation froide et bien vivante. Alors, elle reprit sa course. La piste était limpide, une fragrance glacée qui dessinait un fil invisible au-dessus de la cité. Sa ville la guidait.

Elle rassembla ses forces pour l'affronter. La blessure qu'il lui avait faite lors de leur dernière rencontre ne la dérangeait presque plus. La rage et la colère suffisaient à faire disparaître le peu de gêne qui restait. Cette fois, il ne s'en sortirait pas, pas dans sa ville. Sonnecume l'aiderait à vaincre.

La trace menait vers le port. Elle dépassa le Palais du Loup Blanc et utilisa une gargouille pour se propulser jusqu'à une corniche. Elle courut vivement le long de cette dernière, jusqu'à arriver en vue d'un entrepôt situé non loin des quais. C'est là qu'elle le vit enfin.

Il se tenait sur le toit de l'entrepôt. La brise marine faisait voleter sa longue chevelure d'argent. Debout, les bras croisés. Quelque chose clochait. Il ne regardait pas vers la mer, mais droit dans sa direction. Il l'attendait.

Ce constat la fit stopper net sa course. Elle hésita, au bout de la corniche. Elle n'avait qu'un bond à faire pour le rejoindre.

Est-ce un piège ? C'est comme s'il m'avait fait venir.

Lentement, elle tira ses lames. De son côté, il ne cilla pas et conserva les bras serrés contre sa poitrine.

— Te ferais-je peur ? Même ici ?

Elle grogna et observa avec attention les alentours. Tout indiquait qu'il était seul, mais elle n'excluait pas la possibilité d'hommes de main cachés dans l'entrepôt. Elle resta sur la corniche et posa la question qui lui brûlait les lèvres.

— Comment peux-tu encore être en vie ? Ma lame était enduite de poison. Je t'ai vu fléchir et t'enfuir en titubant !

— Oui. D'ailleurs cela m'a surpris de ta part, un tel artifice. Du venin de scorpion de la passe…

L'Ombre de Sonnecume détourna le regard.

—Il ne t'était pas destiné. Mais qu'importe, puisqu'apparemment tu avais l'antidote.

— Non, je n'en avais pas.

Elle pencha la tête de côté, surprise et incrédule. Elle essayait de flairer le danger.

— Que racontes-tu ? Personne ne survit à ce poison sans antidote.

Il leva la tête vers les étoiles, comme quelqu'un qui les contemple pour la dernière fois. Un peu plus loin, on voyait nettement la tour de la capitainerie du port de Sonnecume, où un feu constant était allumé. Il pointa son menton dans la direction de l'édifice.

— Tu te souviens, c'est dans cette tour que nous nous sommes embrassés, la première fois. Je voulais que notre dernière rencontre ait lieu là-bas, mais je t'ai senti qui me rattrapais. J'ai su que je n'y arriverais pas.

Sous sa cagoule, l'Ombre plissa les yeux. Elle se méfiait toujours. Le chasseur avait pour habitude de troubler ses proies et d'endormir leur vigilance. Elle resserra sa prise sur ses lames et les tendit devant elle. Il la regarda faire avec un air détaché.

— Ne t'inquiète pas, tu l'auras ta vengeance. En vérité, je suis déjà mort.

Il tendit son bras droit devant lui et elle s'aperçut qu'il tremblait légèrement. Pas un tremblement feint. Un tremblement incontrôlé.

— Le poison est toujours dans mes veines.

Elle souffla malgré elle.

— C'est impossible…

Il émit un rire léger et brisé.

— Quel dommage que je me sois montré incapable de te détourner des Templiers. Il y a tant de choses que j'aurais pu t'apprendre. Le Don de la Lune peut ralentir et réduire les effets du venin. J'utilise la plus grande partie de mon énergie à cela. Mais je reste un mort en sursis. Je pourrais peut-être tenir quelques semaines de la sorte, un mois tout au plus. Survivre jusqu'à la fin. Mais la seule survie ne m'intéresse pas.

Elle commençait à le croire. Elle quitta enfin sa corniche et franchit d'un bond les deux mètres qui la séparaient du toit de l'entrepôt. Elle se réceptionna avec un roulé-boulé qui l'amena à trois mètres du Chasseur. Il ne bougea pas pendant qu'elle lui crachait au visage.

— Qu'espères-tu ? M'amadouer pour que je ne te tue pas ? Moi, je pense qu'il ne te reste plus que quelques minutes à vivre. Pourquoi donc es-tu revenu ?

Il haussa les épaules et arbora à nouveau ce petit sourire suffisant.

— Pour honorer ma dette envers toi.

L'Ombre se dressait, menaçante. Ses deux lames vibraient sous l'effet de sa crispation et de sa colère.

— Une dette ! cria-t-elle. Comment oses-tu appeler cela une dette ! Un amour brisé et un mentor assassiné ! Ce n'est pas quelque chose qu'on honore, c'est quelque chose que l'on arrache et que l'on transperce !

— Alors fais-le ! Je suis venu pour ça, ta lame dans mon cœur.

Ces mots l'estomaquèrent. Elle s'était encore approchée. Un mètre seulement les séparait. Sa lame droite tendue pointait vers sa poitrine. La gauche se tenait en retrait, vigilante et attentive.

L'Ombre grappilla quelques centimètres. Ses motivations personnelles devenaient soudainement incertaines.

— Si seulement tu ne l'avais pas tué.

— Je n'avais pas le choix, je suis ce que vous autres, les Templiers, appelez un Maudit, un Renégat. J'étais venu à Sonnecume dans cet unique but, avant même de te rencontrer. Pour protéger ce que je suis, ce que je garde, ce que j'espère. Il le savait, il l'avait deviné. C'est pour ça que je l'ai tué.

— TAIS-TOI !

Il avait baissé les bras et lui offrait sa poitrine, sans défense. La lame de l'Ombre le frôlait. Il fixait ses yeux bleus, intenses, froids, implacables, bouleversés. La seule part d'elle-même qui transparaissait hors de son costume noir.

— Décide-toi. Quoi qu'il arrive, je meurs cette nuit. Soit de ta lame, soit en laissant le poison agir.

Il parlait avec une sérénité troublante. Il avança, même pour que la dague se presse contre sa poitrine. Il ne demandait que ça. C'était peut-être ce qui fit reculer la Templière. Ou l'amertume des souvenirs.

— Crève comme tu veux, mais ne compte pas sur ma lame pour t'absoudre.

La tête du Chasseur s'infléchit vers le bas. Il la laissa prendre de la distance, puis il pivota légèrement pour regarder la mer. Le temps suspendu du ressac cohabita un moment entre eux, puis elle le vit s'asseoir avec difficulté.

— Alors, tu ne mens pas. Ça a commencé, hein ?

Il ne répondit pas. Il continua de regarder la mer, mais ses membres tressautaient de plus en plus souvent. Ces mouvements incontrôlables trahissaient la destruction des centres nerveux par le poison. L'Ombre savait que c'était douloureux, très. Elle commença par sourire, méchamment, mais cela ne s'accordait pas avec ce qu'elle ressentait vraiment. Elle tentait de jouer un rôle, alors qu'elle n'aspirait qu'à revenir en arrière, à cette nuit fatidique où l'amant avait tué le mentor. Quand la jeune fille était devenue froide, une gelure qui hantait Sonnecume.

L'enfoiré.

Elle l'attrapa par l'épaule et le tira en arrière. Ses yeux croisèrent son visage. La sueur perlait sur le front du Chasseur et des tics agitaient ses joues. La douleur devait être atroce.

Enfoiré.

Elle porta un coup rapide, droit au cœur, et y laissa plantée sa lame. Elle sentit une vague de froid remonter sur le pommeau. Du givre commença même à s'y former. Les tics et les soubresauts qui secouaient le Chasseur cessèrent. Ses yeux vivaient toujours et la fixaient. Elle arracha sa cagoule et la jeta au loin. Ses pupilles resplendissaient d'humidité. Il réussit à tendre une main vers son visage. Il effleura sa joue. Elle recula la tête.

— Quels pouvoirs as-tu donc pour refuser encore de mourir ?

Il amorça un sourire. Sa main glissa sur la tunique de cuir de la Templière. Elle l'attrapa. Elle n'était plus qu'un bloc de glace. Il bougea les lèvres. Elle se pencha. Un murmure. Elle se pencha encore.

— Le Loup Blanc. Un jour, tu tueras le Loup Blanc.

Elle ne comprit pas, ou ne voulut pas comprendre, tandis qu'il la fixait toujours. Le froid augmenta encore, de la glace s'empara de ses yeux et l'anthracite vira au givre. Elle vit son souffle qui s'échappait de sa bouche en buée de plus en plus ténue. Puis, il n'y eut plus de buée. Rien d'autre que le temps suspendu du ressac.

L'Ombre de Sonnecume tremblait et le froid n'avait rien à y voir. L'horreur des derniers mots du Chasseur la pénétrait aussi sûrement qu'une lame.

Enfoiré.

16

— Vous n'avez pas vu le Salandrin ? Narder O'Kal ?

La femme secoua sa tête rondelette dans un signe de déni.

— Désolé bonhomme, je n'ai pas vu ton homme.

Madiar inclina le menton. Il posait cette question depuis le matin et recevait toujours la même réponse.

En notant l'absence de son maître à la collation matinale, son sentiment s'était lentement mué d'un étonnement intrigué en une inquiétude profonde. Jamais Narder ne les aurait abandonnés, lui et sa mère, sans la moindre explication.

Sevré de son maître, le garçon se rendait compte à quel point il se sentait vulnérable ici. À quel point il était un étranger en exil. Les gens de la forteresse le considéraient avec égard, mais ils se gardaient bien d'aller au-delà de la simple déférence due à son rang et son statut d'invité du maître des lieux.

Seul le Maréchal Wortimel se permettait quelques familiarités avec lui, sans doute car il était un ami de longue date de son père. Les deux hommes s'étaient rencontrés voilà plus de quinze ans, alors le Maréchal ne possédait encore que le rang de capitaine et qu'Aegorn n'était pas encore seigneur de Gardenor, mais un jeune noble plein d'entrain et avide d'aventure.

Le second s'était joint à une expédition que menait le premier contre une troupe de brigands qui avaient installé leurs quartiers dans la forêt d'Argent. Une solide amitié s'était aussitôt nouée entre les deux hommes, jamais démentie depuis. Tous deux férus d'histoire militaire et de stratégie, ils communiquaient principalement de façon épistolaire, s'échangeant des conseils ou relatant et débattant sur tel ou tel événement.

En effet, les fonctions de Wortimel l'amenaient à sillonner toute la République de Chime et même au-delà. Il avait escorté des diplomates à travers le désert des Tribades, ferraillé avec des malandrins en terre Lycanne et participé à au moins l'un des nombreux sièges contre la cité libre de Perle.

Ce n'était que récemment qu'on lui avait attribué le titre de Maréchal de l'Ouest, ainsi que la commanderie de la Margos. Une reconnaissance que certains jugeaient tardive. L'homme avait dans les quarante cinq ans. Mais il se disait aussi que Wortimel avait refusé à plusieurs reprises des postes similaires, peut-être effrayé à l'idée de s'installer dans une routine ou de créer des attaches.

Car, tout à sa carrière militaire, il n'avait jamais pris le temps de fonder une famille. Solitaire en amour, dévoué à ses soldats, Wortimel avait finalement cédé et accepté, en même temps que la commanderie de la Margos, d'enfin poser son aire dans cette forteresse.

De fait, les vastes appartements du Maréchal, où il accueillait Alena et son fils, demeuraient vides la majeure partie du temps. Une aire froide et fruste, qui convenait parfaitement au tempérament de l'officier, mais dans laquelle Madiar réalisait toute la différence entre celui-ci et son père. Et la disparition inquiétante de Narder mettait en exergue cet état de fait.

Le garçon soupira. Lui et sa mère avaient informé le Maréchal et ce dernier avait promis de faire tout son possible pour comprendre ce qui se passait et découvrir où était passé le Salandrin. Quelques-uns de ses serviteurs et soldats fouillaient en ce moment même la forteresse, tandis que d'autres étaient partis interroger les habitants de Mès-les-tours, la petite bourgade qui côtoyait la Margos.

Wortimel pensait que le Salandrin, qui restait un homme avant tout, avait peut-être eu l'envie de s'offrir les services d'une gourgandine. Avec la guerre et l'afflux des guerriers, de nombreuses roulottes de femmes à soldats campaient à l'ombre de la Margos, en compagnie des bonimenteurs, des diseuses de bonne aventure et des forains que cette manne attirait.

L'explication avait d'autant plus de sens que bientôt, l'armée templière partirait pour la Claneterre. Les roulottes ne prendraient certainement pas le risque de les suivre dans un territoire en proie aux pillages Gueules, mais elles s'en iraient à leur tour, vers des destinations plus prometteuses ou les abords d'une grande ville.

Le Maréchal avait ri en prétextant que toute l'affaire s'achèverait quand on retrouverait le Salandrin tout penaud, vautré dans des draps de soie en charmante compagnie.

Mais Madiar était beaucoup moins confiant que le l'officier chiméen. L'homme que celui-ci décrivait ne correspondait pas au Narder que lui connaissait. Les heures passaient et il se morfondait. Sa mère, tout aussi anxieuse et soupçonneuse que lui, le confinait aux appartements du Maréchal. Le garçon se rongeait donc les doigts depuis sa chambre, le balcon ou le salon où le Maréchal recevait ses rares visiteurs. Depuis les hauteurs, il observait les allées et venues hors de la forteresse dans l'espoir de distinguer la silhouette familière de son mentor et, dès que quelqu'un passait à sa portée, il lui posait toujours sa fameuse question.

— Vous n'avez pas vu le Salandrin ? Narder O'Kal ?

Et il obtenait toujours la même réponse.

Finalement, alors que la matinée touchait à sa fin, incapable de supporter plus longtemps cette situation, il décida d'utiliser les enseignements de son maître pour se faufiler sous le menton des gardes et partir à sa recherche.

Il se laissa envahir par le Don de la Lune. Rapidement, l'énergie afflua dans ses membres et il se concentra pour trouver la voie du Lycan en lui. Narder lui avait appris comment utiliser cette dernière pour masquer sa présence. Déjà, à la Citadelle Gardenor, il s'amusait ainsi à échapper à la vigilance de ses chaperons. La magie lunaire agissait comme une sorte de voile qui troublait la perception. S'il se montrait suffisamment discret, il pouvait presque devenir invisible.

Quitter les étages ne s'avéra toutefois pas aussi difficile que ce à quoi il s'attendait. La surveillance au sein de la forteresse était relâchée et les sentinelles postées ici ou là, bavardaient plus qu'elles ne gardaient.

C'était la première fois que Madiar explorait ainsi la Margos. Il gardait un souvenir assez confus de son arrivée et, dès le début, il était surtout resté dans les appartements des étages supérieurs. Pour veiller sur sa mère avec Narder d'abord, puis par simple précaution.

Wortimel leur avait bien fait une visite rapide de sa forteresse, mais il leur avait surtout présenté les éléments remarquables de l'édifice. Le donjon principal, l'ancienne salle des cartes et surtout, les galeries qui menaient aux mécanismes qui permettaient d'actionner les trois gueules de la Margos, ces formidables machines de guerre créées par les Templiers, voilà des siècles déjà.

Cette fois, Madiar s'enfonçait dans les méandres du quotidien. Il dévala d'abord un escalier en colimaçon, que visiblement les domestiques utilisaient pour desservir les étages. Sur le chemin, il passa devant des chambres et des cuisines, ainsi que des dépendances. Dans une de ces dernières, il chipa un saucisson qu'il entreprit de dévorer en guise de déjeuner.

Tout en bas, enfin, il déboucha dans une étable où l'on entretenait divers animaux, tels des moutons, des cochons ou encore des chèvres. Cette étable ouvrait sur une basse-cour où des poules et des cailles piaillaient bruyamment. Un groupe d'enfants leur distribuait des graines tout en s'amusant et se chamaillant.

Madiar les envia vaguement. Il y a quelques mois à peine, il les aurait sans doute rejoints, mais désormais leurs petits jeux lui semblaient bien ternes. C'était leur insouciance qui lui manquait. Il avait perdu la sienne le jour où les Gueules avaient attaqué leur convoi qui faisait route vers la Margos. Depuis, sa seule compagne de jeu avait été une jeune guerrière Gueule et leur principal amusement consistait à croiser le bois et échanger des passes d'armes.

Le garçon serra le poing alors que l'image du masque de Magwélé se matérialisait dans son esprit. La Louve jaune avait été emportée dans les eaux glacées de la Soronne. Il ne la reverrait plus. Le cri qu'il avait poussé alors, continuait de résonner dans son cœur et d'étrangler sa gorge. De tous ceux qui l'avaient accompagné dans son périple, il ne restait plus que sa mère et Narder. Et voilà que celui-ci manquait à l'appel !

Son poing se serra davantage et il essaya de se remémorer certains tours qu'il lui avait appris. Le Salandrin lui avait expliqué que la voie du Lycan pouvait également servir à la chasse. Comme une prémonition, il facilitait la découverte des traces et des pistes laissées par les animaux. Narder n'était pas un animal, à proprement parler, et Madiar n'avait jamais expérimenté cet aspect de son Don, mais il se devait d'essayer.

Il commença par quelques essais infructueux, s'imaginant occuper à suivre la piste de l'un des animaux de l'étable. Les rires des enfants semblaient se moquer de ses échecs successifs. Si bien qu'il abandonna et s'en remit à son idée première. Fureter jusqu'à ce qu'il découvre une information susceptible de le mener à son mentor.

Il traversa la cour, de recoin en recoin, pour entendre ce qui se disait. La plupart des conversations étaient anodines. Deux palefreniers qui discutaient de la meilleure façon de ferrer un cheval. Une lavandière qui gloussait toute seule en se remémorant sa nuit et les caresses de son amant. Un vieil édenté qui houspillait une bande de gamins. Un garde qui se faisait mousser auprès d'une jeune boulangère en fanfaronnant sur la meilleure façon d'occire du Gueule.

Rapidement, Madiar comprit l'inutilité de sa méthode, d'ailleurs, il n'avait pas vraiment espéré retrouver Narder de cette façon. Il se rendait compte que le but réel de son escapade était d'échapper à la chape de plomb qui pesait sur lui depuis des mois. Ces fragments de conversations qu'il volait à l'insu des gens le transformaient en voyeur, mais ils lui rappelaient aussi que, malgré la guerre et les ombres terribles qu'il devinait derrière ces événements, il était encore possible de mener une vie simple et sans crainte.

Il se prit à espérer que lui aussi pourrait retourner à cet état de quiétude. Quand son père, avec le Loup Blanc et les Templiers, aurait vaincu les Gueules. Quand cet Aurochs Rouge qui cherchait à reprendre sa mère serait mort, ou chassé dans sa sombre forêt. Quand ils seraient à nouveau réunis tous les trois à la Citadelle Gardenor.

Pourtant, au fond de lui, il savait que même si tout cela se réalisait, plus jamais il ne connaîtrait cette quiétude. Car l'invasion Gueule avait réveillé un passé auquel il ne pouvait pas se soustraire.

Tout à ses pensées, il n'avait pas remarqué l'agitation grandissante qui animait la citadelle. Ce furent d'abord quelques gardes qui furetaient, soudainement bien plus vigilants. Puis, certains commencèrent à courir, on fit apprêter des chiens de chasse auxquels on fit renifler une chemise de nuit. La sienne. On le cherchait.

Il s'autorisa un sourire. C'était une occasion unique de tester ses talents.

Dans le grand salon du Maréchal, Wortimel essayait de rassurer Alena, mais c'était une tâche apparemment impossible. Lui-même était fébrile. Après Narder, voilà que Madiar disparaissait à son tour !

Il se refusait à imaginer le pire, mais étant donné les circonstances, il était difficile de ne pas y penser. Si jamais il arrivait malheur au fils de son ami, il savait qu'il ne s'en remettrait pas. Lui et sa mère étaient venus à la Margos en quête d'un refuge, et voilà comment il les accueillait ! En laissant les périls les menacer.

Alena faisait les cent pas, agitée et tremblante. Elle serrait ses épaules et cachait ses frissons sous une robe épaisse et une écharpe duveteuse. Elle se savait sur le point de rompre. Son corps déjà éprouvé par la glace qui la rongeait de l'intérieur, son esprit torturé et épuisé… Il suffisait d'un fil pour que tout son être se brise.

— Madiar…

— Je suis là, mère.

Le jeune garçon s'avança dans le salon sous le regard stupéfait de Wortimel et Alena. Ni l'un ni l'autre ne l'avaient vu ou entendu entrer dans la pièce. Les sentinelles à l'extérieur n'avaient pas donné l'alerte, à croire que l'enfant se trouvait dans le salon depuis le début. La jeune femme se leva précipitamment et courut jusqu'à lui, partagée entre le soulagement, la colère et la joie.

— Où étais-tu passé ?

Madiar ne répondit rien et se laissa capturer par les bras aimants de sa mère. Elle le serra contre elle et lui communiqua une partie de la tension qui l'habitait. Il sentait que l'irrévocable s'était déjà produit. Au fond de lui, quelque chose se résignait et se durcissait.

— Qu'y a-t-il ?

Alena le prit par les épaules et le fixa de son regard défait.

— Ils l'ont retrouvé. Narder. Ils l'ont retrouvé.

La tonalité employée ne présageait pas la fin heureuse et penaude que Wortimel avait imaginée. Le durcissement qui s'emparait de Madiar s'accentua davantage. Il pouvait presque sentir comme des feuilles métalliques qui se déployaient autour de son cœur pour le priver de toute émotion.

— Qui ? demanda le garçon.

— Un berger, répondit la jeune femme en se méprenant sur le sens de la question. Tôt ce matin, alors qu'il allait faire boire ses bêtes le long du fleuve, il a remarqué une tache sombre dans l'eau. Il a cru à un amas de vêtements coincé dans des racines, près de la rive… Ils l'ont égorgé Madiar ! Ils ont tué Narder !

— Qui ? répéta le garçon.

Son expression atrocement figée fit bégayer Alena qui buta sur ses mots. Ce fut finalement Wortimel qui apporta une réponse.

— J'ai ordonné une enquête. Mais je vais être franc, il sera très dur de retrouver les coupables. Il peut aussi bien s'agir de forains, auprès desquels il aurait contracté une dette, que des gens d'ici, par bêtise raciste, même des Templiers… Et… il pourrait aussi s'agir d'ennemis d'Aegorn ou du Loup Blanc qui cherchent à les atteindre en s'en prenant à vous. Cette dernière hypothèse m'inquiète particulièrement. J'ai donc ordonné de doubler la garde. Et à l'avenir, jeune aiglon, je ne peux que vous conseiller fortement de ne plus tenter la moindre escapade.

Madiar inspira fortement. Il se demandait pourquoi son Don ne l'avait pas prévenu, pourquoi aucun de ses rêves n'avait jamais montré ce revers. Doucement, une larme se fraya un chemin. Alena le serra à nouveau contre elle.

— Merci Maréchal. Je crois que nous avons besoin d'être seuls.

— Je comprends. Je ne serai pas loin.

Elle le remercia d'un sourire chagrin et le regarda quitter la pièce sans rien ajouter. Les larmes de Madiar coulaient désormais en abondance. Elle lui prit le menton et le força à la regarder dans les yeux.

— Nous devons prendre cela comme un avertissement. Nous sommes seuls, désormais. Nous ne devons compter que sur nous-mêmes et nous méfier de tous.

— Pourquoi, mère ? Pourquoi autant de gens meurent autour de nous ? Bïorn, Mägwelé et maintenant Narder ? Cela ne cessera-t-il jamais ?

Alena soupira. Elle-même ne comprenait que trop bien la lassitude et la détresse que ressentait son fils.

— Cela cessera un jour. Et toi, j'espère que tu le verras.

— De quoi parlez-vous ?

La jeune femme essuya les larmes du garçon avec son pouce, puis elle glissa sa main dans ses cheveux.

— Il est temps que j'achève de te raconter l'histoire de nos ancêtres, celles des premiers bénis de la Dame, choisis pour vaincre les Élémentaires.

17

Philias chevauchait à la tête de la délégation du Sud. Le frère cadet de la Maison Méride avait la charge de mener les négociations avec le jeune Loup. Voilà longtemps qu'il assumait les fonctions de messager et de diplomate pour le compte de son frère, si bien que beaucoup dans la cité connaissaient son visage. Pour l'occasion, il portait une tenue d'apparat, composée de tissus coûteux, mais qui demeurait sobre par sa coupe. Une cape brodée d'or, sans rehauts de fourrure ni fioritures, un plastron de cuir clair, estampillé aux armes de sa famille, des bottines entrelacées de fils d'argent, ainsi qu'une épée au pommeau richement travaillé composaient le principal de sa mise.

Avec lui, venaient une demi-douzaine de représentants des clans méridionaux. Le plus notable était Honast Erg-Sable. Sa famille passait pour l'une des rares à pouvoir tenir tête aux Méride dans le Sud. Les Erg-Sable étaient l'une des vingt Grandes Maisons qui siégeaient au conseil de la Claneterre. Honast se trouvait à Sonnecume, quand les événements avaient dégénéré et que l'assassinat du Loup Blanc avait précipité les Maisons dans le chaos. Il n'avait accepté de soutenir Ménisial Méride que par obligation, persuadé que la Maison Louve avait été détruite dans la tourmente de la guerre et que Fréost Costière menait le pays à sa ruine. À défaut d'offrir la solution idéale, les Méride proposaient-ils au moins une alternative au chaos.

La réapparition d'un Loup Blanc et les récentes victoires de ce dernier modifiaient la situation. L'action des Méride prenait davantage l'allure d'une sédition que d'une tentative de sauver ce qui pouvait l'être. Cependant, ils étaient déjà allés trop loin et ne pouvaient plus reculer.

Ménisial, le chef de la Maison Méride, avait exposé son point de vue lors d'un discours éloquent la veille. Pour lui, tout était simple. Le Loup Blanc s'était emparé du trône de la Claneterre par la force, sans vote des Grandes Maisons. Il n'avait pas plus de légitimité que les Méride à gouverner. De fait, son geste entérinait la division de la Claneterre entre le Nord et le Sud. Une division qui préexistait déjà, selon le tout récent Roi du Sud. Les mots de Ménisial avaient trouvé un auditoire en grande partie acquis à sa cause.

Philias affichait une expression ferme et sereine, mais à l'intérieur, il était sujet à une grande tension. Les premiers signes de dissensions étaient apparus au sein de la coalition qui soutenait les Méride. Des seigneurs tels que Honast Erg-Sable, à défaut de remettre en question la légitimité des Méride à gouverner, s'interrogeaient sur la nécessité de diviser le pays.

Or, la délégation menée par Philias n'avait pas d'autres buts que d'entériner cette division. En contrepartie, les Méride proposaient de soutenir les Maisons du Nord dans leur lutte contre les Gueules. Ménisial était prêt à fournir de trois à cinq mille hommes. Un geste de bonne volonté qui visait autant à conserver les bonnes faveurs des clans du Sud, qui pour la plupart n'acceptaient pas d'abandonner ceux du Nord à leur sort, qu'à forcer la main du Loup Blanc.

En effet, comment le jeune Ymaric pourrait-il refuser une telle offre sans se mettre dans une situation encore plus délicate ? Malgré sa récente victoire, le nouvel homme fort de Sonnecume n'était pas en position idéale pour négocier avec les Méride. Il ne pouvait pas leur imposer de lui prêter allégeance et, sans leur aide militaire, repousser l'invasion Gueule serait extrêmement compliqué.

Du moins, c'était ce que pensait Ménisial. Philias se montrait moins affirmatif. On disait du jeune Loup qu'il possédait un tempérament sanguin. Jusqu'à présent, tout lui réussissait, il pourrait être tenté de forcer son destin au-delà du raisonnable. De plus, Philias savait que tous les événements qui se produisaient aujourd'hui étaient en partie les conséquences de ceux qui, trente ans plus tôt, avaient permis à sa famille de chasser le Dernier Loup Régent pour installer les Costière à sa place. Il y avait donc un goût de revanche qui flottait dans l'air de Sonnecume.

Enfin, Philias n'avait plus de nouvelles de son étrange allié, cet homme aux cheveux d'argent que l'on appelait le Chasseur. Jusqu'à présent, celui-ci avait été de bon conseil. La plupart de ses prophéties s'étaient concrétisées. Toutes, sauf une. La Maison Louve n'avait pas disparu. Et de fait, depuis l'annonce de la réapparition d'Ymaric, le Chasseur n'était plus exactement le même. Il se montrait plus silencieux encore qu'à son habitude, lui qui s'entourait déjà de tant de mystère. Et voilà deux jours qu'il ne se montrait plus du tout ! Ménisial avait balayé cette absence d'un revers de la main. Après tout, leur arrangement n'avait jamais été prévu pour durer. Ses services ne leur étaient plus d'aucune utilité et bientôt, le Loup Blanc courberait l'échine devant la proposition des Méride. Dans un sens, Philias savait que son frère avait raison. Ymaric ne pouvait refuser. Ils s'apprêtaient à négocier la paix d'une guerre qui n'avait même pas commencé. Une guerre qu'aucune des parties ne souhaitait.

Ils arrivaient maintenant au niveau des portes de la ville. Les battants ouverts et une foule nombreuse les attendaient, ainsi qu'une rangée de soldats. Personne ne leur barrait la route, au contraire, c'était comme un chemin tout tracé. Philias intima à son escorte de ne faire aucun geste équivoque, puis ils s'engouffrèrent sous le portique.

Les habitants de la cité se révélaient polis et curieux. Si certains montraient ouvertement leur hostilité, la plupart préféraient adopter une attitude neutre. Philias y voyait une preuve supplémentaire que nul ne savait à quoi s'attendre. Il accrocha le regard d'Honast Erg-Sable. Celui-ci avait également remarqué la tension qui les entourait comme ils remontaient vers le Palais. De par l'importance de sa Maison, Honast n'avait pas pu être écarté de la délégation. Philias espérait que son attitude ne perturberait pas les négociations.

Le Méride soupira imperceptiblement. Son esprit n'était pas tout à fait à la foule qui les accueillait. Il ressassait les événements qui les avaient amenés à ce moment précis.

Le jour même où les premières rumeurs sur l'agitation Gueule lui parvinrent, il reçut également la visite du mystérieux Chasseur. Celui-ci lui avait d'abord parlé du passé. Il semblait tout savoir. Comment les Méride avaient utilisé leur or pour corrompre quelques Templiers et des serviteurs de la Maison Louve. Comment ils avaient manipulé l'opinion des Maisons et répandu des rumeurs entremêlées de mensonges et de vérités à propos du Dernier Loup Régent.

Il connaissait ses aspirations, ses désirs, ainsi que ceux de son frère. Il prétendait savoir comment les satisfaire. Il lui parla du futur. Où plus exactement, des futurs possibles et de la façon d'influer sur les événements pour leur donner une tournure profitable et à leur avantage. Tout cela était monstrueusement tentant. Mais il fallait agir vite, sous peine que ce moment favorable passe et que sa famille soit obligée d'attendre trente ans de plus avant la prochaine opportunité.

Ce que les Méride y gagnaient était évident. Du pouvoir, de la richesse, un royaume. Ce que le Chasseur récoltait en contrepartie se révélait beaucoup plus nébuleux. Du moins, il ne s'était jamais montré explicite sur ce point. Tout ce que Philias avait réussi à comprendre ou à deviner, c'était que cela avait un rapport avec les Templiers. Une histoire de secret enfoui qu'il valait mieux ignorer.

Dans une certaine mesure, le cadet des Méride n'ignorait pas qu'ils avaient été des instruments utilisés par un personnage tortueux dans le but d'atteindre un objectif qui les dépassait. Philias se demandait quel pouvait être ce dessein en question. Quelle importance il devait avoir pour dépasser celle d'un royaume ou d'un pays, pour autoriser autant de morts et de trahisons. Jusqu'à récemment, tout cela le dérangeait peu. Qu'importait d'être un pantin si on y trouvait son compte ? Qu'importaient les mystères des uns tant que ses propres secrets restaient bien gardés ? Seulement, voilà que ses certitudes commençaient à s'effilocher, maintenant qu'il n'était plus aussi sûr de la réussite du projet.

La délégation arrivait au palais. Ils passèrent devant les grilles ouvertes et poussèrent jusque devant les portes. Une foule maintenue à distance par des soldats se pressait sur la place. Philias reconnaissait dans ces soldats des miliciens de l'ancienne Régence, mais on avait cousu à la hâte des faciès lupins sur les plastrons et les tuniques, ainsi qu'une cocarde blanche sur les casques. D'autres signes montraient le changement de régime intervenu dans la capitale. Si les oriflammes marquées de l'arbre clanique subsistaient, elles étaient invariablement accompagnées d'un drapeau aux couleurs de la Maison Louve.

Sur le parvis, une guerrière au visage couturée les attendait, droite et fière sous le porche. Les représentants et leur escorte s'arrêtèrent à une distance respectueuse et mirent pied à terre. Philias s'avança jusqu'au pied des marches et s'inclina devant elle.

— Mes hommages, Dame de la Louve. Comme vous le savez, je suis venu parler avec le Loup Blanc. Ces hommes et ces femmes, ici, seront mes témoins et garants.

La guerrière le toisa avec froideur.

— Je suis Broyeuse et je garde ce Palais. Vous et les autres représentants êtes admis à entrer, avec vos armes. Mais votre escorte doit rester dehors.

Philias acquiesça à cette restriction et fit signe à l'escorte d'obtempérer. Celle-ci, composée d'une vingtaine d'hommes, comprenait pour moitié des soldats de la Maison Méride. Les autres appartenaient aux clans des différents représentants, dont quatre de la Maison des Sables.

Les soldats rechignèrent un peu à laisser ainsi leurs seigneurs respectifs, mais l'attitude de Broyeuse les persuada de ne pas renâcler trop fort. Satisfaite, la guerrière s'effaça pour laisser la délégation gravir les marches et entrer dans le grand hall.

À l'intérieur, une foule d'une autre nature les attendait. Il s'agissait des notables de la ville et des membres de Maisons présents dans la cité. Près de chaque colonne, un fantassin habillé des armes de la Louve se tenait en position. Colonnes et fantassins délimitaient ainsi une voie qui s'ouvrait à la délégation. Philias s'engagea avec assurance et les autres lui emboîtèrent le pas.

Broyeuse ferma la marche, flanquée de part et d'autre par trois fantassins.

Le cadet des Méride en profita pour détailler la salle et ses occupants. Il y avait plus d'une centaine de personnes ici et il reconnaissait certains visages. Là-bas, un armateur avec lequel il avait fait affaire une fois. Ici, la doyenne de la Maison des Rocreux. Il la croyait morte, la douairière !

Mais rapidement, son regard se fit happer par l'estrade, au fond, qui surélevait les places d'honneur. En son centre, le trône restait identique, si ce n'est que Fréost Costière avait cédé sa place à un jeune homme au regard pénétrant. Philias n'avait rencontré Ymaric qu'une fois, alors que celui-ci accompagnait son père à l'occasion d'un Conseil clanique. Il possédait les mêmes yeux vert clair, sous une tignasse sombre qui mettait en valeur les traits de son visage. Toutefois, Fréost n'était pas très loin du trône, assis sur l'une des quatre places d'honneur, à gauche. Seul Pastriön d'Élan le séparait de son ancien siège. À droite du Loup Blanc, il reconnut facilement Aegorn Gardenor. L'Aigle du Nord scrutait également la délégation de son regard gris perçant, suffisamment pour mettre mal à l'aise. Et encore à la droite du seigneur du Nord, il y avait une jeune femme, bien droite et fière. Philias ne l'identifia que grâce à la bannière qui surplombait son siège. Une Lacustrel, probablement la fille du vieux Thiorn, puisque l'on disait que celui-ci était mort en défendant Mès-les-bains. Le Méride hoqueta. Ainsi, les deux grandes Maisons du Nord, rivales depuis toujours, se retrouvaient réunies sous la bannière du Loup Blanc.

Ils arrivaient maintenant au niveau du trône. Philias s'arrêta à moins de trois mètres de l'estrade et inclina légèrement le buste en signe de respect. Face à lui, le Loup Blanc demeura impassible et c'est presque avec ennui qu'il accueillit le messager du Sud.

— Je vous souhaiterais la bienvenue, Philias, mais les gens simples disent que quand un serpent entre dans sa maison, mieux vaut lui couper la tête que lui laisser le temps de persifler.

Cette phrase souleva un murmure d'étonnement dans l'assemblée et des soupirs d'indignations au sein de la délégation. Philias s'étonna par-devers lui d'une telle entrée en matière et se demanda ce qu'espérait obtenir leur hôte en se montrant aussi grossier envers les délégués. Mais celui-ci se tournait vers eux avec une expression légèrement adoucie.

— Cette remarque ne concerne pas tous les représentants de cette délégation. Soyez les bienvenus.

Philias serra le poing en entendant cela.

Ainsi, il vise explicitement les Méride. S'il s'agit d'une tentative pour nous diviser, elle est bien maladroite !

— Étrange façon, en vérité, d'accueillir une délégation venue en paix.

Ymaric se pencha vers lui.

— La dernière fois que vous êtes venu proposer un accord à un membre de ma famille, celui-ci a connu un destin des plus funestes. Excusez-moi si je ne suis pas très enthousiaste à l'idée de vous écouter.

Cette référence à peine dissimulée à l'assassinat du vieux Loup provoqua une nouvelle vague de murmures, ainsi que la protestation de Philias.

— Ma Maison n'a rien à voir avec le meurtre de votre père !

Le Loup Blanc se leva et s'avança jusqu'au bord de l'estrade. Tous purent voir qu'il portait une armure de maille complète, comme pour aller à la guerre. Et l'épée qu'il portait ne pouvait en aucun se comparer à celle d'apparat qui ornait le flanc de son interlocuteur.

— Pourtant, sans sa mort, nous ne serions pas ici à parler ensemble. Mais je ne souhaite pas parler avec toi, messager. Car tu n'es que cela. Alors maintenant, livre ton message.

La voix d'Ymaric roulait, lourde de menaces. Si cela affecta Philias, ce dernier n'en montra rien. Toutefois, sa bouche prit un pli prononcé avant de répondre.

— Puisque c'est ainsi… Comme tu le sais, mon frère a été proclamé Roi du Sud. Il bénéficie en cela du soutien des Maisons du Sud. Elles lui ont prêté allégeance de plein gré. Toi, jeune Loup, tu grognes ici sur un trône dont tu t'es emparé par la force, mais tes menaces sont creuses. Règne sur le Nord, si tu veux, mais le Sud est désormais un pays libre et indépendant. Tu peux choisir de reconnaître notre indépendance, ou la refuser. Mais avant de faire ton choix, réfléchis bien ! Tu as une guerre sur les bras et il est plus difficile de vaincre seul qu'avec des alliés. En reconnaissant à mon frère sa légitimité à gouverner le Sud, nous pourrions devenir alliés. Ménisial est prêt à t'accorder un renfort de cinq mille hommes dans ta guerre contre les Gueules. Mais si tu refuses de reconnaître notre indépendance, alors n'attends aucune aide de notre part. Et si tu persistes à vouloir gouverner sur toute la Claneterre, attends-toi à nous voir à ta porte, l'arme à la main. Car nous défendrons notre liberté chèrement. Et maintenant, jeune Loup, quel sera le message que je devrai rapporter à mon frère ?

Malgré le ton et le dédain évident que montrait Philias dans sa déclaration, il paraissait évident que le Loup Blanc ne possédait aucune autre option que d'accepter l'offre des Méride. Refuser revenait à leur déclarer la guerre.

Honast, à l'instar d'une bonne partie de l'assistance, ne s'était pas attendu à ce que les discussions tournent aussi vite à l'aigre. Au moins, les deux parties jouaient-elles franc-jeu. Tous s'attendaient à voir le jeune seigneur montrer de la colère, ou se crisper, mais au lieu de cela, il esquissa un étrange sourire.

— Votre proposition pourrait sembler raisonnable, mais quand vous dites « libre », j'entends « trompé et forcé par la peur et le mensonge » et quand vous parlez d'indépendance, je ne vois que le désir d'un homme à s'emparer du pouvoir.

— Dois-je comprendre que vous refusez notre proposition ?

Philias avait instinctivement fait un pas en arrière. La foule s'agitait et Honast commençait à ressentir un étau qui se serrait autour de sa gorge. Se dirigeait-on vraiment vers une guerre entre les deux factions ? C'était impossible ! En refusant l'accord des Méride et en les poussant à la guerre, Le Loup Blanc apparaîtrait comme un fou ou un tyran ! Cependant, quelque chose clochait. Ceux qui se trouvaient sur l'estrade avec le Loup Blanc demeuraient étrangement calmes, même Fréost Costière qui pourtant ne devait pas particulièrement porter le jeune Loup dans son cœur. Le sourire d'Ymaric, lui, devenait de plus en plus énigmatique.

— J'ai dit que les gens simples préféraient couper la tête des serpents. Heureusement pour vous, je ne suis pas quelqu'un de simple.

— Ymaric, vos mena…

— SILENCE !

La voix du Loup Blanc claqua avec une telle force que tout le hall tressaillit et suivit cet ordre qui ne s'adressait pourtant qu'à Philias Méride.

— Maintenant, à mon tour de parler.

Il se leva pour donner plus de poids aux paroles qu'il s'apprêtait à prononcer.

— Il y a peu, la Claneterre était encore un pays prospère. Nos Maisons se chamaillaient, certes, mais dans les champs, paysans et fermiers pouvaient cultiver en abondance et élever leurs bêtes en paix. Ici, à Sonnecume, le port brassait chaque jour des denrées venues de tous les coins de la Chimeterre. Les enfants naissaient heureux et choyés, on pouvait aller boire un verre dans une taverne, rire avec ses amis et s'endormir, repus, dans les bras de l'être aimé. Le pays était uni. Qu'a-t-il fallu pour que tout cela disparaisse ? Une invasion Gueule ? Non. Il a suffi d'une chose, que les Maisons mènent la Claneterre sur les routes de la désunion. Et voilà donc ce que proposent les Méride. De finir le travail, d'enterrer la Claneterre et ses jours heureux pour la diviser et l'affaiblir.

Honast se racla la gorge et s'autorisa à prendre la parole alors qu'Ymaric se ménageait une pause.

— Vous dressez un portrait bien idyllique de la Claneterre d'avant l'invasion. Mais admettons. Que proposez-vous, concrètement, pour rétablir cet équilibre ? L'invasion Gueule a dévoilé toutes les fissures qui existaient entre les Maisons.

Comme il posait cette question, le noble clanien sentit le regard noir de Philias qui ne devait guère goûter son intervention. Pour sa part, le Loup Blanc acquiesça doucement.

— La plupart de ces fissures sont factices, créées par la peur et ceux qui cherchent à profiter de cette peur.

Son regard visa Philias pour ne pas laisser le moindre doute quant au sens de son propos.

— Je pourrais accepter la proposition du Méride. À cet instant, elle peut sembler sage. Mais nous savons tous que cela reviendrait à planter la graine d'une future guerre. Soyons honnêtes, les inimitiés et les désaccords entre ma Maison et celle des Méride sont trop importants pour disparaître aussi facilement. Et ces inimitiés sont au cœur de la division de la Claneterre. Je propose donc de les régler sans tarder, une fois pour toutes.

Il y eut des murmures étonnés, parfois incrédules, et un ricanement, celui de Philias.

— Ce sont de belles paroles, mais encore faudrait-il préciser de quelles inimitiés vous parlez et comment vous comptez vous y prendre pour les résoudre. Dans cette affaire, il y a au moins deux parties.

— Oui, deux parties, confirma Ymaric. Et visiblement, l'une est de trop. Mais nous ne réglerons pas nos différends avec des bavardages. Nous ne les réglerons pas non plus dans des salons feutrés et discrets. Nous les réglerons aux yeux de tous, demain.

Un brouhaha parcourut la salle. La plupart n'en croyaient pas leurs oreilles. Par quel artifice le Loup Blanc espérait-il obtenir un tel succès ? Celui-ci ne tarda pas à donner sa réponse.

— Il y a, un peu au sud de Sonnecume, un cercle de pierre. C'est une ancienne place, tout ce qu'il reste d'un village. À l'est on fait face à une plage, et tout autour il n'y a que des champs. J'y convoque une Assemblée. Je ne parle pas d'un Conseil clanique, limité aux seules Grandes Maisons, mais bien d'une Assemblée des clans, comme en tenaient nos ancêtres. Comme mon aïeul, il y a des siècles, je parlerai devant les chefs de clan pour les unir à nouveau. Je parlerai, de sorte qu'ils puissent se faire une idée de la situation, telle qu'elle est. J'exposerai les griefs que je porte contre les Méride, ainsi que les réparations que j'exige en retour. Et ceux-là aussi pourront parler. Ménisial s'exprimera comme il l'entend et les chefs pourront ainsi donner foi à l'un ou à l'autre. La Louve, ou la Maison des serpents.

Philias tiqua devant le sobriquet que le jeune homme donnait à sa Maison. Il prit un air offusqué. Dans le même temps, il commençait à entrevoir ce que le Loup Blanc cherchait à faire. Une telle assemblée pourrait se transformer en un piège pour les deux Maisons. Heureusement, rien ne forçait Ménisial à s'y présenter.

— Au nom de mon frère, je décline votre invitation.

Ymaric fit quelques pas dans sa direction avec un sourire désabusé.

— Je me doutais que vous diriez cela, mais ce n'est pas à vous qu'il appartient de refuser ou accepter. Phéol ?

L'interpellé, qui se tenait jusqu'à lors en retrait derrière le trône avec une demi-douzaine de gardes, s'avança rapidement avec ses hommes pour se saisir de Philias. Un mouvement de protestation anima la délégation du Sud tandis que le cadet des Méride se débattait inutilement.

— Qu'est-ce que cela signifie ? Est-ce là, la manière dont vous comptez vous y prendre pour rassembler la Claneterre ? Par la trahison !

Le Loup Blanc reprit place sur le trône de la Claneterre, visiblement contrit.

— C'est une méthode que je n'apprécie pas plus que vous, mais c'est hélas la seule qui puisse nous permettre de mettre un terme à cette mascarade. Le sang clanien n'a que trop coulé à cause de nos fautes. Je vous garde en otage, Philias. Ceci dans le but de garantir la présence de Ménisial à l'Assemblée. Vous lui serez rendu seulement s'il se présente demain au lieu convenu.

Ymaric se tourna vers les représentants du roi du Sud, s'arrêtant particulièrement sur Honast Erg-Sable.

— Je compte sur vous pour rapporter mes propos à Ménisial Méride. Et le convaincre ! Cette Assemblée est la seule voie pour éviter une guerre.

Le seigneur d'Erg-Sable sembla opiner. L'idée cheminait dans son esprit. Toutefois, avec ce qu'il venait de voir, il se demandait qui serait le gouvernant le plus impitoyable, le Loup, ou le Méride ? Il se racla à nouveau la gorge.

— Il n'y a plus eu de telles Assemblées depuis cent ou deux cents ans. Quelle légitimité aura-t-elle ? Tous les clans sont censés y être représentés.

— Presque tous les chefs du Nord qui ont survécu à l'invasion Gueule sont ici, à Sonnecume, répondit Ymaric. Il y a également une majorité des seigneurs du centre du pays. J'imagine que la plupart de vos pairs voyagent avec Ménisial. Tous les clans ne seront pas présents, en effet, mais je crois qu'aux vues des circonstances actuelles, nous pouvons nous permettre quelques absents.

— Quelles garanties aurons-nous que ceci n'est pas un piège ? questionna un des délégués. Vous pourriez profiter de l'occasion pour nous tendre une embuscade.

— Je comprends vos craintes, c'est pourquoi le lieu choisi est un emplacement neutre, où les armées des deux camps pourront se déployer de façon bien visible. Ce n'est pas une solution que j'affectionne, mais je sais que Ménisial n'acceptera pas sans cela.

Honast abonda. Il jeta également un regard vers Philias qui bavait de rage.

— Proposer une Grande Assemblée des Clans est surprenant, mais peut-être cela amènera enfin la solution que beaucoup appellent ici de leurs vœux. Je porterai votre invitation au Méride. Vous nous forcez la main, voilà un retournement auquel je ne m'attendais pas. Mais prenez garde ! Vos actes nous entraînent sur un fil tendu. Un faux pas, et les Claniens pourraient s'entretuer.

— Cela n'arrivera pas, Honast Erg-Sable. Je mourrai, plutôt que de voir mon peuple se faire la guerre.

18

— Voilà, dit Aegorn, vous l'aurez votre Grande Assemblée, il n'est plus possible de reculer, désormais.

La salle du trône était pratiquement vide. La délégation du Sud était repartie. Pastriön et Broyeuse les raccompagnaient jusqu'aux portes de la cité. Les courtisans s'étaient éparpillés, avec d'autant plus de hâte qu'ils souhaitaient colporter à la ville entière leur version de ce qui venait de se produire. Phéol emmenait Philias aux cachots, si bien qu'il ne restait plus qu'Astelline et Aegorn avec Ymaric.

Le seigneur de Gardenor était resté silencieux en présence des délégués. Et il suffisait de l'entendre pour comprendre qu'il désapprouvait le projet du Loup Blanc. Il n'était pas le seul et d'âpres discussions avaient eu lieu la veille, avec d'un côté Aegorn, Pastriön et Astelline, et de l'autre Ymaric et Phéol. Broyeuse, une fois de plus, avait compté les coups en alimentant les uns et les autres en vin ou en bière.

Le jeune roi n'avait rien cédé aux partisans du compromis. Il avait souscrit au plan de Phéol et de l'Ombre de Sonnecume. Plus, il y avait apporté ses propres modifications.

Depuis ce moment, Astelline lui gardait une rancœur et Ymaric craignait de la voir s'éloigner de lui. Il avait tenté de lui parler, mais comment lui expliquer que sa conviction lui venait des révélations d'un homme qui avait tout fait pour mener la Claneterre à sa perte ? Un homme qui avait consacré sa vie à influer sur l'avenir, d'une façon ou d'une autre. Et le jeune Loup était sans doute la dernière chance du Chasseur d'arriver à ses fins.

— Je suis un marionnettiste, je tire sur les ficelles de l'ambition humaine. Les Méride ont été des pantins utiles et enthousiastes. Très enthousiastes. Avec eux, il m'a suffi de leur suggérer comment tirer profit de l'invasion à venir. En quelque sorte, je suis le meurtrier de votre père.

Il secoua la tête, partagé entre le dégoût et l'amertume. La jeune femme n'était pas dupe. Elle sentait qu'à défaut de lui mentir, il ne lui disait pas tout. Elle aussi y alla de son commentaire acerbe.

— J'espère pour toi que le plan de Phéol et de la Templière marchera, sinon, ce sera ton tombeau et la fin de nos rêves. Cette idée de Grande Assemblée est dangereusement explosive ! Deux armées vont se retrouver face à face dans une plaine, avec une centaine de seigneurs claniens au milieu. Si les Méride sont capables de faire assassiner ton père et provoquer la scission du pays, je doute qu'ils respectent les règles et les traditions. En tout cas, moi, je ne miserais pas là-dessus.

Elle s'était levée pour donner plus de force à son propos. Naturellement, Aegorn s'était placé à côté d'elle pour abonder dans son sens. Ymaric hésitait entre sourire et soupirer.

— Non, en effet, je ne mise pas là-dessus, mais plutôt sur la pression qu'exerceront les autres chefs de clans sur Ménisial. Les Maisons du Sud n'ont pas signé pour entrer en guerre contre d'autres Claniens.

— Ni celles du Nord !

Les mains sur les hanches, Astelline le défiait et Ymaric ne tenait vraiment pas à se quereller avec elle.

— Je sais. Et c'est bien pour ça que je provoque cette assemblée, pour régler la querelle entre ma Maison et celle des Méride, sans impliquer les autres.

La jeune femme émit un rire moqueur.

— Ne pas nous impliquer ? Mais c'est déjà fait, mon loup !

Elle insista pesamment sur ce dernier mot, ce qui fit grimacer le jeune seigneur et se gausser Aegorn.

— Elle a raison. Et personne n'est dupe, cette Assemblée n'a qu'un but, désigner quelle Grande Maison dirigera la Claneterre.

Et comme vous avez décidé d'adopter une attitude avec laquelle aucune conciliation n'est possible, il faut nous attendre à du grabuge.

Ymaric dévisagea l'Aigle du Nord, vaguement ahuri.

— Franchement, vous me voyez me concilier avec les assassins de mon père ?

Astelline fit tourner ses yeux dans ses orbites et jeta la tête en arrière avec un sourire pincé.

— Ah ça... Il a déjà du mal à se concilier avec lui-même...

Aegorn préféra ignorer la remarque pour répondre au Loup Blanc de manière plus accommodante.

— Je ne remets pas en cause votre décision, j'aurais sans doute agi de la même manière si j'avais été à votre place. Mais il faut bien vous mettre en garde contre le risque d'escalade. Vous allez accuser Ménisial, il niera. Et ensuite quoi ? Le Taïn ?

Ymaric confirma d'un hochement de tête. Astelline leva de nouveau les yeux au plafond.

— Le Taïn... ça, pour résoudre la querelle, ça va la résoudre. Mais pour réunir les clans ? J'en doute.

— Tout dépendra de la tournure des événements.

La réponse du jeune homme ne convainquit pas Astelline et encore moins Aegorn. Celui-ci se montra même furibond. Il retrouvait ses vieux accents bougons et grognons qu'il usait quand quelque chose le tracassait profondément.

— La tournure des événements, hein ? En voilà une stratégie !

Il partit alors à grands pas pour quitter le hall, sans fournir la moindre explication à son geste, ce qui interloqua les deux jeunes gens restés près du trône.

— Où allez-vous donc Aegorn ?

Il répondit sans même se retourner.

— Préparer un plan de bataille ! Par la Chimère !

Astelline pencha la tête de côté avec une moue dubitative.

— Cette fois, on dirait que tu l'as vraiment mis en colère.

— Décidément, je ne suis pas fait pour gouverner.

La jeune femme ne démentit pas et fronça les sourcils à son attention.

— Je t'ai mise en colère, toi aussi ?

— À ton avis ?

Il déglutit.

— Je m'en remettrai, reprit-elle. Mais c'est juste que j'ai du mal à comprendre tes actions depuis... enfin récemment. C'est bizarre. Tu n'es plus tout à fait le même.

— *Rien n'est jamais figé jeune Loup. L'avenir est un foisonnement de possibles. Toutefois, certains événements cristallisent le temps, car leur probabilité est trop forte pour qu'ils ne se produisent pas. D'autres sont si fragiles qu'un rien suffit à les balayer de l'avenir. Leur importance n'a rien à voir. Une guerre peut être un vague futur réalisable alors qu'une rencontre entre deux personnes sera inévitable. Comme il est inévitable que les feuilles tombent et la mort prenne ceux qu'on aime. Seul le moment peut être influé.*

Il fit une grimace.

— Si je me sors de cette histoire, je te promets que tu sauras tout.

— Encore une promesse que tu ne tiendras pas ?

Elle lui reprochait mille choses. De ne pas se montrer franc avec elle, de ne pas tenir sa promesse, malgré ses suppliques. De jouer le destin de la Claneterre sur un jet de dé. De se mettre en danger, aussi. Elle ne reconnaissait plus le jeune homme qui avait su la toucher et l'émouvoir. Elle voyait un homme blessé et torturé, qui s'accrochait pour ne pas basculer dans la rage et la colère, mais qui s'en remettait pourtant à des moyens terribles.

Comme le Taïn.

Broyeuse aussi avait frémi en entendant ce nom. Cependant, son frémissement à elle n'avait pas été celui que l'on ressent lorsqu'une sueur froide vous coule dans le dos. Non, son frémissement, c'était celui de l'excitation.

Ymaric cherchait encore quoi répondre à la dernière remarque d'Astelline quand Phéol fit son retour dans la salle d'audience. Le Somblune arrivait d'un pas rapide, visiblement pressé et excité. Toutefois, il ralentit l'allure en constatant la posture des deux jeunes gens.

— Je dérange ?

Ymaric et Astelline échangèrent un regard. Elle haussa un sourcil et tordit sa bouche dans une esquisse de sourire.

— Ça va, répondit Ymaric.

Pas franchement convaincu, le maître d'armes s'avança tout de même jusqu'à eux pour s'adresser au Loup Blanc d'une voix étouffée.

— J'ignore d'où vous venait votre certitude, mais vous aviez raison, il la portait bien sur lui.

Il leur présenta une plaque de métal couverte de fines arabesques.

— La seconde clé de la Confiance, murmura Ymaric. Cela confirme toutes les allégations que portait votre fameuse Ombre.

— C'est un point sur lequel je lui ai toujours fait confiance.

Astelline se pencha elle aussi sur l'objet. Un temps, on put croire qu'elle allait remiser tous ses griefs, mais rapidement, son expression redevint dubitative.

— Ouais, dit-elle, ben ça reste toujours un bout de métal.

*****

La geôle était grise, mais propre. Une ouverture étroite diffusait la lumière du soleil et ventilait la pièce. Dans un coin, un banc de pierre servait également de lit. Une paillasse de mauvaise qualité le recouvrait. À l'angle opposé, un simple trou dans le sol permettait d'assouvir ses besoins. C'était à peu près tout. Le grand luxe comparé aux cellules bondées où on enfermait les criminels communs, mais un lieu sordide pour un homme habitué aux étoffes les plus douces et aux mets les plus raffinés. Ici, on ne servait que du brouet et des fèves.

Philias portait toujours sa tunique d'apparat, mais celle-ci était déchirée par endroits et le noble clanien semblait avoir été malmené plus que de raison. Des fers à ses pieds entravaient ses mouvements. Toutefois, la longueur de la chaîne suffisait à parcourir les limites de son nouveau domaine.

Quand Ymaric entra, il se tenait assis sur le banc, le visage vaguement égaré et l'allure misérable. Il accueillit son visiteur avec un froncement de sourcils.

— Vous ne pourrez pas maintenir cette mascarade bien longtemps. Nous savons tous les deux comment cela va finir. Mon frère vous tuera.

— Probablement.

Le jeune homme referma la lourde porte derrière lui, pour s'assurer que sa conversation avec Philias demeurerait confidentielle. Puis il extirpa la clé d'une de ses poches et la présenta au Méride.

— Vous portiez ceci sur vous.

— Et alors, qu'ai-je à faire de ce bout de métal ? demanda ce dernier. Ce sont vos hommes qui l'ont mis sur moi. Je ne l'ai jamais vu auparavant. Je ne sais même pas de quoi il s'agit.

Son sourire sardonique et sa mauvaise foi ne déstabilisèrent pas Ymaric. Il ne s'attendait pas à ce que Philias se montre coopératif. L'attitude de ce dernier se comprenait aisément, il pouvait encore espérer ou croire que le Loup Blanc ignorait tout de la trahison de sa famille. Ymaric remit la clé dans sa poche et s'adossa à l'un des murs de la cellule en croisant les bras. Autant le détromper tout de suite.

— Évidemment, il pourrait tout à fait en être ainsi. Mais la vérité c'est que nous savons tous les deux de quoi il s'agit et quels actes vous avez commandités. Je sais que vous êtes derrière le meurtre de mon père. Et je sais pourquoi vous l'avez fait.

Si cette annonce déstabilisa Philias, il le monta à peine. Il encaissa cette déclaration avec un léger rictus incontrôlé, avant de se reprendre.

— Des accusations. Ce ne sont que des accusations. Mais vous n'avez rien. D'ailleurs, qu'importe la vérité ? Ce qui compte, c'est la perception que l'on a des événements. Vos actes d'aujourd'hui vous mènent droit à une impasse. Il n'existe pas de preuves suffisantes pour prouver vos dires. Et si votre idée était d'obtenir des aveux de ma part, seule la torture me ferait céder. Or, on sait ce que valent des aveux obtenus par ce biais. Ils n'amèneront que suspicion et défiance.

— Personne ne vous torturera, ça n'est pas dans mes habitudes. Mon idée est plus radicale, en ce qui concerne votre avenir.

Philias laissa échapper un ricanement tendu.

— Tuez-moi pendant que je suis votre prisonnier et vous passerez pour un bourreau aux yeux de la Chimeterre. Vous rendrez la tâche de mon frère encore plus facile.

— Mon intention est sensiblement différente.

Ymaric fixa son interlocuteur pour essayer de mieux cerner ses sentiments actuels. Philias se réfugiait dans une froideur quasi stoïcienne. Le jeune homme ressentit le besoin de le bousculer.

— Je ne vous demande ni pourquoi, ni comment. Je vous l'ai dit, je sais. J'ai parlé à cet homme, le Chasseur.

Cette fois, il avait atteint sa cible. Philias lui jeta un regard à la fois étonné et horrifié, avec une question muette sur les lèvres. Ymaric poussa son avantage.

— Nous ne sommes que des jouets pour lui. Vous et votre frère êtes devenus des pantins inutiles, mais apparemment, je peux encore lui servir. À quoi ? Je ne sais pas trop. C'est un homme particulièrement insaisissable.

— Cet homme n'est qu'un espion et un assassin ! Et visiblement un traître, rien d'autre. Quoi qu'il ait pu vous dire, cela ne change rien. Nous ne sommes les pantins de personne, nous autres, Méride.

Ymaric secoua la tête.

— Nous sommes tous le jouet de quelque chose ou quelqu'un, qu'il s'agisse de nos désirs les plus profonds, des forces qui animent le monde, ou de la volonté d'êtres qui nous dépassent. Voulez-vous seulement écouter ma proposition, ou préférez-vous donner foi à ses propos ?

Philias tendit le cou et serra les dents.

— Quels propos ? Ceux du Chasseur ? Ils n'ont que la valeur que l'on accorde aux mensonges.

Ils se toisèrent un moment, dans un silence tendu. Chacun essayant de juger l'autre. L'un voyait un homme sans avenir. L'autre… exactement la même chose. Et ils en étaient à espérer qu'au moins l'un des deux se trompe. Finalement, Ymaric inspira profondément.

— Il m'avait prévenu que vous n'accepteriez pas.

— Accepter quoi ?

— De reconnaître vos fautes, laisser une chance à la Claneterre et à la paix, contre une vie d'exil. De toute façon, il est trop tard pour ça. Nous sommes déjà tous allés trop loin.

L'autre le regarda, vaguement interloqué. Il eut une mimique dépitée et lâcha un hoquet qui ressemblait à un grattement de gorge contrarié.

— Alors on est là. Cet homme n'a décidément que du poison dans ses mots. Nous aurions dû nous méfier quand il est venu nous parler. L'avenir qu'il dépeignait semblait si plausible. Et puis, il demandait si peu au regard de ce qu'il offrait.

— Que vous a-t-il demandé ?

— Il ne vous l'a pas dit ?

Ymaric dénia d'un mouvement de tête. Philias se désintéressa de lui et tourna sa tête vers l'unique ouverture de sa geôle. En étant attentif, il pouvait presque voir le bleu du ciel

— Vous deviez mourir à Fort Aiglon. Personne ne devait survivre. Tout serait tellement plus simple maintenant. C'était sa promesse.

Le Loup Blanc déglutit.

— Il semblerait que le fil que Faëlle a tissé pour moi soit plus long que ce que vous espériez.

Le prisonnier le dévisagea avec une pitié réelle.

— Le Chasseur semblait tout savoir. Apparemment, il mentait. J'ignore ce qu'il vous a promis, mais vous devriez prendre garde, jeune Loup. Cet homme ne sert que ses intérêts, quels qu'ils soient. Aucune de ses promesses ne peut être tenue pour fiable.

— *Si vous m'écoutez, votre enfant naîtra.*

Le ventre du jeune homme se noua. Il le savait, lui aussi. Il le savait avant que Philias ne le lui dise. Écouter le Chasseur, c'était comme passer un pacte avec Nyx. Voilà ce qu'il risquait de devenir, un agent de la destruction.

— *Ce que je cherche à faire ? À orienter le futur, bien sûr. Mais ne vous inquiétez pas de cela, car en vérité, mon temps touche bientôt à sa fin. Par contre la proie, celle que je chasse depuis toujours, elle, elle ne peut mourir. C'est un idéal. Alors je dois tirer mes dernières ficelles tant que je peux. De vous, j'attends deux choses...*

La première, c'était de survivre. Quant à la seconde, l'histoire seulement dirait s'il serait obligé de la faire. Il espérait que non. Il s'arracha au mur auquel il était adossé.

— Au revoir Philias. Nous nous reparlerons bientôt. Et vous n'aimerez pas les mots que je prononcerai alors.

Le prisonnier lui jeta un regard suspicieux, mais il quittait déjà la cellule.

Dans le couloir qui desservait les cellules, Phéol l'attendait, le cou enfoui dans sa barbe. Il donnait l'impression de somnoler, mais il se redressa dès que le Loup Blanc eut refermé la lourde porte de bois.

— Alors, vous avez obtenu ce que vous étiez venu chercher.

— Pas exactement.

Le jeune homme se passa une main sur le front, comme si cela pouvait suffire à chasser les soucis qui se terraient derrière. Finalement, il reprit en main la clé de la Confiance que l'on avait trouvée sur Philias et la contempla pensivement. Phéol respecta ce moment de doute.

— Un jour, alors que j'escortais une caravane dans le désert des Tribades, on tomba sur le charnier d'un combat récent. J'ignore exactement de quoi il retournait, s'agissait-il de deux tribus qui se faisaient la guerre ? D'une de ces querelles qui enflamment parfois les Tribadiers pour une affaire d'oasis, de cendre de phénix, ou de cœur ? Toujours est-il qu'au milieu des cadavres, on extirpa un jeune garçon à moitié mort de soif. Il portait aussi une vilaine plaie à la cuisse. Les caravaniers voulaient le laisser mourir. J'insistai pour qu'on le prenne et le soigne. J'étais jeune alors, mais aujourd'hui encore j'agirais de la même façon. Il fut convenu que nous le laisserions au premier caravansérail que nous rencontrerions sur notre route. Le gamin resta trois jours avec nous. Il passa les deux premiers à se faire dorloter. Il possédait ce teint typique des hommes des Tribades, un regard noir où couvait la braise des phénix et une assez belle gueule. Ce qui émoustillait les femmes qui nous accompagnaient. Au troisième jour, le gamin demanda à me parler. Il avait appris qu'il me devait la vie. Il me questionna sur la route que nous comptions suivre. En retour, je l'interrogeai sur les événements qui l'avaient mené à nous. Ses réponses furent vagues et aujourd'hui encore je reste persuadé qu'il m'a menti. La nuit même, il disparut. Les caravaniers me jetèrent un regard noir. Ils étaient persuadés que le gamin allait retrouver une bande de pillards et les mettre sur notre trace. Les deux jours de voyage suivants furent pesants. Le moindre bruissement se transformait en cri d'alarme, le moindre rongeur aperçu devenait la silhouette d'un bandit. Finalement, un soir, la caravane arriva dans un de ces grands caravansérails qui ponctuent la route entre la cité de Nessa, dans la République de Chime et le Royaume de la passe. Un gibet nous y attendait. Pendus là, il y avait trois Tribadiers. Le gamin que j'avais sauvé était l'un d'eux.

Ymaric dévisagea son vieux maître d'armes, avec un sourire mi-figue mi-raisin.

— Je vois où tu veux en venir. Certaines vies ne peuvent pas être sauvées.

Il lui tendit la clé.

— Que ton amie en fasse bon usage. J'espère que cet Irek'rkor mordra à notre hameçon.

Phéol lui prit une épaule et opina.

— Il mordra. Rien ne vaut plus pour les mercenaires que l'appât du gain, je parle en connaissance de cause !

— Je gage que vous n'avez jamais accepté un contrat pour la seule promesse de ce qu'il vous rapporterait, mon ami.

Le Somblune se garda bien de le contredire. Il prit la clé et la glissa dans une bourse à sa ceinture. Il la manipulait comme s'il s'agissait d'une dague ou d'une épée. Et dans son esprit, il s'agissait bien d'une arme, idéale pour atteindre ses ennemis.

19

Le plus terrible, c'était qu'on s'y habituait, à ces nuages de poussière soulevés par les armées en marche. Ce matin-là, le vent du large tentait de les disperser, mais il y avait tout simplement trop d'hommes et de chevaux, trop de pieds et de sabots, de bottes et de fers, occupés à fouler un sol sec et sableux. Alors, la poussière remplissait la plaine, s'élevait au-dessus de la ville, essayait une percée au-dessus des vagues où, finalement, une bourrasque marine la repoussait.

On s'était levé avant l'aube, le cœur lourd et l'appréhension chevillée à la poitrine. On s'était équipé de sa lance ou de son glaive et on avait enfilé son armure ou sa tunique de cuir avec l'espoir de ne pas s'en servir. Même les chevaux renâclaient.

Au son des trompettes, quand l'armée se mit en marche, les gens sur les murs les saluèrent et poussèrent quelques vivats. Pourtant, aucun ne montrait de signe de joie. Car tous craignaient le pire. Cette armée aurait dû remonter vers le Nord pour affronter les barbares. Au lieu de cela, elle prenait la route du Sud où, disait-on, devait se tenir une Grande Assemblée.

Les plus jeunes ne savaient même pas de quoi il s'agissait. Tout juste comprenaient-ils que les chefs de clan allaient se réunir. En soi, cela apparaissait bon, mais, les mêmes vieillards et les mêmes grand-mères qui les avaient mis en garde contre les rancœurs anciennes des Grandes Maisons, ne manquaient pas une occasion de leur rappeler combien tout cela pouvait tourner au tragique.

Les optimistes péroraient sur les murs. Ils disaient tout le bien qui allait advenir. Cette assemblée mettrait à plat les différences et les désaccords entre les Maisons. Ensemble, ils conviendraient qu'aucune injure ne valait la peine de se déchirer et que seule la lutte contre les Gueules était importante. Ce à quoi un vieil homme en partie édenté se mit en demeure d'apporter un contrepoint. Ce fut probablement le commentaire le plus pertinent prononcé ce matin-là.

— Ils vont se foutre sur la gueule, oui !

Puis il recommença à mâchouiller sa chique.

Dans la plaine côtière, les soldats prenaient leur barda et se préparaient à se battre. Aegorn et Phéol avaient assemblé une troupe de six mille hommes. Entre les blessés et le souci de ne pas dégarnir trop la ville, c'était tout ce que l'Aigle du Nord pensait pouvoir se permettre.

Trois heures de marche séparaient Sonnecume du lieu où devait se tenir l'Assemblée. Des éclaireurs étaient partis en reconnaissance afin de prévenir toute entourloupe de la part du camp adverse. La confiance représentait une denrée rare ces jours.

Broyeuse ouvrait la marche avec une compagnie de vétérans. Ces soldats, rassemblés par ses soins parmi les meilleurs que comptait l'armée du Loup Blanc, se donnaient une allure terrible et résumaient à eux seuls la situation. Personne ne s'attendait à une balade de santé. Beaucoup étaient des aventuriers qui allaient sans pavois ni heaume, la hache déjà tirée ou la lance en avant. Leurs visages arboraient une résolution peu amène. Ce qui avait fait dire à notre vieillard édenté que ces gars-là avaient l'air foutrement constipés !

La troupe s'ébranla et passa des coteaux de vigne et de petits vallons. Bientôt, elle disparut aux yeux de la foule massée sur les murs. Elle emprunta une route qui longeait la grève, accompagnée par les encouragements des mouettes. Après une bonne heure d'une marche tonique, les soldats aperçurent la poussière soulevée par l'autre armée. C'étaient les seuls nuages qui montaient dans le ciel.

Les deux parties arrivèrent aux abords des ruines à quelques minutes d'intervalle. Chacun s'aligna, en amont ou en aval de ce qui restait de l'ancien village. On aurait dit deux armées qui se préparaient à la bataille.

Au sud, les rangs étaient plus nombreux et plus serrés. On voyait claquer les étendards des différentes Maisons alliées des Méride. Les soldats, presque trop propres, se massaient en rangées ordonnées, devancées par les porte-drapeaux et les hérauts. Aux premières lignes, on avait placé les mailles rutilantes et les lances acérées, pour impressionner.

En face, les troupes du Loup Blanc apparaissaient plus disparates. Miliciens, mercenaires, aventuriers et soldats claniques se mélangeaient selon les dispositions voulues par Aegorn Gardenor. L'Aigle du Nord plaça d'ailleurs sa cavalerie en avant de la troupe, comme pour défier les méridionaux et montrer que, eux, disposaient de vétérans. Ceux qui suivaient le Loup Blanc avaient déjà tous combattu dans une bataille. Ça n'était pas forcément le cas de leurs adversaires. Les uns comptaient sur leur nombre pour en imposer, les autres en appelaient à leur expérience. Mais quand il fallut vociférer de part et d'autre et faire vrombir les épées et les lances contre les boucliers, le nombre l'emporta.

Puis, deux délégations se rejoignirent sur la place chargée de débris, entre les deux contingents. Pastriön d'Élan et Honast Erg-Sable menaient la discussion. Quand enfin ils furent d'accord, on fit sonner une trompe et lever un drapeau marqué de l'arbre clanique au centre de la place. Alors, les chefs de clan de chaque partie rejoignirent le concile.

Chacun venait avec un ou deux hommes liges. Des capitaines mercenaires s'étaient également crus invités, bien qu'ils n'eussent pas leur mot à dire dans les discussions à venir. Cela créa une belle cohue, plus de trois cents personnes se pressèrent pour former un cercle. On apporta deux sièges, que l'on disposa l'un en face de l'autre, à chaque extrémité de la place. Certains profitèrent de ce moment pour aller saluer des connaissances qui appartenaient au camp opposé. Les échanges étaient cordiaux, mais la tension restait bien réelle. La situation était inédite depuis au moins deux cents ans !

On dégoisait. Certains soulignaient que c'était ainsi que, du temps de la Horde Blanche, les chefs de clan réglaient leurs différends. Mais d'autres fustigeaient cette assemblée. Ils assuraient qu'avoir recours à un tel archaïsme montrait bien la déchéance et les outrages dans lesquels se fourvoyait la Maison Louve. D'autres, encore, répondaient qu'au contraire, alors que le pays était la proie du barbarisme, sous toutes ses formes, seule une assemblée aussi ancestrale saurait apporter les réponses nécessaires.

Les conversations et les ergotages cessèrent quand le premier des antagonistes se présenta au conclave. Il arriva, escorté par une vingtaine d'hommes. Pour l'occasion, il avait revêtu une armure complète, avec un plastron qui, bien que finement et richement décoré, s'avérait on ne peut plus utilitaire. De même, l'imposant glaive qu'il portait n'avait rien d'une arme d'apparat. Seule la cape, toute en velours or et rouge, dénotait de son affection pour le luxe. On l'annonça.

— Le seigneur Ménisial, chef de la Maison Méride, protecteur du Sud et Roi désigné par ses pairs !

Il prit place sur le siège qu'on lui réservait. Son visage crispé faisait saillir son regard. À le croiser, il semblait vouloir tuer tout le monde. Si bien que certains, dont les titres dont il s'affublait prêtaient à rire, ravalèrent leurs facéties.

— Le seigneur Ymaric, chef de la Maison Louve, dix-septième Loup Blanc et gardien de la Horde, protecteur de la Claneterre.

Le jeune homme se présenta flanqué de Broyeuse et Phéol, ainsi que d'une escorte équivalente à celle de Ménisial. L'armure qu'il portait était celle qu'il avait à Fort Aiglon, la nuit de l'attaque. Les stigmates de cette bataille se voyaient encore sur le métal. Une fourrure blanche jetée en travers des épaules, un pommeau de cuir simple soutenant une lame de soldat et une dague, des bottines de daim poussiéreuses, voilà comment se présentait le Loup Blanc. Une image de chef de guerre pragmatique qui s'opposait à la rutilance dont se fardait son opposant.

Au moment de s'asseoir, il était impossible de détecter sur son visage une autre expression que sa résolution. Un grand silence s'abattit alors, à peine entrecoupé par des murmures ou le cri strident d'une mouette au large. Honast et Pastriön, en tant que médiateurs désignés, s'avancèrent pour lancer les débats.

— Ceci est une Grande Assemblée, il ne s'agit donc ni d'un conseil, ni d'un conclave chargé de porter un jugement. Vous, chefs de clans, pourrez vous prononcer et donner vos avis, mais en aucun cas imposer un accord, une entente ou une condamnation. Et maintenant, les opposants. À ma gauche, l'accusateur, Le Loup Blanc. À ma droite, le défenseur, Ménisial Méride. Voici leurs différends. Le premier réclame la suzeraineté sur toute la Claneterre. Il la réclame au nom de son affiliation, descendant direct du Loup Blanc, mais aussi, car il tient le trône de la Régence, et que les clans du Nord et du Centre l'ont désigné comme chef pour mener la guerre contre les barbares Gueules. Les Clans du Nord disent également que Ménisial Méride a manqué à son devoir en refusant de participer à l'effort contre la horde de l'Aurochs Rouge.

Cette remarque eut pour effet de soulever les protestations d'une partie des seigneurs claniens. Pastriön et Honast rétablirent rapidement le calme pour pouvoir reprendre leur présentation.

— À ceci, Ménisial Méride répond que les chefs des Clans du Sud l'ont choisi pour Roi. Que la situation est telle en Claneterre, que nul seigneur ne possède plus la légitimité pour gouverner le pays en son entier. Il concède avoir tardé dans son action contre les Gueules, mais est prêt à fournir des hommes dans ce but.

De nouvelles protestations et des remous agitèrent l'assemblée. Pastriön haussa le ton pour se faire entendre.

— Ceci n'est toutefois pas l'accusation principale. Un autre différend oppose ces deux seigneurs.

Cette annonce entraîna un silence étonné. Quel différend pouvait bien être plus important que celui de s'écharper pour le contrôle de la Claneterre ? Honast lui aussi était surpris, car la délégation du Loup Blanc n'avait pas encore fait part d'une autre créance à l'encontre des Méride.

Pastriön ménagea ses effets. Ou, plus exactement, il regarda en direction d'Ymaric pour être certain que le jeune homme ne souhaitait pas tout arrêter, mais rien dans l'expression de ce dernier ne dénotait la moindre hésitation ou le moindre doute. Pastriön en fut réduit à s'éclaircir la gorge.

— Le Loup Blanc prétend que Ménisial Méride vous a trompé, vous les seigneurs du Sud. Il a utilisé la peur pour mieux obtenir votre soutien. Une peur qu'il a lui-même contribué à créer. D'abord, en intriguant pour empêcher les Grandes Maisons de s'entendre sur les actions à entreprendre contre les Gueules. Ensuite, et surtout, en faisant assassiner le Loup Blanc.

La stupeur, d'abord, ébranla les rangs. On vit se lever Ménisial Méride, le visage blême, les poings serrés et la mâchoire tellement crispée qu'il ne parvenait pas à parler. Les chefs de clans se regardaient les uns les autres. Ils essayaient de juger qui pensait quoi. Qui donnait foi à cette accusation. Qui, au contraire, s'offusquait devant un mensonge grossier.

On commença à chuchoter à voix basse, pour demander l'avis de son voisin. Les murmures enflèrent doucement pour se muer en brouhaha indistinct. Puis, enfin, la voix froide et tremblante de colère du roi du Sud claqua.

— MENSONGES !

Cela eut l'effet d'un couperet sur les bavardages. La plupart des seigneurs du Sud resserrèrent les rangs derrière leur chef. Ménisial semblait avoir retrouvé ses moyens. Il venait de faire un pas en avant et tendait un doigt rageur vers Ymaric.

— Voilà ! Le Loup se dévoile enfin et se révèle être un scorpion. Alors que je lui ai tendu la main et proposé mon aide, voilà comment il me remercie ! Mensonges et hypocrisie ! Nous savons tous qui est l'assassin du vieux Loup. Et il se tient juste à côté du fils ! Peut-être ont-ils scellé un accord à l'ignominie infâme ? Et que dire de Philias ? Mon frère, que cet homme a capturé par traîtrise pour mieux me piéger ici !

Cette déclaration de Ménisial provoqua une bronca bruyante. Il ressortait sa vieille antienne contre les Costière, qu'il avait déjà accusé par le passé d'être les commanditaires de du meurtre du père d'Ymaric. Des cris de « menteur » et « assassin » fusèrent de toute part, sans que l'on sache trop à qui ils s'adressaient. Honast Erg-Sable fit sonner une trompe et leva les bras pour ramener tout le monde au calme.

— Les règles de l'Assemblée sont simples ! rappela-t-il. Celui qui accuse parle, pour prouver ses dires et apporter des preuves. Voyons ce que le Loup Blanc a à dire.

Ymaric avait observé la scène et guetté les réactions de ses pairs. Derrière la volonté froide qu'il affichait, il demeurait rempli de doutes. Sa nuit avait été agitée de bien des façons. D'abord, il avait cru qu'il dormirait seul. Astelline semblait décidée à lui faire payer ses choix avec lesquels elle était en désaccord. Mais contre toute attente, elle l'avait rejoint. Il avait fait l'amour. D'abord timidement, comme s'ils se découvraient encore, puis la fièvre s'était glissée entre leurs corps pour hausser leurs ébats et les mener à cet instant exquis où la sueur et les souffles se confondent.

— Tu seras peut-être mort demain. Je serais folle ou stupide de te tourner le dos maintenant. Je pourrai toujours te haïr plus tard.

C'était la seule phrase qu'elle avait prononcée. Une réponse à sa question muette. Puis elle avait posé ses doigts sur sa bouche, pour lui éviter de dire une bêtise, et placé sa tête contre son buste.

Malgré cela, il avait difficilement sombré dans le sommeil. Son esprit cherchait la meilleure approche pour s'adresser aux chefs de clans. Et à les regarder à cet instant, on comprenait ses craintes. Certains semblaient sur le point de s'étriper, d'autres refluaient doucement vers les rangées de derrière, juste pour le cas où la tournure des événements empirerait. Avant de finalement s'endormir, le jeune homme avait conclu qu'il était impossible d'anticiper la meilleure façon d'agir. Il ne s'était pas trompé. Seul comptait le moment.

Tandis que Pastriön et Honast achevaient de calmer les ardeurs des plus virulents, il se leva pour se placer au centre de l'Assemblée. Son mouvement acheva de ramener le silence et tous les regards se vrillèrent sur lui. Celui de Ménisial, en particulier, brûlait le jeune homme. Ymaric le défia.

— Puisque la question a été posée, je m'expliquerai d'abord sur Philias. En effet, je le détiens captif. Mais c'était d'abord pour m'assurer que cette Assemblée ait lieu et…

Ménisial l'interrompit rageusement.

— Eh bien, elle a lieu ! Libère-le, maintenant ! Je veux voir mon frère.

Le jeune homme adressa un hochement de tête en direction de son camp et Phéol fendit la foule en poussant devant lui un Philias à l'apparence misérable. Ses vêtements d'apparat, en partie déchirés et ses joues crayeuses à cause d'une barbe naissante le rendaient méconnaissable. Le Somblune l'amena à l'intérieur du cercle formé par les chefs de clans et leurs liges, puis il le força à se mettre à genoux. Son geste provoqua quelques murmures d'indignation et fit gronder Ménisial.

— Est-ce là une manière de traiter un noble clanien ? Qu'on le relâche immédiatement !

— C'est là une manière de traiter un assassin.

La tocade d'Ymaric souleva une nouvelle vague de protestation, mais le jeune homme fixait posément l'Assemblée et l'obligea à une longue minute de silence.

— Certains ont accusé les Costière de ce crime. Après tout, leur place était menacée, mon père s'apprêtait à reprendre le trône de la Régence. Mais c'est faire injure à Fréost Costière que de croire à pareille fadaise. S'il fut un Régent défaillant, il n'a jamais été un imbécile ou un traître. D'autres ont cru voir dans cet assassinat le doigt empoisonné de l'Empire Drack. Mais qu'aurait-il à y gagner ? Le chaos engendré ici ne les intéresse que bien peu. L'adage dit qu'il faut regarder à qui le crime profite. De ce point de vue, vous serez tous d'accord qu'en apparence, celui-ci profite aux Gueules ! À cause de nos différends, les barbares ont réussi à mettre à sac le Nord. Et sans mon intervention, Sonnecume aurait sans doute été pillée à son tour ! Pourtant, qui imagine cet Aurochs Rouge formuler un plan si complexe ? Comment aurait-il pu être au courant des subtilités de notre pays ? Des tensions politiques ? Et que dire d'aller engager des mercenaires à Antione ? Personne, ici, ne peut croire un tel scénario. Mais il y a quelqu'un d'autre, qui tire un grand bénéfice de tout ceci, la Maison Méride. Nous connaissons tous la soif de pouvoir de Ménisial et sa famille. Nous savons tous, également, que jamais sa famille n'a pu prétendre sérieusement à occuper le trône de la Régence, malgré toute sa puissance et ses richesses. Or, voilà que sans livrer le moindre combat, mais en jouant sur les événements et en mettant en exergue les désaccords et les peurs des Maisons, Ménisial est parvenu à se faire nommer Roi du Sud. Qui aurait imaginé cela il y a moins d'un an ? Personne.

— De la rhétorique ! Des théories fumeuses, voilà quels sont vos propos. Sont-ce là toutes vos preuves ? Moi aussi je peux dresser une fable qui vous placerait au centre d'un complot où vous tuez père et frère pour vous emparer du pouvoir !

Les mots de Ménisial remplirent le cœur d'Ymaric d'une rage qui manqua de le faire exploser. Il dut résister pour ne pas se jeter sur lui et lui fendre le crâne avec son épée. Il n'avait pas survécu à l'enfer de Fort Aiglon et délivré Sonnecume pour se faire entendre qu'il était l'assassin des siens. Encore moins par celui qui avait réellement commandité ce crime ! Il serra les poings et ravala le cri qui grondait dans sa gorge. Il secoua la tête et déforma sa bouche avec un rictus de dégoût.

— Après avoir accusé les Costière, vous m'accuseriez d'avoir tué mon propre père ! Mais quel être abject êtes-vous ? Nos traditions sont sages quand elles nous préviennent que celui qui coupe la parole d'un autre est un coupable qui cherche à masquer son crime. Je combattais les Gueules dans les Terres Sauvages quand vous fomentiez votre trahison. Je me remettais de mes blessures pendant que vous montiez les Grandes Maisons les unes contre les autres. Puis, alors que je rassemblais les clans, vous divisiez encore la Claneterre en vous proclamant Roi du Sud. Et où étiez-vous, quand nous avons vaincu la horde qui assiégeait Sonnecume ? Tous vos actes montrent la sournoiserie de votre famille. Mais non, je ne suis pas venu ici avec seulement des paroles. Il y a un homme dans cette Assemblée qui connaît la vérité. Et je l'invite à s'avancer pour exposer à tous l'étendue de votre infamie.

Tous les visages se tournèrent vers la forme recroquevillée de Philias Méride. Mais ce n'était pas de lui dont parlait le Loup Blanc. Pour Ymaric, le premier moment de vérité de cette journée arrivait enfin. Il guettait la foule qui l'entourait, presque maladif. Les secondes qui s'écoulaient lui semblaient des minutes. Bientôt, les chefs de clan commencèrent à s'entre-regarder, indécis sur ce qui était en train de se produire.

Puis, un homme joua des coudes pour passer entre eux. Il les écarta sans trop de ménagement. Il portait une armure de maille légère et son visage plus brun que ceux d'ici trahissait ses origines méridionales. Un capitaine mercenaire que les chefs du Sud avaient coutume de voir évoluer dans leur camp. Tous se demandèrent ce qu'il venait faire ici, dans cette Assemblée qui ne le concernait pas.

L'homme s'avança à l'intérieur du cercle et son regard passa lentement de Ménisial Méride à Ymaric de la Louve. Les deux étaient blêmes et fébriles. Alors tous comprirent ce que représentait cet homme.

— Mon nom est Irek'rkor. C'est moi qui ai tué le vieux Loup.

20

Le mercenaire savoura son effet. La cacophonie des voix grondait à nouveau sur l'Assemblée. La plupart des quolibets lui étaient destinés. Il s'en moquait. Dans son métier, se faire injurier faisait partie des aléas. Toutefois, sa main tenait le pommeau de son épée, juste au cas où.

Il dévisagea Ménisial Méride. Rien qu'à son regard, Irek'rkor comprit que l'homme l'aurait bien étripé. Ça aussi, ça faisait partie des risques du mercenariat. Cet homme l'avait payé, fort cher, pour qu'il tue et se taise. Sauf que du haut de son piédestal, il n'était plus en mesure de lui fournir la somme due. Ce qu'un autre se proposait de faire.

Le mercenaire reporta son attention vers le Loup Blanc. Le voilà donc, ce jeune freluquet dont l'audace faisait frémir toute la Claneterre. S'il avait accompagné son paternel, Irek lui aurait également fendu le crâne, comme à son frère. Le gaillard était un veinard. Il avait aussi réchappé au massacre de Fort Aiglon. Il devait être protégé par un des Façonneurs, pour le moins ! Peut-être Lilios le tisserand, celui-là qui tissait le fil des destinées. Ou alors Orphel le chasseur, dont le cheval courait assez vite pour rattraper toutes les menaces.

Au centre du cercle, Pastriön levait les bras et s'époumonait pour ramener le calme. Il lui fallut le concours de Honast Erg-Sable pour y parvenir.

— Laissez-le parler ! Que cet homme s'explique !

Irek esquissa un sourire mauvais. S'expliquer, il ne demandait que ça. Il fit quelques pas de plus vers le centre, la main toujours posée sur son arme. Le tumulte grondait toujours, mais il s'était suffisamment assagi pour qu'il puisse se faire entendre.

— Un homme est venu me trouver à Antione, un Clanien. Il a débarqué en même temps que les premières rumeurs sur les barbares Gueules. Il venait pour ça. Parce qu'il savait que cette menace allait exacerber les tensions entre vous, les Maisons. Aussi bien les Grandes que les mineures. Il souhaitait en tirer profit. Et souvent quand quelqu'un cherche à augmenter son pouvoir, quelqu'un d'autre doit mourir. Cette fois, c'était le Loup Blanc. Cet homme, celui qui m'a engagé, ne voulait pas offrir au vieux Loup une mort discrète ou rapide. Pas de poison dans sa coupe, pas de lame cachée dans le noir. Il voulait une mort sale, de celles qui éclaboussent le pas des portes et dégoulinent sur les murs. C'est pour ça qu'il souhaitait faire appel à moi. Il payait bien et offrait des garanties. Je suis ce que je suis. Un soudard qui vit en tuant. Alors, j'ai pris l'or et j'ai fait le boulot. Je ne suis pas un imbécile, je savais ce que mon geste allait provoquer, quel foutoir ça serait après. Mais si j'avais refusé, j'aurais probablement été remercié avec une dague entre les omoplates et un autre aurait accepté le contrat. Jugez-moi autant que vous le voulez, je ne suis qu'une arme, un instrument. Le véritable meurtrier, c'est cet homme, celui-là même qui m'a engagé à Antione !

Dans un geste qu'il avait sûrement anticipé avec délectation, Irek'rkor leva son bras et pointa son doigt dans la direction de Philias Méride. C'était un demi-mensonge, le seul de tout son discours. L'homme qui était venu le voir avait pris grand soin de masquer son visage sous une capuche. Il s'était également bien gardé de lui révéler son nom. Et les efforts que le mercenaire avait déployés pour s'assurer de son identité s'étaient soldés par un échec.

Un demi-mensonge, car comme il l'avait dit lui-même, il n'était pas un imbécile. Irek'rkor avait deviné depuis longtemps d'où venait l'or, quelle puissante famille clanienne tirait les ficelles de cette danse macabre. Persuadé de cela, il était assez facile d'imaginer que l'homme sous la capuche était Philias. Ménisial ne pouvait s'abaisser à cette tâche. Ce n'était pas non plus une mission que l'on confiait au premier venu. Pour un tel projet, il fallait une personne de confiance. Membre dévoué de la famille, négociateur attitré des Méride, Philias semblait tout désigné.

Oui, Irek'rkor s'en doutait, avant même que l'Ombre de Sonnecume le lui affirme. Cette maudite Templière. Le mercenaire drack enrageait encore. Comme avait-elle réussi à le débusquer ? De toute évidence, il s'était montré imprudent d'une façon ou d'une autre.

Depuis cette nuit où l'Ombre était venue lui arracher la vérité dans sa tente, son esprit s'agitait et le sommeil lui manquait. Elle lui avait pris sa clé, l'une des deux nécessaires pour ouvrir le coffre où dormait son or. Un or bien mérité, au fil de son épée ! Et il ne pouvait rien faire savoir à son employeur. D'une part, car il n'était pas censé le connaître, et d'autre part, car de tels aveux lui vaudraient une mort plus que certaine. En agissant de la sorte, la Templière l'avait coincé.

Aussi, il n'avait pas été surpris lorsque, la nuit dernière, elle était revenue le voir. Cela avait sans doute été son idée dès le départ, l'épargner pour mieux le manipuler. Les enjeux de cette affaire valaient bien de s'asseoir sur la vengeance aveugle. Ce qu'elle lui proposait était plus qu'inespéré. Elle savait qu'il ne pourrait pas refuser. Elle lui avait tendu la clé de la Confiance, celle-là même qu'il pensait ne jamais revoir.

— Nous avons les deux clés. Je te rends celle-ci comme un gage. Dis ce que tu as fait. Dis que c'est Philias Méride qui t'a engagé, et tu auras l'occasion de récupérer la seconde.

— Le jeune Loup me laisserait en vie ?

— Épargner un chien de guerre, c'est bien peu pour sauver un royaume. Le Loup Blanc fera comme si tu n'avais jamais existé. À toi d'en profiter pour disparaître. Mais si demain tu te défiles, soit certain que je te retrouverai et cette fois, ma lame ne sera pas enduite de poison, elle plongera directement dans ton cœur.

Les mots de l'Ombre se passaient de commentaires. Quant au choix qu'elle lui laissait, il ne fallait pas longtemps pour le peser. D'un côté, une chance de survie honnête et une réelle probabilité de récupérer cet or si chèrement gagné. De l'autre, tant la survie que la fortune étaient moins sûres.

Il aurait pu décider de disparaître dans la nuit, quitter le campement et ses hommes, gagner le rivage, s'emparer de la première barque de pêcheur et fuir cette Claneterre qui ne lui réussissait décidément pas. Il possédait quelques amis Dracks bien placés. Il aurait troqué son passage vers le Sudain. Là-bas, dans cette terre du bout du monde, il se serait enfoncé dans les déserts sauvages et rouges. Personne n'aurait plus entendu parler de lui. Il aurait pris une femme indigène, vécu en chassant le gibier, loin des intrigues et des coups tordus. Loin de ce bordel qu'il avait contribué à créer. Sauf que ça n'était pas dans sa nature. Irek'rkor était peut-être un soudard à la morale douteuse et équivoque, mais il ne se considérait pas comme un fuyard. Et puis, il appréciait l'or. La richesse lui tendait les bras, pour peu qu'il y croie.

Aussi, malgré les regards haineux que lui jetait l'assistance, son bras ne tremblait pas tandis qu'il désignait le cadet des Méride. Il s'amusait, même, de voir les puissants s'entredéchirer. S'il demeurait un jouet entre leurs mains, ils se rendaient soudain compte qu'il était un jouet volage, dont le couperet pouvait se retourner vers eux. Son bras tendu avait valeur de sentence. Il dut se retenir pour ne pas laisser un sourire sardonique éclater sur son visage.

Le cercle de l'Assemblée s'agitait désormais avec la même vivacité que des épis de blé soumis à un vent tourbillonnant. Certains étaient ébranlés et ne savaient quoi croire. D'autres, au contraire, se sentaient confirmés dans leurs assertions. Des voix s'élevèrent pour réclamer la tête du mercenaire, d'autres voulaient plutôt voir se détacher celle du Méride. Quelques-unes prétendaient encore au mensonge.

Ménisial, pour sa part, se leva lentement, le corps enkysté par sa rage. Il s'avança pour entrer dans le cercle à son tour, et chacun de ses pas pesait si lourd, que son mouvement imposa de nouveau le silence. Oublieux de tous les autres, il s'adressa directement au Loup Blanc. Sa langue suintait d'une colère frigide.

— J'ignore combien d'or tu as promis à cet homme, mais il sera sans doute bien déçu. Il n'y a là que mensonge ! D'ailleurs, que peut bien valoir la parole d'un mercenaire, un Drack ! Un homme qui hait notre pays et que l'on paie pour les pires besognes. Que tous ici, se souviennent que je souhaitais que le vieux Loup monte sur le trône de la Régence. Je ne voulais pas sa mort. Le seigneur Ymaric jette l'opprobre sur moi, il veut une vengeance, mais se trompe de coupable.

Cette diatribe agaça le jeune homme qui ne put s'empêcher de lui couper la parole. Il savait déjà où tout cela les menait. Il n'y avait aucune issue raisonnable.

— Et qui vas-tu désigner encore ? demanda-t-il. Les Costière ? Les Drack ? Moi ? Pourquoi pas cet Aurochs Rouge, qui dirige la horde ? Cela suffit Ménisial. Je n'ai pour ma part plus qu'une question et elle ne t'est pas adressée.

Le Loup Blanc pivota rapidement de façon à faire face aux seigneurs du Sud. Dans cette partie de l'Assemblée, les visages étaient contrastés. Il paraissait évident que beaucoup ne savaient plus quoi penser. Hormis quelques indéfectibles soutiens de la famille Méride, la plupart tergiversaient quant à l'attitude à adopter.

— Dites-moi, chefs de clan, combien d'entre vous auraient suivi mon Père pour aller combattre les Gueules, si celui-ci avait obtenu le trône de la Régence ? Et dites-moi combien auraient spontanément prêté allégeance aux Méride ? Et réfléchissez à ceci. Qu'est-ce qui s'est mis entre vous et le soutien aux Maisons du Nord ? Est-ce la mort de mon père ou les paroles de division des Méride ?

— Des paroles de division ? rétorqua un Ménisial au bord de l'explosion. La Claneterre se divisait bien avant tout cela ! C'est toi qui jettes la zizanie en tenant de tels propos. Que cherches-tu à faire ? Tu veux mener nos gens à se battre entre eux ? Regardez tous. Voilà le vrai visage du Loup, un menteur et un semeur de troubles !

Ymaric serra le poing. Il devait se retenir pour ne pas se jeter sur son ennemi. Il ne pouvait se le permettre, pas encore.

— Il est évident que notre différend ne se résoudra pas avec des mots. Pour le mal que tu m'as fait, celui que tu as fait à la Claneterre, je réclame ta tête, Méride ! Mais je ne souhaite pas que des Claniens se battent entre eux. C'est à toi et moi de solder cette affaire. Ceci est une Grande Assemblée et je demande le Taïn !

Un murmure parcourut l'assistance. Le Taïn, cette vieille tradition tombée en désuétude. Cet usage était plus ancien que la Claneterre. Leurs aïeux l'utilisaient déjà quand ils n'étaient encore que des tribus éparses et qu'ils vivaient dans les Terres Blanches. La vie y était plus rude, plus fugace. Le sang ne devait pas couler inutilement. Pour éviter des guerres ou de longues successions de vengeances entre les clans ou les familles, on invoquait le Taïn. Un duel à mort. Le vainqueur gagnait tout.

Finalement, Ménisial s'humecta les lèvres soudain plus sèches.

— Pourquoi te céderais-je un tel honneur ? Loup. Je ne veux pas la guerre. Et malgré tes injures, je ne souhaite pas ta mort. Je préfère reprendre mes armées, ainsi que l'aide que je voulais t'apporter. Rends-moi mon frère et garde ta haine !

Ymaric s'attendait à une réponse de ce genre. Il soupira d'abord, puis hocha doucement la tête.

— Très bien, je vais te rendre ton frère.

Il se dirigea vers Philias que Phéol força à courber l'échine. Le jeune homme tira son épée et avant que quiconque ne puisse réagir, il trancha le cou du cadet des Méride. Une gerbe de sang arrosa les bottes du jeune homme alors que la tête de Philias roulait à ses pieds. Il s'en empara tandis que le corps tressautait encore et il la jeta en direction d'un Ménisial médusé et horrifié.

— Vois ! Je te rends ton frère comme tu as pris le mien. Ne souhaites-tu toujours pas ma mort ? Ne veux-tu pas répondre à mon Taïn ? Je t'ai repris un frère, mais tu me dois encore un père !

Des tics agitaient le visage du Méride. Son regard vrillait le sol, là où la tête de son frère gisait. Les phalanges de son poing blanchissaient d'être serrées trop fort. Sa lèvre tremblait, mais sa voix gronda, acerbe.

— J'accepte le Taïn, Loup. Car tu ne me laisses pas le choix. Sur les Façonneurs, je jure qu'avant le soir, ta tête sera fichée au bout d'une pique. Je ferai écarteler ton corps, je donnerai ton tronc à mes chiens et j'éparpillerai tes membres aux quatre coins de la Claneterre. Je souillerai ton nom et ta lignée cessera avec toi. On se souviendra de toi comme le dernier Loup, un fou et un rageux !

L'Assemblée restait désormais silencieuse, trop abasourdie par ce qu'elle voyait et entendait. On crachait à leurs visages les ressentiments accumulés de plusieurs générations entre les Méride et la Louve. Plus encore, c'était l'étalage d'une rivalité devenue guerre secrète, bien avant la chute du Dernier Loup Régent. L'histoire d'une Maison, rongée par l'ambition dont l'ascension était bloquée par une Maison plus ancienne. Un enchevêtrement terrible où la vérité n'avait plus de réelle importance, où les faits disparaissaient derrière l'aveuglement et les rancunes. Une histoire composée de représailles et de vendettas. Une histoire que le Loup Blanc proposait d'achever ici, une bonne fois pour toutes.

Ymaric se rapprocha du centre de l'Assemblée et se mit en garde. Son visage farouche et résolu guettait les mouvements de Ménisial, mais celui-ci ne tira pas l'épée et considéra son adversaire, puis les chefs de clans.

— J'accepte le Taïn, dit-il, mais tous ici peuvent voir comme le défi n'est pas équilibré. Sans être manchot avec une lame, je ne suis pas un guerrier par nature. Alors que toi, tu es un jeune chef de guerre qui s'est déjà illustré sur le champ de bataille. Aussi, et comme le permet la tradition, je fais appel à un champion pour livrer le Taïn.

Alors, un guerrier énorme passa entre les chefs de clan pour gagner l'intérieur du cercle. Sa présence ici signifiait que Ménisial, malgré ses airs outrés, s'était attendu à une telle extrémité. Le colosse balaya l'assemblée avec une expression tranquille. Il était vêtu pour la guerre, avec une cotte de mailles renforcée de spallières. Un pavois à la main, il se réservait encore le choix de son arme, entre le glaive qui pendait à son côté et la hache double qui saillait derrière son dos. Un frémissement parcourut l'Assemblée, car beaucoup reconnaissaient cet homme. Il s'agissait d'un capitaine mercenaire, un Grandîslien dont la renommée se répandait dans bien des pays. On le surnommait parfois le sixième pilier d'Aaron, en référence à sa force. Lui se présentait sous le nom de Garming de Carthane et il y avait peu d'hommes qu'il craignait de défier. L'inverse, en revanche, était moins vrai. Or, si le Méride était dans son droit en faisant appel à un champion, beaucoup s'indignèrent que le combat se trouvait à nouveau déséquilibré. En effet, Ymaric semblait bien chétif devant le puissant mercenaire. Et quelques coups d'éclat ne pouvaient valoir l'expérience d'une vie de guerre.

Ménisial savoura son effet. Le Loup Blanc ne pouvait plus reculer, mais il lui restait encore une possibilité.

— Évidemment, susurra-t-il d'un ton mielleux, tu peux également faire appel un champion. Si tant est que dans la bande de misérables qui te sert d'armée, il s'en trouve un qui veuille bien défier le mien.

Ymaric ne se laissa pas déstabiliser par le ton de son ennemi, ni par l'impressionnante débauche de Garming de Carthane.

— Je suis certain que plusieurs de mes hommes seraient prêts à combattre ton champion. Mais contrairement à toi, je n'aurai pas besoin d'aller quérir un mercenaire étranger pour relever le Taïn. La Maison Louve s'est toujours battue avec ses propres crocs.

Quelques-uns pensèrent alors que le jeune homme allait s'élancer contre le colosse, bien que la lutte fût inégale. Mais les rangs de ses soutiens s'ouvrirent pour laisser passer une nouvelle venue.

Broyeuse pénétra dans le cercle, devancée par des vivats et des acclamations. Elle aussi portait un pavois, ainsi qu'une armure de plates. Son épée était gentiment rangée dans son fourreau, à côté d'une dague. Et à la main, elle tenait une lance à l'empennage sombre et crochu.

Ménisial ravala sa morgue, mais Garming, lui, devint soudain bien plus alerte et s'autorisa un sourire éclatant. Alors qu'il pensait étriller un jeune nobliau à la langue trop pendue, voilà que se présentait un adversaire dont la mort ne ferait qu'ajouter à sa légende naissante.

Et la foule aussi se redressa. Car, dans toutes les troupes assemblées ici, parmi ces milliers de soldats, de mercenaires et de chefs de clan, personne ne paraissait en mesure de vaincre le Grandîslien. Ni Ymaric, dont la jeunesse et la fougue compensaient bien des lacunes, ni Aegorn, de loin, sans doute, le meilleur guerrier parmi les seigneurs claniens, ni Phéol, l'ancien mercenaire à la lame pourtant si habile et subtile. Personne. Si ce n'est cette guerrière.

Dans ce moment suspendu, où chacun commença à juger des chances de l'une et de l'autre, l'heure n'était pas encore tout à fait au sang et au fracas des armes. La loi du Taïn était stricte. Le duel à mort concernait les deux ennemis. Leurs champions tenaient le rôle de substitut, mais il partageait le même risque, la même fin. Aegorn Gardenor s'avança pour le rappeler à tous.

— Ceci est un Taïn, le combat ne peut commencer sans certaines conditions. Même si les deux parties font appel à un champion, la défaite de l'un entraîne la mise à mort de celui qu'il représente.

Les paroles de l'Aigle du Nord ne provoquèrent aucun commentaire. L'instant était trop grave et tous voulaient enfin assister à son dénouement.

— Selon l'usage, reprit Aegorn, et pour éviter toutes tentatives de fuite, les deux opposants doivent déposer leurs armes et se mettre à disposition pour la sentence finale du Taïn. Je propose que moi et Pastriön nous nous chargions de garder Ménisial. Nul ici ne saurait remettre en cause mon honneur ou celui du chef de la Maison d'Élan. Quant au Loup Blanc, je suggère qu'Honast Erg-Sable et le seigneur de Forgepuy le surveillent.

Les propositions d'Aegorn furent à peine discutées, tant elles paraissaient raisonnables. Ymaric détacha sa ceinture et remit ses armes sans protester. Ménisial fut plus circonspect. Mais il ne pouvait se soustraire aux règles du Taïn. Il abandonna à son tour son épée. Les deux hommes se retrouvèrent alors face à face, à une certaine distance l'un de l'autre. Chacun était encadré de ces deux chaperons. Ils essayaient de rester impassibles, mais pour les instants à venir, leurs vies ne leur appartenaient plus. Elles étaient entre les lames des deux combattants qui se présentaient au centre de l'Assemblée.

Leur moment venait. Et comme le voulait l'usage, ils se présentèrent. Le colosse gueula le premier, car il était sûr de son fait et voulait défier l'assistance entière.

— Je suis Garming, né à Carthane et je commande les Tigres d'Aaron. J'ai grandi dans la fange et gagné la gloire avec mes poings et ma hargne. Cette épée a brisé des crânes de héros, cette hache a fendu en deux Oizibel, le renégat de Port-Azur. Dans le détroit léviathe, j'ai mis en déroute les escadres hydréennes qui attaquaient les côtes. J'ai répondu à l'appel de Largos et défait ses ennemis. Si Sophione de Garydre n'a plus qu'un œil, c'est grâce à moi. Et il peut remercier les Façonneurs de ne pas avoir aussi perdu la vie. On m'a vu à Hurbécaille, où les Dracks pleurent encore Tyfek le Soyeux. Et à Garbasse, où pendant le siège, j'ai tué un neveu du Roi de la Passe. On me surnomme le Sixième pilier d'Aaron, car ma force n'a pas d'égale. Et maintenant crevure, dis-moi quel est ton nom véritable et pourquoi tu te crois digne de m'affronter !

La guerrière s'avança. Malgré sa carrure, l'autre l'écrasait de sa présence

— J'ai eu un nom autrefois, quand j'étais fille de la Louve. Mais maintenant, je suis ses crocs et on me nomme Broyeuse. Contrairement à toi, je n'ai pas besoin de rappeler mes exploits, car tu les connais déjà. Et aussi, parce qu'il me faudrait plus d'un jour pour tous les conter. Les tiens ne sont que de pâles échos en comparaison. J'ai connu Oizibel et Sophione, j'ai massacré leurs maîtres et mentors. À Hurbécaille, j'ai nourri le sable des arènes avec trente guerriers meilleurs que Tyfec le Soyeux. Tu peux aboyer, le Grandîslien, mais au fond de toi, je sais que tu trembles.

L'autre tira son épée. Broyeuse raffermit sa prise sur sa lance.

— Voyons voir comment je tremble, vieille femme. Car s'il te faut si longtemps pour raconter tes exploits, c'est que ta vie a été bien longue. Mais le temps où tu faisais rugir les arènes dracks est révolu. Tu aurais mieux fait de rester dans ta retraite, à chasser le chevreuil. Oui, je connais tes exploits, jusqu'aux plus sordides. J'ai entendu les rumeurs sur Port-drack. Crois-tu qu'une femme qui avait pour amant un pédéraste peut me faire trembler ?

Broyeuse se ramassa sur elle-même prête à bondir. Il avait touché juste et il le savait. Elle chassa le souvenir pour ne pas se troubler. Le temps pour la parole et les invectives durait depuis trop longtemps. La guerrière serra les dents et se prépara au fracas.

21

Broyeuse feinta une première attaque. Son adversaire resta derrière son pavois et ne répondit pas au jeu qu'elle lui proposait. Grâce à l'allonge de sa lance, elle possédait un léger avantage, pour l'instant ! Les deux étaient rompus à ce genre de duel. Ils savaient que le nombre des scénarios était limité.

Soit l'un des combattants prenaient rapidement le dessus, à cause de sa supériorité ou d'une erreur grossière de l'autre. Une première blessure sérieuse, parfois un coup déjà fatal. Le combat pouvait encore durer un peu, mais l'issue était déjà tracée.

L'autre possibilité, c'était celle de l'affrontement acharné, où la fatigue, bien souvent, finissait par primer. Dans ces combats-là, on commençait à l'épée et on finissait à la hache, quand ça n'était pas carrément aux poings. L'avantage oscillait de l'un à l'autre des combattants, jusqu'à ce qu'il finisse par pencher définitivement. Garming et Broyeuse étaient plus habitués au premier scénario, mais ils se préparaient à livrer le second. Alors, ils ne se précipitaient pas.

Ils tournaient en rond. La guerrière pressait un peu son adversaire, elle le taquinait avec la pointe de sa lance. Elle venait frapper contre son pavois. L'autre répondait en déviant la pointe. Il lui présentait son flanc gauche puis, soudain, il pivotait et cherchait à l'atteindre avec son glaive. À chaque fois, sa lame ne rencontrait que le vide. Le jeu dura ainsi pendant plusieurs minutes, puis le colosse s'agaça. Il décida de ne plus tourner avec la guerrière. Il se campa sur ses jambes et se contenta de lui faire front alors qu'elle continuait à marcher en cercle autour de lui.

— Tu fatigues déjà ?

— Je me lasse. Cette danse, c'est bon pour les vieilles femmes comme toi. Je préfère les corps à corps plus charnus !

Broyeuse le chargea. Sa lance heurta violemment le pavois du Grandîslien et fut déviée par le rebord de métal. Elle projeta son propre bouclier vers Garming qui s'appuya sur son poids et sa force pour la repousser. Puis, vif, il porta une attaque rapide qui glissa sur le plastron de Broyeuse. La guerrière se dégagea et chercha à passer sous la défense de son ennemi, mais celui-ci la pressait au plus près pour l'empêcher de reprendre l'avantage de son allonge. Elle recula, il n'avait pratiquement pas bougé. Il lui montra ses dents.

— C'est tout ? J'ai connu des estropiés plus dangereux !

Elle recommença à tourner autour de lui sans répondre à l'invective. Elle tenait maintenant sa lance à la manière d'un javelot. Sa façon de se battre lui rappelait celle de bon nombre de champions des arènes. Elle le devinait sournois et bravache, mais pas imprudent. Malgré sa taille, il était rapide. Elle lisait dans son jeu de jambes de la vitesse et de la réactivité. Campé derrière son pavois, il ressemblait à une tour de défense indéboulonnable. Il savait se montrer patient. Elle devrait le pousser à sortir de sa tour si elle voulait avoir une chance.

Elle recommença à le taquiner avec sa pointe, mais avec sa nouvelle posture, elle visait maintenant directement la tête du mercenaire. C'était dangereux, car l'autre essayait de bloquer sa hampe contre le bord de son pavois avec son glaive, dans le but de la désarmer. Il prenait de l'assurance et cherchait à la surprendre en devançant ses mouvements. Une fois, il faillit parvenir à ses fins.

Broyeuse recula à nouveau. On pouvait la croire impuissante devant le colosse, mais chacune de ses piques était calculée. Et alors que celui-ci s'apprêtait à se gausser une fois de plus, elle arma sa lance et la projeta avec toute la puissance dont elle était capable. Le trait fila avec une force prodigieuse et il s'en fallut de peu pour que Garming se laisse surprendre. D'un geste réflexe, il dressa son pavois, mais l'impact fut tel que la lance déchira le bouclier et se ficha en son sein. La pointe ripa sur une spallière du colosse qui ne conserva l'équilibre que grâce à sa force. Étonné, il considéra son pavois hors d'usage.

De son côté, Broyeuse avait déjà tiré son épée et le chargeait, bouclier en avant, lame posée en travers avec la pointe à l'horizontale. Le Sixième pilier d'Aaron se débarrassa juste à temps de son pavois pour la recevoir. Il repoussa en catastrophe la charge de la guerrière. Le combat déploya alors toute sa violence.

C'était une grêle de fer. Les deux combattants luttaient avec la même maestria. La furia de Broyeuse rencontrait la robustesse sauvage de Garming. Dans l'Assemblée, on s'effrayait à voir cet orage bouillant de rage, dont les éclats tonnaient à chaque choc, à chaque frappe. Les lames se croisaient pour mieux crépiter, des étincelles arrosaient les visages, les coups sourds faisaient trembler les cœurs. Le fracas explosait, plus terrible encore du fait que tous retenaient leur souffle. Deux paires de bottes battaient la poussière sous le silence estomaqué de trois cents paires d'yeux.

De par sa taille, Garming disposait d'une plus grande allonge que son adversaire, mais cette dernière possédait encore son bouclier. Elle en usait pour presser le colosse et réduire la distance qui les séparait. Lui déviait les coups de la guerrière avec ses gantelets. Elle mettait tellement d'entrain dans ses attaques qu'on se demandait comment les poignets de Garming pouvaient supporter un pareil traitement.

Enfin, d'une ultime estocade, l'improbable se produisit. Broyeuse enroula sa lame autour du glaive du Grandîslien et le désarma. Les chefs de clan et leurs liges soufflèrent. Mais alors, Garming se saisit à deux mains du bouclier de Broyeuse. Avant que celle-ci ne comprenne ses intentions, il banda ses muscles pour un effort impossible. Il souleva la guerrière qui, toute armurée, devait bien peser dans les cent vingt kilos, et la projeta loin dans les airs comme un fétu. Elle retomba lourdement sur le sol, à plusieurs mètres, dans un bruit sinistre de métal froissé.

On vit alors le colosse s'ébrouer comme un taureau. Eut-il soufflé de la fumée par ses naseaux, personne ne s'en serait étonné. Broyeuse, hébétée, se releva péniblement. Lui, extirpa lentement de son dos la hache double qui y sommeillait. On comprit que la fin du combat approchait.

La guerrière essuya ses lèvres et cracha un mélange de salive et de sang. Jamais on ne l'avait propulsée de la sorte. Malgré toute sa charpente, la seule force musculaire de Garming ne suffisait pas à expliquer cet exploit. Le Grandîslien devait posséder l'un des cinq Dons de la Chimère et Broyeuse croyait deviner lequel.

Elle le regarda qui s'avançait tranquillement. Son sourire la bouscula, mais il se gardait encore de toute fanfaronnade. Il venait de prendre l'ascendant. Armé de sa hache, il affermissait son avantage. Broyeuse n'avait encore rien cédé, ni épée ni bouclier, mais le duel prenait une mauvaise tournure pour elle. Il commença à lui tourner autour.

Elle guettait dans ses pas d'éventuelles failles, mais son adversaire était bien trop agile. Les rôles étaient inversés. C'était lui qui maintenant la harcelait. Il projetait sa lourde hache en avant. L'arme venait cogner contre le bouclier de Broyeuse qui encaissait en renâclant. La force des coups était surnaturelle, et la guerrière puisait dans son propre Don pour ne pas être déséquilibrée et mordre à nouveau la poussière. Il prenait son temps, pour l'épuiser avant de la cueillir comme un fruit mûr. Elle ne le laisserait pas faire.

Broyeuse gronda sourdement et donna l'assaut. La hache voltigea et la souffleta. Elle chercha à se glisser sous la garde de son adversaire, mais celui-ci la repoussa, puis martela son bouclier. La violence du choc la fit chanceler. Garming ajusta le terrible balancier. La lame effleura une jambe de Broyeuse et manqua de l'estropier. Elle esquiva l'attaque suivante, reçut la pointe d'une botte dans l'abdomen et fut forcée de mettre un genou à terre.

Garming tenait sa victoire. Sa hache double décrivit une vaste courbe pour aller s'abattre sur la guerrière. Celle-ci ne chercha pas à s'écarter, elle présenta simplement son bouclier pour réceptionner le coup terrible. À l'impact, on entendit un gong froissé et un craquement métallique. Broyeuse fut soulevée brièvement avant de retomber sur ses appuis.

Un des tranchants de la hache s'était coincé dans le métal de son bouclier. Broyeuse bouscula le colosse éberlué et lui arracha son arme des mains. Elle rejeta au loin l'enchevêtrement du bouclier et de la hache et se précipita avec son épée vers son adversaire.

Il n'avait plus que ses poings. Mais plutôt que de reculer, il anticipa l'attaque de Broyeuse et se saisit de son bras armé. Il bloqua également de sa main droite le poing que la guerrière lui destinait avec sa paluche gauche. Il s'en suivit une épreuve de force démesurée et inégale.

Garming dominait la combattante balafrée d'une bonne tête. Il pesa de tout son poids pour la forcer à se mettre à genoux. Mais la peau de Broyeuse prit une teinte crayeuse, son corps figé ne cédait rien. Garming s'échinait à faire ployer une statue. Il approcha son visage de celui de son adversaire, le souffle un peu court, mais le sourire aux lèvres.

— Tu ne peux pas me battre sur ce terrain-là !

Il banda et contracta ses muscles. Broyeuse, impassible, le regarda déployer toutes ses capacités, aussi bien physiques que magiques. C'était une épreuve de volonté, plus encore que de force. Les veines du colosse saillirent, son cou gonfla sous la pression et la guerrière vit battre en lui la sève des Sylves. C'était le Don de la Nature qui parlait. Ses bras se nouaient comme des troncs implacables, ses doigts s'enroulèrent autour de ses membres en racines avides qui rongeaient lentement sa résistance.

À cet étalage, Broyeuse répondait par la fermeté du roc. Elle puisait dans son Don, celui de la Pierre et du Métal, une solidité de rempart. Mais il arrive que même le mieux façonné des murs s'effrite quand pousse en son sein une plante vivace. Or, la vigueur du Grandîslien ne souffrait aucune comparaison avec tout ce qu'elle avait pu affronter.

Soudain, elle céda. Son bras gauche se tordit sous l'effet de la pression subie. On entendit le bruit sinistre d'un membre qui se disloque. L'impassibilité de Broyeuse vola en éclat et on vit un rictus de douleur lui tordre le visage, de manière plus atroce encore que sa cicatrice. Implacable, Garming la désarma, puis son poing lui laboura le ventre. Pour finir, il la jeta au sol avec une rage qui confinait à la fureur. Le corps de Broyeuse ricocha à la manière d'un pantin. Quand il s'arrêta, on la vit qui bougeait encore, brisée.

Le colosse de Carthane poussa un rugissement libérateur. Dans les rangs du Sud, on jeta des quolibets sur la guerrière vaincue. Chez ceux du nord, la stupeur avait cédé à un silence de tombe.

Garming récupéra sa hache. Il l'arracha au bouclier fendu et, funèbre, il retourna vers son adversaire.

Broyeuse s'était mise à genoux. Son bras brisé pendait sur son côté, son autre main la soutenait avec peine. Garming s'arrêta à un mètre.

— Je t'avais prévenue, vieille femme. Tu n'aurais pas dû quitter ta retraite.

Broyeuse leva vers lui une tête où se devinait la résignation, ainsi qu'une pointe de rage. Quitter sa retraite. Elle ne se souvenait que trop bien du jour où elle avait répondu à l'appel de son frère. Ni l'un ni l'autre n'imaginaient alors où leurs décisions les mèneraient. Lui pensait reprendre la Régence. Il avait fini massacré par une bande de soudards. Elle croyait juste s'amuser un peu. Pour la rigolade, elle repasserait.

— Frappe fort.

— Ne t'inquiète pas pour ça. Je vais t'envoyer à la table des Façonneurs, en deux morceaux !

Il leva son arme pour le coup fatal. Elle s'abattit comme le marteau géant d'un forgeron énorme. L'impact fut d'une telle violence qu'il justifiait à lui seul le surnom du Grandîslien. Les spectateurs ressentirent le tremblement du sol jusque dans leurs mollets. Un nuage de poussière et de débris se souleva autour des duellistes. On entendit un bruit sourd et le son singulier d'éclats métalliques. Puis, dans la tornade poussiéreuse, la guerrière se releva.

Le Grandîslien, éberlué, tenait en main la hampe d'une arme brisée. Il ne réagit pas quand Broyeuse lui glissa sa dague sous le gorgerin. Mais quand le flot rouge s'échappa de sa gorge tranchée, il comprit enfin ce qui se produisait.

Il arracha la dague et la jeta au loin. Broyeuse savait que ce n'était pas terminé. Parmi ceux qui possédaient le Don de la Nature, certains parvenaient à endiguer les plaies les plus profondes grâce à leur magie. Alors, elle bondit sur le colosse et enserra sa gorge poisseuse avec sa main valide. L'autre essaya de la repousser, mais elle avait déjà repris cette teinte crayeuse caractéristique d'un corps de pierre. Les doigts de la guerrière s'agrippaient de telle sorte à sa trachée qu'il ne pouvait la jeter au loin sans s'arracher son propre larynx.

Il la martela de ses poings. Ses phalanges s'enfonçaient dans la cuirasse de Broyeuse et la déformaient un peu plus à chaque fois. Un moment, elle sentit une de ses côtes se briser, malgré la magie de la pierre. Mais ses doigts se resserraient implacablement sur la gorge ennemie, jusqu'à ce qu'il ne reste entre eux qu'un magma de chair et de cartilages broyés.

Le colosse suffoquait. Ses jambes se dérobèrent et il s'effondra sur le sol. Broyeuse fit un pas en arrière, à peine plus en équilibre que lui. Elle chancela à la recherche de sa dague, qu'elle ramassa sur le sol poussiéreux. Puis elle se planta devant le Grandîslien qui tenait encore à genoux, on ne sait comment.

— Maintenant, tu sais pourquoi on me nomme Broyeuse.

Elle le poussa en arrière de sa botte, avant de lui monter dessus à califourchon. Il ne protestait même plus, mais émettait un gargouillis suintant et sifflant. Elle appliqua la pointe de sa dague conte le cœur du mercenaire et pesa lourdement dessus pour lui faire passer la maille. Et comme si cela ne suffisait pas, elle imprima une terrible torsion pour achever de déchirer l'organe vital.

Des soubresauts interminables secouèrent le corps du géant. Et même quand il ne bougea plus, il se trouva encore quelqu'un dans l'Assemblée pour hasarder la question que tous se posaient.

— Il est mort ?

Broyeuse se releva. Toute sa carcasse rayonnait des séquelles du combat. Du sang coagulé à de la poussière maculait son plastron défoncé. La lèvre inférieure fendue révélait des dents rosies et la sueur collait sa longue mèche blanche sur le pourtour de sa cicatrice. Mais ses jambes demeuraient fermes et elle se tenait aussi droite qu'elle le pouvait.

— Ouais. Crevé. Il est crevé.

La foule était assommée, abasourdie par ce à quoi elle venait d'assister. Les chefs de clan respiraient lourdement sans oser souffler un mot. Puis, du côté des hommes du Nord, les vivats explosèrent. Chez ceux du sud, on voyait une alternance de mines sombres avec des visages étonnés, placides ou soulagés. Enfin, la voix de Phéol claqua sur la place.

— Le Taïn a parlé. Maintenant, il faut appliquer la sentence. Que l'on redonne son épée au Loup Blanc et que Ménisial Méride lui présente son cou !

En entendant ces mots, Ymarics ressentit probablement l'un des plus profonds soulagements de sa vie. Une minute plus tôt, il voyait sa tante morte et lui avec. Or, voilà que l'indomptable guerrière toisait l'Assemblée, éreintée, écorchée, éclopée même ! Mais victorieuse.

Tout au long du combat, une rage sourde avait monté en lui. Pendant que le Grandîslien assenait ses coups implacables, il grondait intérieurement de ne pas pouvoir venir en aide à la guerrière. Plus encore que de l'empathie ou une charge d'adrénaline, c'était un sentiment féroce qui s'était développé en lui. Celui de la bataille et du sang. Un sentiment qu'il avait déjà éprouvé une fois et qui bouillonnait toujours et enchâssait son cœur.

Il se dégagea de ses deux chaperons. Il croisa le regard d'Honast Erg-Sable. Celui-ci était étonnamment calme et à voir comment il regardait le Méride, le Loup Blanc devina où allait la véritable sympathie de ce seigneur.

Pendant ce temps, Ménisial s'agitait entre les bras fermes d'Aegorn et Pastrïon. Le Méride osa un regard vers les chefs des clans du Sud, qui au matin le soutenaient encore. Il ne rencontra que des visages fermés. Certains, même, secouaient la tête avec mépris. Pas un seul de ces nobliaux ne briserait le Taïn pour lui.

Il songeait qu'il disposait d'une armée, là, à ses ordres. Deux mille hommes de sa Maison et trois mille mercenaires sous contrat. Que feraient-ils s'il mourait ? Seraient-ils assez courageux pour le venger, ou est-ce qu'ils baiseraient les pieds de ce pourceau de Loup ? Renâclant, il guettait les mouvements dans le cercle, à la recherche d'un espoir.

On venait de remettre sa lame au jeune Loup et celui-ci la tira de son fourreau. Il l'attendait. Aegorn le bouscula et le secoua par une épaule.

— Avance Méride. Essaie au moins de te montrer digne de ton titre ! Le moment est venu pour toi d'assumer tes actes.

Ménisial louvoya et résista. La poigne ferme du seigneur de Gardenor se montra intraitable et le força à marcher en direction de son bourreau.

À cet instant, une cohue bouscula une partie de l'assistance et une douzaine de soudards firent irruption. Ils portaient la livrée de la puissante Maison du Sud et amenaient un cheval avec eux. Ils pénétrèrent dans le cercle en vociférant, l'épée au clair et le bouclier en parade. Cette sortie éberlua les membres de l'Assemblée. Ménisial esquissa un sourire sardonique et, profitant de la surprise de ses gardiens, échappa à leur étreinte pour courir à la rencontre du petit groupe. S'il parvenait à quitter l'Assemblée à cheval et à rejoindre son armée, c'en était fait de l'union des clans.

Voyant cela, le Loup Blanc poussa un rugissement de rage à l'état brut.

— MEEEERIIIIIDE !

Ce cri secoua l'assistance. Beaucoup tirèrent leur lame et accoururent pour acculer le petit groupe qui protégeait Ménisial. Celui-ci avait déjà le pied à l'étrier et espérait profiter de la confusion pour s'échapper. Un terrible chaos s'emparait de l'Assemblée.

Aegorn s'était lui aussi emparé de son épée pour rattraper le fuyard, mais un autre danger attira son attention. Plus grave encore. Dans la mêlée qui s'annonçait, il entraperçut le regard fou d'Ymaric. Le jeune homme, subjugué par l'émotion et la colère était en train de se laisser dominer par la fureur du Sanglouge.

Berserk !

Aegorn savait, de par le récit de Bystar, que le Loup Blanc s'était déjà laissé aller à cette folie meurtrière lors de l'attaque des Gueules contre Fort Aiglon. C'était d'ailleurs peut-être cette folie qui l'avait sauvé alors. Mais ici, au milieu de tous ces chefs de clan réunis, une telle frénésie sanglante pouvait saper l'autorité du jeune roi.

Abandonnant le Méride à son sort, Aegorn s'interposa devant Ymaric pour le ramener à la raison avant que l'irréparable ne se produise. Celui-ci s'avançait déjà, prêt à tuer quiconque s'interposerait entre lui et sa proie. Le chef de la Maison Gardenor s'aventura à lui saisir le bras droit et le tira vers lui.

— Seigneur, reprenez-vous !

L'autre le regarda sans le reconnaître. Un rictus atroce déformait sa bouche. Ses yeux se trouvaient au-delà de la haine.

— Reprenez-vo…

Une douleur insupportable vrilla son flanc quand l'épée du Loup Blanc s'y enfonça. Aegorn serra les dents et la main gauche crispée sur ce bras qui venait de le blesser, il saisit avec la droite l'épaule du jeune homme pour l'obliger à le fixer.

— Par la Dame, ne détruisez pas tout ce pour quoi nous nous sommes battus.

Mais Ymaric n'était plus lui-même. Et sans doute aurait-il frappé encore le seigneur de Gardenor si un autre homme ne s'était pas aperçu à son tour du danger.

Phéol s'interposa au côté d'Aegorn et, prenant le visage d'Ymaric entre ses mains, utilisa le Don de la Lune pour lui insuffler une vague glacée dans le corps. La vague pénétra ses chairs et remonta jusqu'à l'étau de rage qui le rendait aveugle à toute autre chose que la violence. Elle se cristallisa sur cette boule furieuse et brutale et l'étouffa comme un gel intense peut parfois éteindre un feu trop ténu.

Ymaric secoua la tête et écarquilla les yeux. Il revenait à lui déboussolé et confus.

— Que… que s'est-il passé ?

Aegorn serra les dents à nouveau.

— Nous avons failli vous perdre… Mais tout va bien.

Il échangea un rapide regard avec Phéol. Le Somblune acquiesça un remerciement silencieux.

Sur la place, la mêlée et les bruits de combat laissaient déjà la place à des cris mélangés de colère et de joie.

La foule des chefs de clan outrés avait eu raison des velléités échappatoires de Ménisial. Celui-ci avait été jeté à bas de son destrier et ses hommes tués ou désarmés. C'était Honast Erg-Sable qui se chargeait de ramener le seigneur couard vers le Loup Blanc. Le traîner était d'ailleurs plus près de la vérité.

Phéol et Aegorn s'écartèrent pour permettre à Ymaric de toiser son ennemi vaincu. Ménisial s'épongeait le nez avec un pan de sa cape de brocard. Il rampait au sol, lamentable, mais toujours fallacieux.

Ymaric sentait toujours monter en lui cette colère sourde. Et sans la magie de Phéol qui continuait d'agir, sans doute aurait-il été de nouveau la proie de la rage berserk.

Il serra le poing et inspira profondément pour chasser ses dernières envies de fureur. Cet instant était un aboutissement. Un aboutissement dont il se serait bien passé et qui le conduisait à assouvir une vengeance. Mais un aboutissement dont il devait profiter et user avec autant de sagesse que possible, car c'était cet instant qui déterminerait son règne.

Or, cet homme n'avait peut-être pas porté le coup fatal, mais c'était bien lui qui, depuis le confort de son fauteuil, dans le décorum de ses grandes salles, au cœur de son palais à Castione, avait décidé un jour de tuer toute la Maisonnée de la Louve. Mais il avait échoué. Ces actes avaient d'abord nourri le désespoir d'Ymaric, puis sa rage. Maintenant, cette rage allait enfin trouver un exutoire. Mais avant, il voulait prendre l'Assemblée à témoin.

— Voyez. Voici l'homme qui prétendait gouverner la Claneterre. Voilà son vrai visage, celui de la fourberie. Maintenant, vous pouvez le contempler pour ce qu'il est réellement. Y en a-t-il parmi vous qui le croit encore innocent des crimes dont je l'accuse ? Cet homme est une plaie gangrénée par le désir. Il insulte notre honneur et nos traditions. Il est temps, pour le bien de tous, de trancher cet abcès.

Ménisial émit un hoquet qui ressemblait à un ricanement. Il souffla le sang qui coagulait ses narines et apostropha le Loup Blanc.

— Tu te crois sans doute meilleur que moi, tu penses peut-être obtenir justice, ou même vengeance ? Tout ce que tu fais, c'est t'emparer du pouvoir en coupant des têtes, comme tant d'autres avant toi, et bien d'autres encore après toi. Dis-moi lequel d'entre nous est le plus barbare ? Te voilà Roi, Loup. Et comme tous les tyrans, ton règne commence dans le sang.

Il se mit péniblement sur les genoux et pencha le buste en avant pour lui présenter sa nuque.

— Vas-y, mon Roi. Honore donc le Taïn. C'est une belle façon, pour unifier un pays, que de couper un pauvre bougre en deux.

Ymaric serra ses phalanges autour de la poignée de son épée. Le ton sardonique qu'employait Ménisial cachait mal sa détresse, mais ses mots touchaient juste. Le jeune homme préféra garder la mâchoire crispée plutôt que de répondre. Il leva sa lame au-dessus de l'offrande. C'était un sacrifice. Un sacrifice fait à son père, plus qu'à la Claneterre. Autour, les yeux avides attendaient que le sang coule. Il frappa, sans trembler, suffisamment fort pour que la tête se détache complètement. Le trophée sinistre tomba sur le sol avec un bruit flasque et roula sur un mètre environ.

Le silence s'abattit sur l'Assemblée, plus sourd que toutes les fois précédentes. Profitant de cette accalmie, Ymaric s'autorisa un instant de répit intérieur avant de reprendre la parole pour s'adresser à ses pairs.

— Le Taïn a parlé. Toutefois, il reste encore une question que cette Assemblée doit régler. Ménisial était un traître, un assassin et un menteur, mais il avait vu juste sur un point. Le système de la Régence a vécu et la Claneterre est remplie de différences. Lui voyait des faiblesses dans ces différences et souhaitait diviser le pays. Moi, je préfère y voir des forces. C'est en unissant des clans disparates que mon ancêtre a rassemblé la Horde Blanche. Et c'est cette horde, cette force de différences assemblées, qui a donné naissance à la Claneterre. Aujourd'hui, je réclame l'héritage de mon aïeul. Celui-ci ne se limite pas au trône de la Claneterre, ni au pouvoir. Cet héritage, c'est aussi de faire perdurer ce qui a donné naissance à cette nation. Cet héritage, c'est tirer le meilleur parti de nos différences pour rendre notre pays plus fort. Et nous savons combien nous devons être forts. Les Gueules sont à nos portes, d'autres nations lorgnent sur nos richesses. En nous divisant, comme le souhaitait Ménisial, nous nous affaiblissons. Mais en nous rappelant ce que nous étions, en transformant nos désaccords en accords, en ravalant nos haines, alors, rien ne nous est impossible.

Ymaric marqua une pause et considéra les effets de son discours sur les chefs de clan. Parmi eux, rares étaient les visages réprobateurs. Il se sentit conforté et osa franchir le dernier gué qui se tenait encore entre lui et son destin. Il inspira profondément et poussa un cri qui ressemblait à un rugissement.

— Je suis le Loup Blanc.

Le ton employé réveilla l'Assemblée qui redressa la tête à l'unisson.

— Je suis le Loup Blanc, répéta-t-il. Je suis l'incarnation de cet héritage et je suis prêt à donner ma vie pour lui. Je suis le Loup Blanc, et je vous demande, à vous, chefs de clan et seigneurs, de me donner ce que vos ancêtres ont donné au premier de ma race, allégeance et confiance ! Je vous demande de me suivre, pour vaincre les Gueules aujourd'hui. De me suivre pour rendre à la Claneterre sa force demain ! Alors voici la question que je vous pose. Est-ce que vous me suivrez ? Est-ce que vous voulez de moi pour Roi ?

Une bronca enthousiaste s'éleva du côté Nord de l'Assemblée. Elle gagna rapidement tout le pourtour, à l'exception de quelques sceptiques. Ce n'était pas de l'engouement, c'était une libération. Les gens du Nord fêtaient la fin d'un calvaire, sans le moindre esprit de revanche. Ceux du Sud époumonaient leur soulagement. Cette clameur, composée de cris, de sifflements, de mains que l'on frappait et d'épées que l'on cognait, de souffles, de vivats, de rugissements, de soupirs, c'était celle d'un peuple qui, longtemps étouffé par des miasmes épais, respirait soudain à nouveau à la faveur d'une éclaircie.

Ymaric leva sa lame et hurla plus fort que toute cette foule. Les seigneurs venaient de donner leur réponse.

— Ce matin, deux Claneterre marchaient l'une contre l'autre. Ce soir ! Ce soir, nous brûlerons des corps et avec eux, les entraves qui nous divisaient. Et demain ! Demain c'est une Claneterre unie qui s'ébranlera derrière moi. Ensemble, nous chasserons les barbares qui occupent nos terres ! Ensemble, nous remporterons des victoires plus belles encore que celle de Sonnecume. Ensemble, nous réveillerons les rêves de nos pères ! Car les crocs nous gardent !

Le charivari de l'Assemblée enfla encore. Elle gronda depuis les ruines, sourde et joyeuse, pour atteindre les rangs serrés des deux armées qui, toujours, se faisaient face. Puis, des cavaliers arrivèrent à leur tour, dans un gémissement de poussière, portés par leurs montures au galop. Ils aboyaient la nouvelle aux contingents étonnés.

— Les Méride sont morts, le Loup Blanc est roi !

On se regarda, étonné ou ravi. On comprit que les effusions des chefs de clan étaient de la joie. On avait échappé à la guerre, une autre se profilait. On frappa la hampe des lances contre les boucliers, on fit sonner les cors et les trompes. On beugla de pouvoir vivre au moins quelques jours de plus.

— Les Méride sont morts, le Loup Blanc est roi !

Au milieu du barouf, personne ne prêtait attention à cet homme qui se tenait le flanc. Le sang s'en écoulait de plus en plus. Aegorn repensait au rêve prophétique de son fils. Ce songe, où le puissant rapace emportait le Loup blessé loin des corbeaux et des charognards. Le rêve s'était accompli, il vibrait devant ses yeux. Aujourd'hui, les corbeaux et les charognards s'inclinaient devant le Loup à la robe blanche. Quant à lui, L'Aigle du Nord, il sentait ses ailes se dérober sous lui.

Et alors que ses jambes vacillaient, il sentit un bras lui venir en aide et vit le regard inquiet d'Astelline qui se penchait sur lui.

— Vous êtes blessé ? Que s'est-il passé ?

— Rien que l'histoire doive retenir.

Il contempla sa main rouge et les gouttes pourpres qui tombaient sur le sol. La voix d'Astelline se fit stridente.

— Un médecin ! Que l'on appelle un médecin !

22

— Comment va-t-il ?

— Il a une forte fièvre et doit sûrement souffrir énormément, mais il a refusé les potions à base d'herbes que nous lui proposions.

Ymaric souleva un sourcil et dévisagea son interlocuteur avec un air réprobateur. Le chirurgien se tritura les mains et haussa les épaules avec dépit.

— Il a dit qu'il voulait garder l'esprit clair pour vous parler.

L'homme était un chirurgien qui accompagnait les Maisons du Sud. Honast Erg-Sable l'avait présenté comme un guérisseur capable et la blessure d'Aegorn, bien que profonde, ne semblait pas fatale. Ce guérisseur et ses aides avaient donc pansé la plaie et épanché le sang. Une fois recousu, Aegorn avait semblé se porter mieux, mise à part une grande fatigue. On l'avait donc installé dans une tente pour qu'il se repose. Mais le visage inquiet et la façon dont le chirurgien triturait ses mains prouvaient que l'état d'Aegorn, plutôt que de s'améliorer, empirait. Et alors qu'il se perdait en question, Ymaric sentait l'appréhension monter en lui.

— Il s'est réveillé en se plaignant de douleurs au niveau du ventre, disait le médecin. Il a même été pris de convulsions. Nous avons réexaminé la plaie. Il se pourrait que quelque organe ait été touché, ou une veine. Nous pensons qu'il saigne toujours, mais de l'intérieur. Nous pourrions tenter de rouvrir la plaie pour trouver la cause du problème, mais alors, nous risquerions tout autant de le sauver que de l'achever. Nous avons envoyé un cavalier quérir l'aide de sages-feuille du Temple-Nature. Leur magie pourrait réussir là où notre savoir échoue. Mais ils ne seront pas là avant plusieurs heures.

Le Loup Blanc s'étonna.

— Vous ne savez donc pas utiliser le Don de la Nature ?

Le chirurgien baissa la tête, penaud.

— Certains possèdent quelques facultés. Par exemple, chasser les migraines, atténuer la douleur ou soulager une infection bénigne. Mais aucun d'entre nous n'est formé à l'usage des pouvoirs élémentaires comme le sont les Templiers ou les mages salandrins et dracks.

Ymaric se mordit pensivement l'intérieur de la joue. Voilà quelque chose qu'il faudrait changer. Un pays ne pouvait dépendre des talents d'autrui. Or, de ce côté-ci de la Chimeterre, la magie était historiquement l'affaire des Templiers.

Par les Façonneurs ! Pourquoi, hormis les Templiers, trouvait-on si peu de gens capables d'utiliser les Dons de la Chimère en Claneterre ?

Chez les Salandrins ou les Dracks, l'usage des Dons était plus ouvert, bien que réglementé par des castes et des rangs. Dans les cités libres du Pön, une longue opposition avec les Temples avait eu pour conséquence de raréfier les usages en la matière, mais aussi à les rendre plus accessibles, puisque nulle appartenance à un groupe ou une catégorie ne réglementait l'apprentissage de la magie. Toutefois, c'était surtout au Royaume de la Passe que les Dons élémentaires se retrouvaient libérés des carcans anciens qui corsetaient la Claneterre ou la République de Chime. Un modèle qu'Ymaric se voyait bien imiter, si toutefois il parvenait à ramener l'ordre dans son pays.

Toutefois, à cet instant ce n'était pas les considérations politiques, ni même les projets qu'il pourrait mettre en place, qui taraudaient Ymaric, mais une appréhension sourde.

Comme lors de la bataille de Fort Aiglon, ses souvenirs le trahissaient, mais une image lui revenait comme une bribe, celle de sa lame dans le flanc du protecteur des marches.

— Menez-moi à lui.

Ils se présentèrent devant une tente où un soldat portant l'Aigle et la Tour des Gardenor, ainsi qu'un jeune garçon aux allures de page montaient la garde. Ils s'écartèrent vivement quand le Loup Blanc se présenta et s'inclinèrent devant lui avec une déférence qu'il jugea inutile. Le chirurgien lui indiqua l'entrée d'une main.

— Veillez à ne pas trop le fatiguer.

Apparemment, il ne comptait pas l'accompagner. Ymaric inspira profondément et se glissa sous la toile.

À l'intérieur, une lampe à huile diffusait sa lumière feutrée et vivace. Un lit de camp, sur lequel s'entassaient des fourrures, sûrement dans le but de le rendre confortable, occupait presque tout l'espace. Dans un coin, Le Loup Blanc reconnut les effets personnels du seigneur de Gardenor, son armure et ses armes. Une chaise attendait à côté du lit que quelqu'un vienne s'y asseoir. Et, tout près, posée sur des coussins, il y avait la tête d'Aegorn tournée vers lui.

— Ah, vous voilà.

La voix de l'Aigle du Nord conservait cet écho rocailleux et fier qui la rendait si distinctive, mais elle manquait de force, tout comme son maître manquait de souffle. Les joues d'Aegorn semblaient creusées. Sans doute, le jeu de la lumière renforçait-il cette impression. Par contre, la chaleur des flammèches paraissait incapable de s'accrocher à ce teint pâle et cireux. Ymaric essaya de masquer son trouble et prit place sur la chaise.

— Les médecins me disent que vous refusez de prendre leurs potions ?

Aegorn opina faiblement.

— Elles ne soigneraient pas mon mal et ne feraient que m'étourdir l'esprit, dit-il.

Il fit un effort pour se redresser un peu sur ses coussins, dans le but de pouvoir mieux regarder le Loup Blanc et converser avec lui. Mais celui-ci préféra ne pas soutenir son regard et baissa la tête.

Il serra le poing.

— Ce... c'était moi ? N'est-ce pas ?

Il y avait quelque chose de brisé dans sa voix.

— Ce n'était pas vous. C'était la rage berserk.

Ymaric inspira profondément.

— Alors, c'était bien moi.

Aegorn lui attrapa le bras.

— Ne vous jugez pas coupable. Les vrais coupables, ce sont ceux qui vous ont empêché de connaître votre Don. Ceux qui vous ont empêché d'apprendre à vous en servir. Notre vieille tradition qui laisse aux Temples tout le contrôle de la magie. La défiance de votre père, qui préférait les présages des astrologues et rechignait à tout commerce avec les Templiers. Vous êtes autant une victime que moi. Je sais que jamais vous n'auriez porté le fer contre moi, si ce n'est par cette fureur qui vous a dominé.

Malgré les paroles du seigneur de Gardenor, le Loup Blanc ne parvenait pas à s'ôter de la tête son geste.

— Nul ne le sait, reprit Aegorn. Sauf peut-être Phéol et c'est très bien ainsi. Nul ne doit jamais savoir, même si je meurs.

Entendant cela, Ymaric se redressa violemment.

— Ne dites pas de bêtises, vous allez vous remettre. Les Cures-feuille sont en route pour vous soigner.

Le seigneur de Gardenor haussa un sourcil dubitatif. Ymaric vit que de la sueur lui perlait depuis les tempes et humidifiait la base de ses cheveux.

— Sans vouloir vous manquer de respect, après plus de quinze ans passés à combattre les bandes Gueules dans les Terres Sauvages, j'ai vu pratiquement toutes les façons dont un soldat peut mourir. Je sais ce qui m'attend.

— Allons, je vous ai déjà vu vous relever à un moment où tous vous croyaient perdu. Moi-même j'ai survécu à des blessures bien plus graves. La vie est plus tenace qu'elle n'en a l'air. Si... Si jamais vous...

Aegorn contemplait le regard déchiré du Loup Blanc. Il ne pouvait qu'imaginer les sentiments contradictoires qui l'animaient alors.

— Vous êtes arrivé dans ma citadelle, totalement brisé et alors que moi-même je n'étais plus qu'une ombre. Nous étions deux boiteux et nous avons décidé de nous soutenir l'un l'autre. Moi, pour accomplir le rêve prophétique de mon fils et racheter mes erreurs, vous pour laver les affronts faits à votre famille et sauvegarder son héritage. Mais, tandis que la vengeance vous animait, j'errais en attendant que Lilios se décide enfin à couper le fil de mon destin. Je croyais être le dernier Gardenor. J'étais une fin, une Salamort, quand vous étiez un Phénix, une renaissance. Je me trompais et aujourd'hui je n'aspire à rien d'autre que d'ébouriffer les cheveux de mon fils, sentir l'odeur de ma femme et les serrer tous les deux dans mes bras.

— Nous nous trompions tous les deux Aegorn. J'ai d'abord agi par vengeance, en effet, mais désormais je réalise que ma vraie motivation était d'en finir avec les haines et les spectres issus du passé. Et comme j'ai réussi à surmonter les errements de ma famille, vous pourrez bientôt réaliser votre vœu le plus cher et retrouver la vôtre.

— Alena est pleine de caractère et d'intelligence. Si elle avait été une noble Clanienne, je n'aurais eu aucun doute sur sa capacité à se faire respecter. Mais vous savez comment sont les seigneurs. Beaucoup se rappellent ses origines et la déconsidèrent pour la seule raison qu'elle est femme, née sur une terre étrangère et de basse extraction. Je sais qu'entre eux, ils la traitent de sauvageonne, sans savoir s'ils le font par jalousie, envie ou pure bêtise. Quant à mon fils, il est encore trop jeune. Certains parmi les plus odieux et les plus sectaires voient en lui un bâtard qui ne mérite pas de porter le nom de Gardenor.

Le Loup Blanc s'inquiéta. Il craignait de voir réapparaître l'Aegorn du lendemain de l'invasion Gueule, cet homme dévasté à l'esprit malade.

— Voilà une description bien peu flatteuse de votre famille. Ceux qui pensent réellement cela doivent se compter sur les doigts d'une seule main !

— C'est votre inexpérience qui parle. Vous savez pourtant de quelle façon la plupart des seigneurs de notre pays perçoivent votre tante, Broyeuse, femme inféconde, défigurée, aventurière et guerrière de surcroît ! Voilà qui n'est pas pour leur plaire... les imbéciles. Aujourd'hui pourtant, elle les a sauvés, tous !

Le jeune homme acquiesça malgré lui. Aegorn forçait peut-être un peu le trait, mais ce qu'il disait était assez vrai. Depuis son retour, Broyeuse elle-même n'avait jamais cherché à occuper la place qui aurait dû lui revenir, de par son rang et ses exploits, pour éviter de se confronter à cette mentalité rétrograde.

Le seigneur de Gardenor ferma les yeux quelques secondes et Ymaric crut qu'il était en train de s'assoupir. Mais il revint finalement à lui et tendit un bras vers ses effets personnels.

— Apportez-moi mon épée.

Le Loup Blanc obtempéra tout en s'interrogeant sur cette demande. La fièvre, sans doute, devait altérer l'esprit du Protecteur des Marches et lui faire tenir ces propos si pessimistes. L'épée en question se trouvait dans son fourreau, lui-même posé contre l'armure. Ymaric s'empara de l'ensemble. Il se rendit compte que c'était la première fois qu'il portait véritablement attention à cette arme. Le pommeau dégageait une patine ancienne. Toute en métal, la garde figurait deux ailes qui rejoignaient la tête d'un aigle. Habilement, le bec de ce dernier semblait mordre dans la lame. Ses yeux, petits, luisaient et en y regardant de plus près, le Loup Blanc constata la présence de deux pierres précieuses, des diamants.

— C'est un cadeau de l'un de vos ancêtres, offert au tout premier des Gardenor quand celui-ci fut autorisé à établir sa Maison. Elle représentait tout autant un gage de respect, qu'un remerciement des efforts de mon aïeul pour réussir à repousser la Horde Brune. C'est la lame des Protecteurs des Marches, celle de l'Aigle. Une lame de guerrier, forgée pour combattre la barbarie. Depuis bientôt deux cents ans, elle passe de génération en génération. Je l'ai reçue des mains de mon père.

Aegorn déglutit légèrement, comme si parler le faisait souffrir.

— Vous la donnerez à mon fils.

Le Loup Blanc se crispa quand il réalisa ce qu'Aegorn lui demandait et surtout ce que cela signifiait.

— Vous la lui donnerez vous-même, Aegorn. Je ne vous permets pas encore de vous retirer et d'abandonner votre charge. Les Cures-feuille vont vous remettre sur pied. Ne vous laissez pas aller. Tenez jusqu'au matin. Pour revoir votre fils et votre femme. C'est un ordre !

Le seigneur de Gardenor esquissa un sourire.

— Seuls les dieux peuvent donner un tel ordre. Et vous n'êtes pas un dieu. Mais vous êtes mon Roi, auquel je demande une faveur en reconnaissance de mes actes. Donnez l'épée des Aigles à mon fils et protégez ma famille.

— Comment pourrais-je remettre cette lame à votre fils, sachant que c'est ma propre épée qui vous a ôté la vie ? Comment me regarder en face ? VOUS DEVEZ VIVRE !

—Alors, servez-vous de votre culpabilité pour que la protection de ma famille devienne pour vous un devoir. Peu importe le passé, seul le futur compte. Ne le gâchez pas pour un geste que vous ne pouviez contrôler.

Les mots d'Aegorn sortaient de plus en plus difficilement de ses lèvres. Ymaric se rappela ce moment où, à la Citadelle Gardenor, l'Aigle du Nord lui avait demandé s'il était prêt à s'assumer. Ce jour-là, il avait seulement pensé en termes de gouvernance. Depuis, chaque jour, il comprenait un peu plus ce que signifiait d'incarner le Loup Blanc.

— Je m'y engage, par les Sept et la Dame. Et maintenant, reposez-vous, car je souhaite pouvoir chevaucher encore à vos côtés. Et buvez ces potions que les médecins vous préconisent ! Voilà bien un ordre que je peux vous donner, non ?

Aegorn sourit faiblement en clignant des yeux. Le Loup Blanc lui prit la main et appela les médecins. Ceux-là entrèrent sensiblement inquiets, mais Ymaric les rassura avant de s'adresser une dernière fois à l'Aigle du Nord.

— Reposez-vous, demain je vous raconterai quelle fête vous avez manquée !

*****

Irek'rkor avança prudemment dans l'arrière-cour en ruine de ce qui avait dû être une ferme viticole. Le mercenaire pouvait s'estimer heureux. Là-bas, dans le campement des armées claniennes unifiées, on brûlerait bientôt les corps de ses anciens maîtres, ainsi que celui de l'un de ses comparses.

Un sacré gaillard, ce Garming. Jusqu'à la fin, Irek avait cru que le Grandîslien viendrait à bout de la légendaire Broyeuse, ce qui aurait fortement compromis ses visées personnelles. Mais la balafrée lui avait fait son affaire, au colosse. Avant l'aube, il ne serait plus que cendre. À ce moment-là, lui-même serait déjà en route vers Antione avec les deux clés de la Confiance, pour récupérer son or !

Au centre de l'arrière-cour se trouvait un puits tout aussi délabré que le reste de l'ancienne bâtisse. Et sur ce puits, il y avait une silhouette élancée que le mercenaire commençait à trop bien connaître. Assuré qu'elle était seule, il avança crânement.

— J'ai fait ma part, Templière. Alors, donne-moi ce qui me revient.

L'Ombre de Sonnecume croisait nonchalamment les bras, appuyée sur le seul pan du puits qui tenait encore debout. Elle avisa les silhouettes qui arrivaient derrière le mercenaire.

— Tu devais venir seul.

Irek jeta un regard à la demi-douzaine de ses gars qui le suivaient. Des costauds en cuirasse de cuir, la lame déjà au clair, les meilleurs de sa compagnie.

— Un homme dans ma situation n'est jamais assez prudent. Le Loup Blanc pourrait décider de revenir sur sa parole. Ou bien toi !

L'Ombre haussa un sourcil sous sa cagoule. Voilà qui était cocasse.

— Allons ! reprit le Drack. Donne-moi cette clé, que je puisse enfin disparaître.

— C'est moi qui l'ai.

La voix grondante fit sursauter Irek. Il s'étonna de voir émerger une silhouette de l'un des recoins de ces ruines. Il avait pourtant observé méticuleusement les environs pour être certain de ne pas tomber dans un piège. Mais l'homme qui s'avançait maintenant s'appelait Phéol. Or, on disait que ce vieux grigou de Somblune maniait quelques magies lunaires. Il fit un pas en arrière, fustigea l'Ombre et posa une main sur le pommeau de son épée.

— Apparemment, je ne suis pas le seul à être venu accompagné.

Phéol vint se camper à moins de trois mètres de lui. Le vieux maître d'armes avait également la main sur son arme, prêt à en faire usage.

— Nous avons un problème à régler, toi et moi. Tu veux la clé et moi je veux ta peau. L'un de nous va devoir rejoindre la Grande Mère.

Irek renifla son amertume. Voilà ce qui arrivait quand on passait un marché avec ces gens-là ! Il se tourna vers l'Ombre.

— Qu'est-ce que ça signifie, la sournoise ? Tu as dit que tu me remettrais la clé ici !

L'Ombre quitta son puits et fit quelques pas dansants qui l'amenèrent à une proximité du mercenaire que ce dernier jugea dangereuse.

— J'ai dit que tu aurais l'opportunité de récupérer la clé. Ce qui n'est pas exactement la même chose. Tue le vieux Phéol, et la clé est à toi. Je n'interviendrai pas. Et je conseille à tes hommes d'en faire autant. Car je ne serai pas aussi magnanime avec eux.

Le Drack passa une main sur son visage et considéra la situation. Il jeta un regard suspicieux à l'Ombre de Sonnecume. Hormis elle et le vieux soldat, il n'y avait que lui et ses hommes. Le rapport de force penchait en sa faveur.

— Un duel d'honneur, hein ? Parce que j'ai tué ton vieux Loup de maître. Merci de ta proposition, l'ancien, mais je ne vois vraiment pas pourquoi j'accepterais. Mes gars, là, ils ne demandent rien de mieux que te tailler en pièces. Alors, tu vas plutôt me donner gentiment cette clé sans discuter.

L'Ombre de Sonnecume fit claquer sa langue à plusieurs reprises.

— Ça, c'est une très mauvaise idée, le chien de Guerre.

— Eh, quoi ! Nous sommes sept, vous n'êtes que deux. Une femme et un vieux mercenaire sur le retour.

Il ne put s'empêcher de ricaner et fit signe à ses hommes de le rejoindre. Ils accompagnèrent le rire de leur chef par des roucoulements gras. Phéol secoua la tête de dépit. L'Ombre, pour sa part, venait d'entrer en action.

Elle se déplaçait avec une telle dextérité que, dans la pénombre, il était difficile de la distinguer. Sans doute, faisait-elle également appel au Don de la Lune pour masquer ses mouvements. Le premier mercenaire à franchir le cercle de la cour se rendit à peine compte qu'elle fonçait vers lui. Au moment où il tenta de la toucher d'un moulinet, sa gorge projetait déjà un flot carmin et tiède.

Les autres jurèrent et se campèrent sur leurs appuis. La Templière cabriola entre eux, tornade sombre et volage qui jetait des éclairs avec ses dards. Ce n'était pas un combat, on aurait plutôt dit une ballerine qui s'exerçait dans un poulailler. Qu'un mercenaire tentât de la faucher, elle se cambrait autour de sa lame et lui perforait le crâne ou le buste. Qu'un autre cherchât à prendre la fuite, d'une pirouette elle le rattrapait et lui ouvrait le ventre. Leurs lourdes épées ne s'abattaient que sur du vide, un souffle trop tard. Ses aiguilles traçaient des sillons, arrachaient des râles et crevaient les destins de ces hommes.

Horrifié, Irek la regarda mener son carnage sans rien pouvoir faire. Elle était trop vive, trop rapide, insaisissable. Il comprit pourquoi certains tremblaient en évoquant son nom et sa légende.

— Il vaut mieux ne pas la contrarier, commenta Phéol. Et maintenant, si nous réglions notre affaire ? Juste toi et moi.

Le Somblune tira son épée et se mit en garde. Irek, après une seconde d'hésitation, l'imita. Il fit abstraction du spectacle désolant de ses hommes qui agonisaient et de l'Ombre de Sonnecume qui essuyait tranquillement ses lames avec leurs tuniques fendues. Il tira également une dague et se prépara à recevoir l'assaut de son adversaire.

Phéol passait pour un combattant redoutable. Irek avait eu l'occasion de le voir se battre, le jour il avait mené cette embuscade contre le vieux Loup et sa garde. Ses hommes l'avaient laissé pour mort. Apparemment, le gaillard les avait feintés. Cette fois, Irek'rkor ne commettrait pas la même erreur, il lui trancherait la tête. Car lui aussi était un bretteur remarquable. Il n'avait eu besoin que d'une main pour défaire le vieux Loup et son plus jeune fils. Il ne craignait pas le barbu.

Ils commencèrent par se tourner autour. L'Ombre était revenue à son puits pour les regarder.

Phéol tenta une première feinte. Irek la déjoua sans peine et porta à son tour une furieuse estocade. Mais comme il se penchait en avant pour menacer le buste du Somblune avec sa pointe, il sentit quelque chose craquer sous son pied droit. Sa jambe s'enfonça dans un trou. Phéol le bouscula au moment même où il perdait l'équilibre. Une douleur insupportable le fit hurler quand son tibia se brisa. Il comprit que Phéol l'avait mené droit dans un piège tendu à l'avance. Le Somblune ne s'attarda pas en détail. Il abattit sa lame avec violence dans le but de le désarmer. D'abord l'épée, puis la dague. Irek lui cracha au visage.

— C'est ça que tu appelles un combat loyal ?

Le poing ganté de Phéol lui percuta la bouche. Il perdit quelques dents au passage.

— Qu'est-ce qui te fait croire que je souhaitais me battre loyalement avec toi ? J'ai vu comment tu as traité le vieux Loup Blanc et son jeune fils. J'ai vu leurs visages ravagés et leurs corps suspendus !

Irek hoqueta. Il dégagea sa jambe brisée et voulut ramper jusqu'à sa dague. Phéol le devança. D'un coup de pied il poussa l'arme hors de portée du Drack, puis avec le talon de sa botte il lui broya les os de la main droite. Irek hurla encore. Le Somblune le frappa à nouveau, puis il le retourna, pantelant, et déchira son justaucorps de cuir.

— Tu vas me vider les entrailles, aussi ?

Phéol lui répondit par un regard glacé. Irek frémit car, dans ces yeux-là, il vit ce qui l'attendait.

Le Somblune fourragea d'abord dans sa tunique pour en extirper ce qu'il cherchait, la clé de la Confiance que l'Ombre avait rendue au mercenaire.

— Cet or qui devait payer ton forfait servira à reconstruire la Claneterre. Quant à toi…

Il glissa le précieux bout de métal dans une de ses poches, puis il attrapa sa victime par une jambe et la traîna jusqu'au pied d'un arbre, en bordure de la cour. Il avait choisi celle qui était brisée et à chaque secousse le mercenaire poussait des cris et des gémissements.

Une corde les attendait là-bas. Phéol ligota les deux chevilles ensemble, puis il enroula la corde autour d'une branche haute et solide et tira pour hisser Irek'rkor. Le Drack pesait lourd et le Somblune souffla et sua pour y parvenir. Quand la tête du capitaine mercenaire se trouva pratiquement au niveau de son buste, Phéol attacha la corde et passa une main sur son front pour en chasser la sueur. Irek serrait les dents et continuait de gémir par intermittence.

— Fais vite, l'ancien.

Le Somblune pointa son visage au-dessus du sien.

— Ta mort sera tout sauf rapide. Je vais te percer les yeux, te couper la langue et les oreilles. Comme ça, tu erreras dans le noir sans jamais trouver le vase de la Chimère. Tu ne festoieras pas à la table des Façonneurs. Et quand viendra la fin du monde, quand la Chimère se réveillera et détruira tout ce qui est, ton âme meurtrie demeurera seule et abandonnée. Il n'y aura pas de fin pour toi, seulement une souffrance éternelle. Je t'ouvrirai également le ventre et je laisserai pendre tes intestins. Je couperai les tendons sous tes aisselles, pour que tu ne sois pas tenté de t'achever toi-même en t'arrachant les tripes. Ton sang gouttera et nourrira le sol pendant des heures. Enfin, à l'aube, des corbeaux viendront te picorer les entrailles. J'espère qu'à ce moment-là tu respireras encore. J'espère que tu les sentiras se nourrir de tes viscères avec leurs becs te raclant les os et t'arrachant des lambeaux de peau.

Enfin, il se tut et sortit une lame.

23

Les bûchers étaient dressés et les corps attendaient qu'Ymaric y appose sa torche. Le jeune homme craignait de s'habituer à ces cérémonies. Il se rappelait, dans la cuvette où se terrait le campement d'Astelline, quand il avait allumé son premier brasier. Cette nuit-là, c'était ses hommes que les flammes avaient consumés. Aujourd'hui c'était différent. Il brûlait des ennemis vaincus.

On avait placé les bûchers un peu à l'écart du campement. Une foule d'hommes en armes était là. Les seigneurs claniens d'abord, dont certains ne présentaient leur visage que par souci des convenances. La garde d'Ymaric ensuite, guerriers austères et drapés de blanc. Des soldats, enfin, dont la plupart obéissaient ce matin encore à la défunte famille et qui s'interrogeaient sur leur devenir. Ymaric tendit sa torche et embrasa les foyers.

Le geste se voulait symbolique. En honorant ses ennemis de la sorte, le Loup Blanc prouvait son désir de ramener la paix entre les Maisons. En éparpillant leurs cendres, il balayait les clivages. Une page de l'histoire de la Claneterre se tournait. Après les oraisons funèbres viendrait la fête. Les soldats du Nord et du Sud chasseraient les griefs ou les réticences en partageant le pain et la bière. On chanterait et on danserait autour des feux de camp. Il faudrait peut-être ramasser Phéol, complètement ivre. On rirait. Même les rixes seraient joyeuses. Car après la fête, viendrait la guerre.

Ymaric avait pris ses dispositions. Broyeuse, blessée, retournerait à Sonnecume pour y asseoir l'autorité de la Maison Louve. Il comptait également envoyer Pastriön et Honast Erg-

Sable dans le Sud, pour étouffer les éventuelles velléités locales, notamment à Castione le fief des Méride. L'armée, quant à elle, prendrait la direction du Nord. Il tiendrait enfin la promesse qu'il avait faite de reprendre la ville de Mès-les-bains.

Sur ce dernier point, Ymaric regrettait de devoir se passer d'Aegorn pour mener cette bataille. Mais la gravité de la blessure qu'il avait lui-même infligée au seigneur de Gardenor, l'obligeait à devoir se passer de l'un de ses plus fins stratèges. Ce dernier accompagnerait Broyeuse à Sonnecume, où il recevrait des soins de la meilleure qualité. Il rageait doublement contre lui-même et ce Don qu'il ne maîtrisait pas.

Devant les bûchers, un cœur s'était improvisé. Des soldats à la mine rude chantaient une ballade d'adieux. Mais déjà, les premiers curieux s'éloignaient. On retournait vers le camp, vers la chaleur, les fûts de bière percés et les carcasses d'agneaux qui grillaient sur des broches. Ymaric se détourna des grandes flammes à son tour. Il leur tourna le dos, comme il tournait le dos à tout le mal que les Méride avaient fait à sa famille et ses amis. Il voulait respirer librement, ne plus se sentir étouffé par la vengeance ou la haine. Il essayait de suivre le dernier conseil d'Aegorn, se tourner vers l'avenir et l'espoir. À chaque pas qui le ramenait vers le campement, il se sentait devenir plus léger.

Quand il fut enfin au milieu des tentes, il souriait. Les soldats le saluaient avec enthousiasme. On lui proposa des chopines de bière ou de vin. Il en accepta la plupart, pour le simple plaisir de trinquer avec des hommes qui, pour beaucoup, lui étaient inconnus. Ils lui tendaient des broches dégoulinantes de graisse au-dessus de feux qui folâtraient et crépitaient doucement. Il mordit de bon cœur dans cette chair grillée.

Il continua son chemin pour arriver jusqu'au centre du campement, près d'un grand chapiteau qui dominait un vaste espace gaillard. Des soldats s'improvisaient ménestrels. Les guitares salandrines, reconnaissables à leurs formes charnues, se mêlaient aux tambours chiméens et aux flûtes septentrionales.

Au centre, un grand foyer réchauffait un taureau énorme. On découpait de généreuses pièces de viande dans cette offrande aux vivants et on les dévorait goulûment entre deux gorgées d'hydromel.

La chaleur et le vin rendaient le Loup Blanc guilleret. Sous une tonnelle, il aperçut Astelline et Broyeuse. Elles riaient. Malgré le bras bandé et immobilisé de la guerrière, malgré le fait qu'elle avait frôlé la mort, ou peut-être à cause de cela, elles riaient. Il se hâta d'aller rire avec elles.

— Alors ma tante, je vois que ce bras ne t'empêche pas de lever le coude.

La guerrière opina gravement.

— Puisqu'apparemment cette guerre est finie pour moi, c'est hélas la seule chose qui me reste à faire. Boire, pour oublier toute cette gloire qui m'échappe.

— Cette gloire qui t'échappe ? répéta Ymaric interloqué.

Broyeuse opina en dodelinant de la tête.

— C'est que je me le serais bien farci, moi, ton Aurochs Rouge. Voilà une bestiasse dont le scalp n'aurait pas dépareillé parmi tous mes trophées ! Mais à cause de ce pilier d'Aaron de mes deux, me voilà bonne pour jouer à l'intendante pendant que tu vas guerroyer.

Ymaric éclata de rire. Visiblement, elle avait déjà bu plus que de raison.

— Remercie plutôt les Façonneurs d'avoir veillé sur nous ! Avoue qu'il s'en est fallu de peu.

— Que nenni, les Façonneurs n'ont rien à y voir. Je maîtrisais totalement la situation. Dis-lui, toi.

Elle décocha un clin d'œil à Astelline. La jeune femme se leva pour passer un bras autour de la taille d'Ymaric qui demeurait interloqué et, il faut l'avouer, un brin jaloux de leur complicité.

— Me dire quoi ?

Astelline lui mordilla l'oreille. Elle aussi semblait éméchée à souhait.

— Comment la légendaire Broyeuse a vaincu le terrible géant de Carthane, clama la jeune femme comme si elle était un troubadour. Oyez, beau damoiseau ! Le colosse était plus fort, c'est vrai. Alors, elle l'a volontairement laissé lui briser le bras. Et quand il crut que la victoire lui appartenait, elle a porté l'estocade finale !

Astelline voulut effectuer un pas de danse ou une pirouette, mais au lieu de cela, elle chancela en se mélangeant les pieds. Ymaric chercha à la rattraper, et comme lui non plus n'était plus tout à fait apte, ils s'écroulèrent tous les deux sous le regard hilare de Broyeuse.

— L'endroit n'est peut-être pas très approprié pour des galipettes, mes tourtereaux.

Elle vida sa corne d'un trait. Sa boutade n'était d'ailleurs pas si éloignée des faits, puisque les deux maladroits n'avaient rien trouvé de mieux, pour se remettre de leurs émotions, qu'un long baiser tout sauf platonique. Ils se séparèrent, haletants et joyeux.

— Ne recommence jamais ça, murmura-t-elle. Ta tante ne sera pas toujours là pour te sauver la mise.

Elle ne parlait pas du baiser, évidemment. Et malgré son sourire et ses yeux pétillants, Ymaric comprit qu'elle était très, très sérieuse. Il nota mentalement de ne jamais la décevoir sur ce point. Puis, ils s'aidèrent mutuellement à se remettre d'aplomb et se retrouvèrent nez à nez avec deux chopines que leur tendait Broyeuse.

— Est-ce la vérité, demanda Ymaric en s'emparant du godet, ou bien une de tes histoires ?

La guerrière passa distraitement son pouce le long de sa cicatrice.

— Ce n'est pas une histoire louveteau. C'est quelque chose que j'ai appris dans les arènes dracks. Simuler la défaite est parfois la seule façon d'obtenir la victoire. Ce qui, hélas, demande souvent un foutu sacrifice.

Elle désigna son bras enrubanné.

— Dommage que je ne sache pas comment ressouder les os. J'ai entendu dire que certains sages du Temple-mine y arrivent, eux. Et à Hurbécaille, sous les arènes, il y avait des médecins qui s'en étaient fait une spécialité ! Bah, moi, à part concasser des noix ou des crânes…

Ils rirent de bon cœur et trinquèrent à l'exploit de la Guerrière. Autour d'eux, la fête propageait son ivresse et ses excès. On attisait les braises, non plus pour y cuire de la viande, mais pour organiser des jeux et des concours. On sautait par-dessus les flammes en tenant son verre entre les dents. On s'essoufflait et on s'époumonait en beuglant des chansons paillardes. Les forains qui accompagnaient l'armée du Sud s'étaient joints à la fête. Des diseuses de bonne aventure faisaient parler les cendres. Les plus jolies et les plus jeunes prédisaient toujours une nuit d'amour aux officiers les plus attrayants. Si ces godelureaux se révélaient un peu niais, elles soulevaient leurs jupons pour qu'ils voient de quel avenir elles parlaient. Ils s'empressaient alors de les attirer dans leur tente, le ceinturon débouclé, le pantalon en déroute et la lame dressée à tout fendre.

Des musiciens finnois improvisèrent une sarabande avec des jongleurs de feu. Le bruyant serpentin ondula entre les braillards, drainant sur son passage rires et éclats de surprise. Chemin faisant, ils récoltaient de la ripaille et de la sonnaille.

Quelqu'un crut bon d'organiser une course de fûts. La première fois, on se jucha dessus pour les faire rouler. Personne ne put franchir la ligne d'arrivée. La seconde fois, les coureurs se calèrent à l'intérieur des gros tonneaux pour dévaler une pente. En bas, ils dégobillèrent tous l'excès de boisson qui leur avait fait commettre cette folie. À la troisième tentative, on considéra que la meilleure course consistait encore à vider les fûts le plus rapidement possible.

Le Loup Blanc s'amusait des pitreries des uns et des autres. Il dodelinait de la tête au son des vielles et des flûtes. Broyeuse continuait de boire sans modération. Elle devait bien avoir vidé un tonneau ! Ymaric observait son profil qui se détachait sur les flammes d'un grand feu. Ainsi, dépourvue de toutes les aspérités que lui conférait la lumière vive du soleil, il pouvait admirer son apparence altière. Une apparence qui lui rappelait furieusement celle de son père.

Astelline dodelinait de plus en plus. L'excès d'alcool se faisait sentir, elle avait les joues chaudes et la vision trouble. La lumière vibrante des feux ajoutait à cette impression de monde mouvant. Les joueurs de flûte qui dansaient autour des foyers lui apparaissaient semblables à des esprits échappés des légendes. Elle n'aurait pas été surprise d'apprendre que l'un des Façonneurs s'était glissé parmi eux, pour ajouter à la magie du moment.

Un moment, il lui sembla qu'une silhouette se penchait sur Ymaric. Celui-ci se leva et elle chercha à se dresser à son tour pour l'accompagner. Ses jambes incertaines la trahirent. Elle vit son sourire, comme il la rattrapait une nouvelle fois, puis entendit la voix claire de Broyeuse qui riait aux éclats. Le reste se résuma à un chaos de formes et de couleurs, d'impressions et de sensations, d'échos de musiques, de souffles chaleureux, de mots volés et enfin, d'oubli.

Astelline grogna faiblement. Son crâne bourdonnait et ses tempes lui battaient. Ses paupières avaient du mal à se décoller et le faible rayon de lumière qui filtrait à travers l'ouverture de la tente suffisait à lui faire mal. Un instant, elle regretta l'excès de boisson de la veille. Un instant seulement.

Elle gisait tout habillée dans sa couche et se demandait bien comment elle avait échoué là. La sueur collait sa chemise à sa peau et elle ne pouvait qu'imaginer sa tête dépenaillée et affreuse. Mieux valait l'enfouir dans les draps.

D'abord, elle pensa que c'était l'aube qui l'avait réveillée, puis elle remarqua la présence d'Ymaric, assis juste à côté d'elle, la tête perdue elle ne savait où. Elle fit un effort pour décoller sa langue pâteuse de son palais.

— C'est déjà le matin ?

— À peine.

Elle poussa un petit gémissement et se pelotonna dans son naufrage. Elle aspirait à la fois à plus de sommeil et une éclaircie dans son crâne.

— Tu comptes toujours lever le camp aujourd'hui ? demanda-t-elle. C'est inhumain, tu sais ?

— Non, nous ne partirons pas aujourd'hui. Ni demain. Tu peux dormir, ma belle.

Malgré son esprit ankylosé, Astelline s'autorisa à sourire. Elle se retourna tant bien que mal pour venir poser sa joue contre la cuisse du Loup Blanc. Elle leva la tête vers lui avec un profond sentiment de gratitude. Puis, elle remarqua ses yeux rougis et vides.

— Qu'est-ce qu'il y a ?

— Aegorn est mort.

*****

Elle croyait avoir chassé la glace de son cœur, cela n'avait été que pour y installer un bloc de ténèbres. Aegorn était mort.

Elle repassait le fil de ces dernières semaines. L'attaque de leur convoi puis leur capture par des Gueules. Le défi d'Arifea la Buse et sa propre détresse quand elle crut qu'elle et son fils seraient amenés devant l'Aurochs Rouge. Puis il y avait eu Bïorn. Bïorn et ses idéaux d'un autre temps. Le désir renouvelé de sa propre chair. Le Cerf Fauve et les siens s'étaient sacrifiés pour qu'ils échappent à la harde de la Buse. La traversée de la Soronne…

Elle ferma les yeux et pressa son poing fermé contre sa poitrine, là où le pouvoir qui sommeillait en elle avait commencé à la ronger. Là où s'était créé un vide qui ne se remplirait plus. Car à cette place, venait de se loger l'obscurité. Aegorn était mort.

Elle en voulait à la Dame, aux Façonneurs, à la Chimeterre entière ! Les Templiers disaient que ceux qui, comme elle, portaient la marque Blanche, étaient maudits. Peut-être avaient-ils raison en fin de compte. Peut-être que, quel que soit le choix, quel que soit le chemin, que la Chimère se réveille ou non, c'était la destruction qui les attendait tous. Une pulsion froide se mit à battre dans sa poitrine.

— Tu le voudrais bien, murmura-t-elle. N'est-ce pas ? Que j'abandonne.

Elle se recroquevilla sur elle-même, comme si cela pouvait suffire à rejeter l'appel. Tout pouvait prendre fin maintenant. Il lui suffisait de faire ce que l'Aurochs Rouge voulait. De faire ce que les Templiers craignaient le plus au monde. Il lui suffisait de relâcher sa garde, de libérer le monstre.

La porte de sa chambre s'ouvrit. Dans l'encadrement, les silhouettes d'un homme et d'un enfant se dessinèrent. Wortimel avait ses deux mains posées sur les épaules de Madiar. Le visage du garçon était déjà couvert de larmes. Il n'avait pas été nécessaire de le lui dire. Il avait compris. Son père était mort.

Alena s'arracha à son obsession morbide. La vue de son fils lui rappela que l'espoir existait encore. Malgré sa douleur, elle ne devait pas renoncer. Pas encore. Pas tant que son fils ne serait pas prêt. Elle tendit les bras vers lui. Il se précipita pour se pelotonner en son sein. Ils tremblaient, secoués par le chagrin, les joues recouvertes par des rigoles, la gorge nouée à en manquer de respirer.

Wortimel se tenait toujours sur le pas de la porte, dévasté à sa façon, le regard trop humide pour retenir ses larmes, incapable de se décider à les laisser seuls. Déjà, il se sentait coupable depuis la disparition du meistre et protecteur de Madiar. Cet acte laissait entendre une menace pour le fils et la femme de son ami au sein même des murs de la Margos ! Or, voilà que l'affliction venait s'y glisser également. Cette perte le touchait plus qu'il aurait pensé. Il serra le poing en jurant que rien, jamais, n'arriverait plus à ces deux-là tant qu'ils seraient sous sa garde. Les Façonneurs en seraient témoins.

Alena serrait fort Madiar contre elle, pour partager leur chaleur et mêler leurs sanglots. Elle se pencha sur son oreille pour chuchoter des mots que Wortimel ne put entendre.

— Tu devras être fort, mon fils. Et impitoyable.

Dehors, des cloches et des trompes résonnèrent sur tout le plateau de la Margos.

L'Aigle du Nord était mort.

Mnélias se dressa sur sa monture quand les instruments vrombirent et se répercutèrent sur les flancs des Monts-gris. Le Noctalis sentit un picotement glacé lui remonter l'échine. Ces cloches et ses trompes ne saluaient pas le départ de l'armée templière, il s'agissait d'une complainte, un air de deuil. Il pensa aussitôt au pire. Alena semblait suffisamment remise, mais s'il s'était trompé ? Si le pouvoir en elle avait trop puisé dans sa force vitale ? Inquiet, il interrogea les autres chevaliers Noctalis de sa compagnie, mais ils haussèrent tous les épaules. Il talonna alors sa monture pour remonter la colonne et trouver quelqu'un en mesure de le renseigner.

— Vous savez ce qui se passe à la forteresse ? Pourquoi font-ils sonner un hommage aux morts ?

— Peut-être qu'ils pensent qu'on va tous crever, blagua un ferreux.

Mnélias secoua la tête et reprit sa quête. Ce fut finalement le Torchar Jöngarl lui-même qui lui apporta la réponse. Le commandant en chef de l'armée était visiblement d'une humeur renfrognée et il commença par fustiger le Noctalis pour le remue-ménage qu'il causait.

— Regagnez votre compagnie !

— Pas avant de savoir ce qu'il se passe.

Le Torchar dévisagea ce jeune homme qui osait lui tenir tête. Il se demandait bien ce qui pouvait pousser l'ancien favori de Tarnic à se comporter de la sorte. Il aurait pu tancer davantage l'impudent, mais il préféra hausser les épaules.

— Un seigneur clanien est mort et pas des moindres, Gardenor ! Comme vous le savez sûrement, sa femme et son fils sont à la Margos. Il était aussi un ami du commandant de la forteresse. Voilà pourquoi Wortimel fait sonner ces foutues cloches ! Vous parlez d'une façon de saluer notre départ.

Mnélias comprit mieux l'attitude du Torchar, dans le même temps il fut profondément soulagé.

Il leva la tête vers le donjon de la Margos. Le picotement sur son échine continuait de le travailler. Il imagina la détresse de l'Alena, la façon dont celle-ci influait sur son corps affaibli.

Je ne peux rien pour elle.

Mnélias sursauta quand il se rendit compte que Jöngarl l'observait avec attention. Il raccourcit ses rênes et fit pivoter sa monture pour la remettre dans le sens de la marche.

— Je vois, général.

L'autre garda les yeux étrécis, légèrement suspicieux.

— Allons ! dit Jöngarl. Nous avons une ville à sauver !

Il poussa son propre cheval vers l'avant en exhortant les différents contingents. Mnélias les regarda ajuster leur barda sur leurs épaules et se préparer à une longue journée de marche. La première d'un long et harassant voyage.

Qu'allons-nous vraiment sauver, Templiers, la cité des Tours-Feu, ou ce qu'elle garde en son sein ?

Les chariots s'ébranlèrent, les sabots martelèrent le sol et les bottes soulevèrent la poussière. On partait enfin. On partait pour le Havre-Lune et la guerre.

Fin de la quatrième partie

Chimeterre

www.ingramcontent.com/pod-product-compliance
Lightning Source LLC
Chambersburg PA
CBHW050500260626
47157CB00004B/1134